Über die Autorin:

Jasmina Kuhnke ist Schriftstellerin und Filmschaffende. Mit ihrem Debütroman »Schwarzes Herz« gelang Kuhnke ein Bestseller.

JASMINA KUHNKE

WHITE LIVES MATTER

Roman

1. Auflage 2024

Sternstraße 117
D-20357 Hamburg

ISBN: 978-3-911034-03-6

Texte: Jasmina Kuhnke
Lektorat: Victoria Linnea
Umschlaggestaltung: Sandra Lehmann
Coverabbildung: Falk Lehmann
Beratung: Nic Wellnitz und Yong Ah Thwin
Satz: Gradoo Publish
Korrektorat: Elisa Garrett
Druck und Bindung: Gradoo Publish

WeCreate Books - Ein Verlag der WeCreate Germany GmbH
https://wecreate-books.com/

FSC
www.fsc.org
MIX
Papier | Fördert gute Waldnutzung
FSC® C118234

Für M, N, Y, Y & B

In liebevollem Gedenken an Mouhamed Dramé

»Try walking in my shoes«

Inhaltswarnung

Dieser Roman enthält explizite Darstellungen körperlicher, psychischer und sexualisierter Gewalt, Rassismus, Sexismus und Misogynie, diskriminierende Sprache und Beschimpfungen, psychische Krankheiten und Konsum von Alkohol und Drogen. Bitte achten Sie beim Lesen auf sich, da diese Inhalte belastend und retraumatisierend sein können.

PROLOG

Süden, 31. August 1882, dreizehn Uhr mittags
Eva

Erschöpft lag die kleine Magda in ihren Armen. Ihre Tochter, deren spröde, blau schimmernden Lippen sich von der geröteten und mit Brandblasen übersäten Haut abhoben. Ihre Tochter, die trotz der brühend heißen Sonne, die unbarmherzig auf ihre ausgemergelten Körper schien und ihnen das Fleisch von den Knochen zu brennen drohte, vor Kälte zitterte. Kälte eines so hohen Fiebers, dass sie selbst das Blut eines gestandenen Mannes gefrieren ließ.

Gedämpft drang eine sorgenvolle Stimme in ihr Bewusstsein. Eva wollte antworten, aber selbst wenn sie gewusst hätte, woher diese Stimme kam, hätte sie sich ihr nicht zuwenden können. Sie konnte ihren Blick nicht von Magda wenden, als würde jeder Moment, der ihre Aufmerksamkeit von dem Kind lenkte, ein Todesurteil besiegeln. Eva durfte sich nicht mal einer erlösenden Ohnmacht hingeben. Sie musste mit allen Mitteln wachsam bleiben.

Magda, ihre wunderschöne, kleine, zarte Magda war erst zwei Jahre alt. Sie sollte zu Hause sein, sich am knisternden Feuer des Steinofens wärmen, während draußen der sanfte Regen auf den Waldboden prasselte. Zu Hause hätte Eva einen Tee aus Weidenrinde gekocht und in Kräutersud getränkte Leinentücher um Magdas Waden gewickelt, um das schreckliche Fieber zu senken. Stattdessen war sie dieser trockenen Einöde ausgeliefert. Eingesperrt hinter Zäunen, inmitten von Staub und Dreck. Hier gab es nichts, um Magda die Qualen zu erleichtern.

Und bei dem Gedanken, ja, dem Wunsch danach, dass ihre Kleine sterben durfte, um von all dem hier verschont zu bleiben, erschauderte Eva so sehr, dass sie einen erschöpften Atemzug lang sogar die unerträgliche Hitze vergaß. Vergaß, wo, aber vor allem, wer sie war. Sie hatten sie nicht nur ihrer Herkunft, sondern auch ihres Lebenswillens beraubt.

Damals wurde sie aus ihrem Dorf entführt, auf ein Schiff gebracht, wo sie einen Monat lang wie Vieh auf engstem Raum eingepfercht worden war, und auf diesen Kontinent verschleppt, wo alles fremd war und die Menschen so anders aussahen als Eva, Magda und all die anderen Übriggebliebenen. Diejenigen, die die unmenschliche Überfahrt zwar überstanden hatten, aber keinen Lebensfunken mehr in sich trugen. Deren Lebenswille unter der Kälte dieser schwarzen Augen erloschen war.

Seitdem hatte Eva nicht mehr aufgehört zu schwitzen. Erst aus Furcht vor dem, was diese Fremden ihrer kleinen Tochter und ihr selbst antun könnten. Und nun wegen der Hitze, die sie Tag und Nacht quälte.

Doch sie ertrug es. Sie überlebte, anders als jene von ihnen, die sich bereits dem erlösenden Tod hingegeben hatten. Sie war hier, um ihr Kind nicht alleine sterben zu lassen. Eva durfte noch nicht dem Leben entrissen werden. Noch nicht. Sie hatte Magda auf diese Welt gebracht, und sie würde diese Welt gemeinsam mit ihr verlassen. Ihr war sie es schuldig, durchzuhalten. So lange, bis ihre Zweijährige den letzten Atemzug getan hatte und all das nicht mehr ertragen musste, sondern in den Armen ihrer Mutter endlich sterben durfte.

Das Zittern ihrer Tochter wurde heftiger und ging in ein stoßartiges Zucken über. Eva brachte ihre restliche Kraft auf, um ihr Kind zu halten. Sie flehte Magda an, dass sie noch nicht aufgeben solle, nicht, während sich andere an ihrem Leid ergötzten.

Eva schreckte aus ihrer Lethargie, als ihr bewusst wurde, dass Magda ihre Worte vielleicht nicht mehr wahrzunehmen vermochte, und die Angst, Magda könne vor den Augen dieser Fremden sterben, nahm sie ein.

So weit durfte es nicht kommen. Nicht in diesem eingezäunten Gehege, das man in ihrer Heimat für Tiere benutzte. Und auch wenn sich dieses Mal nur etwa zwanzig Personen zum Gaffen versammelt hatten, fühlte sich Eva hilflos bei dem Gedanken, dass diese Fremden ihrer Tochter beim Sterben zusehen würden.

»Halte noch ein bisschen durch«, flüsterte sie ihrer vor Schmerzen wimmernden Tochter ins Ohr. Sie wusste, sie verlangte zu viel von ihrem Kind. Sie wusste, Magda hatte keine Kraft mehr. Dennoch wollte sie es nicht zulassen, dass die Männer, Frauen und sogar Kinder ihrem Kind amüsiert beim Sterben zusahen. Das Weiß ihrer Augen stach so deutlich hervor, dass Eva sie alle für Teufel hielt. Sie starrten und starrten. Stießen einander begeistert an und zeigten mit den Fingern auf Eva und die anderen Gefangenen.

Behutsam wischte Eva weißen Schaum aus Magdas Mundwinkeln und flüsterte ihr noch einmal eindringlich zu, dass sie noch warten solle. Warten, bis diese Augen sie nicht mehr sahen, sich nicht mehr an ihrem Leid und Tod weiden konnten. Eva wollte nicht mehr viel. Sie wollte nur, dass Magda wenigstens das erspart und ein letzter Rest ihrer Würde bewahrt bliebe.

Die Zuschauer*innen sahen aus, als hätten sie sich für den Tod ihres Kindes zurechtgemacht: Sie trugen lange Gewänder in leuchtenden Farben, glänzenden Goldschmuck und große

Sonnenhüte. Und als wäre es nicht schmerzlich genug, dass Eva keine edlen, kühlenden Stoffe tragen durfte wie die anderen Menschen, sondern sackartige Überwürfe aus grober Jute, kratzten diese auch noch auf der Haut ihres geschundenen Körpers. Am liebsten hätte sie die Kleider abgeworfen, aber so demütigend und ausweglos diese Situation auch für sie war, sie wollte den Zuschauenden den Anblick auf ihren nackten Körper nicht vergönnen.

Die ausgemergelte Frau neben ihr, Minna, die mit den nässenden Wunden an den Handgelenken, wo zuvor die Fesseln gewesen waren, zuckte plötzlich zusammen. Ihre Augen verdrehten sich, bevor sie in sich zusammensank und zu Boden kippte. Sofort hob Eva in Erwartung auf den nächsten Schlag schützend eine Hand über sich und Magda. Denn bereits als sie in Ketten vom Schiff auf die Straße des Hafens geführt worden waren, und in der prallen Sonne des Marktplatzes hatten stehen müssen, hatte Eva gelernt, dass Ohnmacht eine große Gefahr barg. Wer nicht mehr stand, wurde von den Peinigern wieder aus der Bewusstlosigkeit geprügelt. Jeder Schlag holte sie ein Stück zurück in die schmerzhafte, unerträgliche Realität.

Eva würde es sich niemals verzeihen, dass sie sich an jenem Tag einen kurzen Moment dieser Schwäche hingegeben und ihr Kind, ihre kleine, süße Magda, den anderen überlassen hatte. Als sich ihr Blickfeld verengte, war das Letzte, was sie wahrnahm, Magdas entsetztes Gesicht und wie dahinter die Männer mit schweren Schritten auf sie zuhielten.

Es war nicht der Schmerz der Schläge, sondern der panische Schrei des Kindes, der sie wieder ins Jetzt holte. Minna hatte das Kind rasch an sich gezogen und ihm den Mund zugehalten, damit die Männer es nicht ebenfalls prügeln würden.

Eva hätte Magda auch in klarem Zustand nicht vor der Grausamkeit schützen können, das war ihr bewusst. Dennoch hätte ihre Tochter zumindest gesehen, dass ihre Mutter alles tat, um für sie da zu sein, und sich gegen diese Fremden zur Wehr setzte. Eine Zweijährige verstand nicht, dass auch Mütter irgendwann am Ende ihrer Kräfte sein konnten. Dass auch Mütter Angst hatten und nicht wussten, was sie tun sollten. Wie sollte Magda begreifen, dass auch Eva nicht verstand, was hier passierte?

Was sie beide jedoch schnell begreifen mussten, war, dass sie für diese Fremden mit der schwarzen Haut keine Menschen waren. Nicht sie, nicht ihre geliebte Magda und auch die anderen Gefangenen nicht. Für sie war keine*r von ihnen menschlich. Keine*r ihrer Art. Weshalb sonst sollten sie sie einsperren und zur Schau stellen? Was für Menschen stellten andere Menschen wie Tiere aus und sahen ihnen beim Sterben zu?

Sie selbst hatten die wilden Tiere in ihrer Heimat, die Füchse, Milane und Wölfe, nie eingesperrt. Nie hatten sie andere Lebewesen malträtiert, so wie es der kleine Junge auf der anderen Seite des Zaunes nun tat. Er zog aufgeregt am Ärmel seines Vaters und zeigte mit dem Zeigefinger seiner anderen Hand auf Magda. Dann sammelte er Steine vom Boden und warf sie nach dem sterbenden Kind.

Niemand, der einen anderen Menschen als Menschen respektierte, tat so etwas, fand Eva. Wie konnte ein Kind seinesgleichen nicht erkennen und ein anderes, viel kleineres Kind so grausam quälen? Wie konnte es sein, dass der Junge, mit der schwarzen Haut und dem schwarzen Haar, in Magda nicht auch sich selbst sah? Lag es daran, dass Magda im Gegensatz zu ihm kurzes, weiches blondes Haar, blaue Augen hatte und blass, ja, weiß war?

Als Eva ihre Tochter von dem Jungen wegdrehte, spuckte eine Frau von der anderen Seite des Geheges sie an und traf ihre verfilzten Haare. Eva entschied sich, nicht darauf zu reagieren

- was hätte sie auch tun können? - und schluckte die Demütigung herunter. Doch dann sah sie, dass sich Heinz schützend vor sie und Magda setzte.

Eva hielt den Atem an, als die anderen seinem Beispiel folgten und an die Mutter und das Kind heranrückten. Trotz der vor Schweiß stinkenden, nassen Körper drängten sie noch enger zusammen und bildeten einen Kreis um die beiden Schwächsten der Gruppe. Eine tiefe Dankbarkeit erfüllte Eva, doch da war auch Angst.

Diesen Akt des rebellischen Widerstands würden ihnen die Wärter nicht lange durchgehen lassen. Das wusste Eva, das wusste Heinz und das wussten die anderen. Ja, selbst Magda, mit ihren unschuldigen zwei Jahren hätte es gewusst, befände sie sich nicht in einem Fiebertraum. Und offenbar wussten es auch die Gaffer*innen, denn in der Menge breitete sich eine Unruhe aus.

Magdas Augenlider begannen zu flattern, als der Junge vor dem Zaun erneut einen Stein nach ihnen warf. Doch der Stein landete nicht wie beabsichtigt auf Magda, sondern auf dem Boden vor Heinz' dreckigen Füßen und wirbelte eine Staubwolke auf.

»Diese Schweine«, zischte Heinz ihr und den anderen zu, die mit ihnen auf dem Boden kauerten.

»Diese Wilden«, schrie eine der Frauen außerhalb des Geheges. Sie trug ein rotes Kleid um ihren üppigen, wohlgenährten Körper. Ihre schwarzen, gelockten Haare lugten unter dem bunten Sonnenhut hervor. Eigentlich waren sie es, die angestarrt werden sollten, dachte Eva.

Die Frau lachte amüsiert dem umstehenden Publikum zu. Als wäre all das hier ein besonders unterhaltsames Theaterspiel. Aber sie waren keine Schauspieler*innen. Sie erhielten weder Lohn noch Anerkennung für ihr Mitwirken. Sie waren Wilde.

Das waren die ersten Worte dieser fremden Sprache, die Eva gelernt hatte: die Wilden.

Sie waren nicht mehr Eva, Magda, Minna und Heinz. Sie hatten keine Namen mehr, wie es für und unter Menschen üblich war, überall wo sie bisher auf Menschen getroffen war. Sie waren von dem Moment ihrer Entführung bis zu ihrem Ende, dem Tod, keine Menschen mehr. Sie waren »die Wilden«. Und wenn man kein Mensch mehr war, dann sollte man tot sein dürfen, dachte Eva.

Sie warf einen weiteren Blick auf Magda, ihre kleine, süße, liebe, unschuldige Magda, die in ihren Armen alles tat, damit das Leben sie endgültig aufgab und der Tod sie endlich schützend in seinen Armen barg.

LITTLE GIRL BLUE

Magda hat es also nicht geschafft, stellte Anna fest und fuhr mit der Hand über die vergilbte Seite des Geschichtsbuchs, auf der die Kopie der Sterbeurkunde abgebildet war. Ihr war nicht bewusst gewesen, dass auch Kinder entführt und in Menschenzoos ausgestellt worden waren. Und obwohl Anna den Bericht nicht näher an sich heranlassen wollte, lief ihr bei den expliziten Beschreibungen ein kalter Schauder über den Rücken - aber nicht einer der wohligen Sorte, der durch die beständig surrende Klimaanlage der Unibibliothek verursacht wurde.

Sie schob das Gefühl von Unbehagen von sich, welches sicherlich jeder Mensch empfinden würde, der vom Tod eines anderen Menschen, insbesondere eines kleinen Kindes, las. Sie wollte sich nicht von Emotionalität einnehmen lassen. Schließlich war es genau das, die emotionale Vereinnahmung, die der Professor offenbar erwartet hatte. Doch diesen Gefallen der Unprofessionalität würde sie weder ihm noch sonst wem tun, sondern die Hausarbeit wie jede*r andere gewissenhaft behandeln.

Anna sah von ihren Unterlagen auf, die vor ihr ausgebreitet auf dem Tisch lagen, als sie glaubte, Blicke auf sich zu spüren.

Konnten die anderen ihr ansehen, was die Geschichte mit ihr machte? Weil sie, Gott bewahre, wieder einmal vor gebannter Konzentration rot angelaufen war?

Obwohl Anna sich nicht darum kümmern wollte, was andere über sie denken könnten, drehte sie den Kopf über die Schulter in Erwartung auf Getuschel hinter vorgehaltener Hand.

Hinter ihr saß ein Student in graublauem Pullunder und sorgfältig rasiertem Muster in den Haaren. Auch er hatte dicke Bücher um sich herum gestapelt, während er an seinem Laptop Notizen machte. Er hob den Kopf und sah Anna direkt in die Augen. Als sie nicht reagierte, sondern weiterhin starrte, verzog er seine geschwungenen Lippen zu einem Lächeln, das seine strahlend weißen Zähne entblößte. Wieder errötete sie, aber diesmal, weil sie peinlich berührt war. Sie fiel ohnehin auf, da brauchte sie nicht auch noch mit ihrem Verhalten die Aufmerksamkeit auf sich zu ziehen.

Irritiert hob der Student eine Augenbraue und widmete sich wieder seiner Arbeit.

Okay, das war unangenehm, dachte sie. Dennoch war das immer noch besser als jetzt in ihrer WG zu sitzen. Im Gegensatz zu dem jungen Mann hinter ihr, der zumindest Freudigkeit vorgab, waren Annas Mitbewohner*innen nicht so verhalten. Sie sagten ihr direkt, was an ihr falsch war. Deshalb verkroch sich Anna, wenn sie zu Hause war, meist in ihr kleines Zimmer, obwohl dort die Luft für gewöhnlich um diese Uhrzeit heiß und schwer, wie eine undurchdringliche Mauer war.

Genug mit schlechten Gedanken, redete sich Anna selbst zu und richtete ihre Aufmerksamkeit wieder auf das Schicksal von Magda und Eva. Sie war gerade dabei, herauszuarbeiten, welche Rolle Menschenzoos bei der Festigung des Rassengedankens spielten.

Doch bei der Vorstellung, dass selbst Kindern das Menschsein abgesprochen worden war, regte sich ein Gefühl in ihr, das sie nicht recht einordnen konnte. War es etwa Wut? Aber wie konnte etwas, was so weit in der Vergangenheit lag, ihr überhaupt derart nahegehen? Ja, sie waren früher unterdrückt worden, aber heutzutage war das ja nicht mehr der Fall. Schließlich hatten alle die gleichen Rechte.

Es war einfach die Frage, was man daraus machte. Man konnte sich darauf ausruhen, dass man gesetzlich die gleichen Rechte hatte, und nichts Höheres mehr anstreben, oder eben im Hier und Jetzt leben und das Beste aus den Möglichkeiten herausholen - so wie Anna selbst.

Und deshalb hatten Annas Eltern alles gegeben, um sie zu unterstützen. Sie hatten hart dafür gearbeitet, dass Anna als Erste ihrer Familie zur Universität gehen konnte - um zu studieren und nicht zu putzen, wie es andere mit ihrer Herkunft seit so vielen Jahren taten und wohl noch tun würden. Wobei Herkunft so ein seltsames Wort war. Denn Anna kam ja von hier - aus dem Süden. Sie war im Jahre 2000 hier geboren worden, fast Hundertzwanzig Jahre nachdem die zweijährige Magda in einem Menschenzoo verstorben war.

Und mehr als ein Jahrhundert später sitze ich jetzt hier, in der heruntergekühlten Bibliothek meiner Uni und erfahre von dir, deinem Schicksal, liebe, kleine Magda, dachte Anna.

Eben noch hatte sie all ihre Gefühle im Griff gehabt, sich ermahnt, sich auf das Wesentliche zu konzentrieren und sich nicht der Albernheit hinzugeben, emotional auf das Gelesene zu reagieren, doch jetzt versuchte sie mit zitternder Hand ihr Gesicht vor der Grausamkeit zu verbergen. Wenn ihre Augen nicht mehr sahen, musste es vielleicht auch ihr Herz nicht mehr.

»Okay, reiß dich zusammen, Anna«, ermahnte sie sich. Sie nahm die Hände herunter und ballte ihre Fäuste. »Du klingst ja schon wie Alex. Das alles ist ewig her und hat nichts mit dir oder dem, wer du bist, zu tun!« Sie war nur müde und sie könnte darauf wetten, dass sie allein schon deshalb so dünnhäutig, ja, fast empfindlich war.

Entschlossen klappte Anna ihren Laptop zu. Für heute reichte es endgültig. Sie hatte genug getan. Sie konnte sich eh nicht mehr konzentrieren und wollte es, um ehrlich zu sein, auch nicht mehr. Diese Quellen ausfindig zu machen, hatte sie mehrere Wochen Recherche gekostet. Ihr Studiengang, Geschichtswissenschaften, war wie alles hier afrozentristisch ausgelegt, weshalb es für Anna sehr herausfordernd war, an Fachlektüre zum Thema zu gelangen. Allein das Buch hatte sie extra in die Bibliothek bestellen müssen, und auch das war nicht einfach gewesen. Sie konnte nur hoffen, dass dem Professor das bewusst sein würde, wenn sie ihm ihre Ausarbeitung vorlegen würde.

Anna steckte ihren Laptop und das Buch in die durchsichtige Tüte mit dem Logo der Universität, schnappte sich den verschließbaren Kaffeebecher, und schlich sich mit gesenktem Kopf an ihren Kommilitonen vorbei zum Ausgang. Sie beeilte sich hinauszugelangen. Denn sie musste ja nicht extra provozieren, dass die anderen Studierenden sie heimlich oder ganz unverblümt anstarrten.

Als sie letztes Jahr hier mit dem Studium begonnen hatte, hatte ihr ein Mädchen doch ernsthaft ungefragt in die Haare gefasst. Da hatte ihr hastig hinterhergeschobenes »Deine Haare sind so schön glatt« nichts mehr genützt, um die Situation zu retten. Es wurde sogar noch unangenehmer, als die Studentin fragte, ob Anna auch richtige Frisuren tragen könne. Dabei deutete sie mit dem Finger auf ihre kunstvoll eingedrehten Twists. Aber Anna hatte nichts von ihrer Ablehnung gezeigt, sondern nur höflich gelächelt und geantwortet, dass es ihr nicht möglich sei, da sich ihre glatten Haare nicht eindrehen ließen.

Übergriffigkeiten dieser Art waren nichts Neues für Anna. Je nachdem, an welchen Orten man sich bewegte, war es kein großes Ding. An ihrer alten Schule hatten sich alle irgendwann an das blasse Mädchen mit den graublauen Augen und dem blonden glatten Haar gewöhnt. Von Vorfällen wie dem Anstarren, ungebetenen Anfassen und der Frage danach, wo sie ursprünglich eigentlich herkam, blieb Anna nahezu verschont. Klar, auf der Straße und im Alltag passierte immer irgendwas, aber diese Mikroaggressionen ignorierte sie einfach. Es nützte ja nichts, und Anna fand auch nicht, dass es ihrer Aufregung wert war. Ob man empfindlich darauf reagierte, lag auch an einem selbst und der eigenen inneren Einstellung.

An der Uni hatte man sich an ihren Anblick noch nicht so recht gewöhnt, aber das lag daran, dass weiße Studierende eine Ausnahme waren. Nur wenigen Weißen gelang es, in schwarzen akademischen Räumen zu partizipieren und diese für sich zu beanspruchen. In genau jenen schwarzen Räumen bewegte sich Anna, seit sie das Studium begonnen hatte, nahezu ausschließlich, denn schnell hatte sich herausgestellt, dass jene Kommilitonin mit dem prächtigen Haar eine ihrer Mitbewohner*innen wurde.

Sie hieß Awa, war wunderschön und ihre Eltern unanständig reich, wie Anna eines Tages von Olu, der einzigen Person, mit der Anna so etwas wie eine Freundschaft knüpfen konnte, erfahren hatte.

»Die haben altes Geld«, erzählte ihr Olu, während sie wie wild in ihrem grünen Superfood-Smoothie rührte, so als ob dieser nicht gerade aus dem Hochleistungsmixer gekommen wäre und sie die Zutaten jetzt erst durch ihr Rühren vermischen würde.

»Awa wird in ihrem ganzen Leben bestimmt nicht arbeiten müssen.«

Und noch bevor Anna nachhaken konnte, weshalb jemand, der so reich war, in einer engen WG mit weiteren zwei Leuten leben würde, fügte Olu mit vielsagendem Blick hinzu: »Und ihre Eltern möchten, dass Awa lernt, wie es ist, wenn man wie ganz normale Leute und ohne viel Geld klarkommen muss. Quasi eine Erziehungsmaßnahme.«

»Also zahlt Awa ihre Miete und all das selbst?«, fragte Anna fast schon wieder anerkennend.

Olu lachte auf und verschluckte sich dabei leicht an ihrem Smoothie. »Hahaha, natürlich nicht! Sie muss nur ihre Designer-Klamotten ab einer gewissen Preisspanne selbst bezahlen. Du bist echt zu naiv!«

Anna spürte, wie ihre runden Wangen erröteten. Peinlich berührt knibbelte sie an der aufgequollenen Ecke des Pappuntersetzers, auf dem ihr Eiskaffee stand.

Es stimmte. Manchmal war Anna zu naiv – aber das lag vor allem daran, dass sie sich nicht vorstellen konnte, wie es sein musste, schwarz, reich und damit relativ frei von Sorgen leben zu dürfen. Zugegeben, Awa war eine Frau und somit von Sexismus betroffen, aber sie war eben eine schwarze Frau, das war der entscheidende Unterschied.

Aber mit großen Reden darüber, wie unfair das Leben war, würde sie nichts erreichen – vor allem keine Veränderung ihrer eigenen Verhältnisse. Diese zu ändern lag ganz bei ihr. Es war ihre Verantwortung, besser zu sein und damit sich selbst aus der ewigen Opferrolle, in der sich besonders ihr Bruder Alex gerne immer wieder suhlte, zu befreien.

»Revolution? Gerne, aber ohne mich! Ich habe keine Zeit für den Quatsch! Ich habe andere Pläne«, hatte sie Olu einmal geantwortet, als diese sie empört gefragt hatte, warum sie sich nicht gegen die ungerechte Behandlung durch ihren Professor Dr. Batista wehre.

Was konnte Anna schon groß dagegen tun? Die Welt war voll von Typen wie diesem Professor. Die Welt war voll von diesen Awas. Und sie waren es, die die Macht besaßen. Menschen wie Anna hatten keine Macht, außer sie würden sich ausschließlich auf sich selbst und ihre akademische Laufbahn konzentrieren, statt wie andere ständig darüber zu jammern, wie furchtbar unfair doch alles war.

Anna stand nun in der erbarmungslosen Hitze des Vorplatzes des Hauptgebäudes der Universität. Sie blinzelte in den wolkenlosen Himmel und zog die Sonnenbrille auf. Ihre Augen waren lichtempfindlicher als die der Mehrheit, weil sie wegen der hellen Farbe mehr Licht durchließen. Ein weiteres Detail, über das ihre Mitmenschen nie nachdenken würden. Ein weiterer Bias, bemerkte Anna und schmunzelte. *Kleine süße Magda, diese Welt ist immer noch ein Menschenzoo. Wir, die Wilden, sind jetzt gebändigt.*

REDEMPTION SONG

Erschöpft schleppte sich Anna die vier Stockwerke hoch. Die Luft staute sich in diesem muffigen Treppenhaus, und die Stufen knarrten bei jedem schweren Schritt. Als sie atemlos oben angekommen war und vor der alten verzierten Holztür stand, hörte sie bereits dumpfe Geräusche aus dem Inneren der WG. Turnschuhe, die weder ihren Mitbewohner*innen noch ihr selbst gehörten, standen auf der Fußmatte, auf der »Home sweet Home« aufgedruckt war. Sie öffnete die Tür und konnte feststellen, dass die dumpfen Geräusche aus der Küche stammten. So wie die Gerüche, die bis in den schmalen Flur drangen. Es roch nach Gebratenem, und Anna, die immer noch ein wenig außer Atem war, zog ihre schmal geschnittene Nase kraus. Kurz war ihr schwindelig geworden, und sie musste sich an der gelb gestrichenen Wand anlehnen. *Ich hätte heute auch einfach mal zuhause und im Bett bleiben sollen,* dachte sie, als sie die fröhliche Stimme ihrer Mitbewohnerin aus der Küche hörte. *Einfach mal auf alles scheißen, so wie Awa es anscheinend wieder mal gemacht hat. Die ist heute wahrscheinlich gar nicht erst losgegangen.*

Nun folgte ausgelassenes Lachen, aber Anna konnte nicht zuordnen, wem es gehörte. Langsam, nachdem der Schwindel etwas nachgelassen und ihr Atem sich beruhigt hatte, zog sie sich die Schuhe aus und stellte sie ordentlich in das Schuhregal, das sie aus Backsteinen und Holzplatten aus dem Baumarkt selbst gebaut hatte.

»Haben wir noch Rührei?«, fragte eine sanfte, melodische Stimme. Das konnte nur Amadou, ihr anderer Mitbewohner, sein. Anna hatte seine Stimme schon immer gemocht.

»Ja, und wir haben auch noch Bacon, falls du möchtest?«, antworte Awa. Jetzt roch Anna den Duft des Kaffees und überlegte, ob sie sich welchen holen oder sich wie geplant lieber an der Küche vorbei direkt in ihr Zimmer schleichen sollte.

»Hey, so früh schon zurück? Schwänzt unsere Streberin etwa die Vorlesung?«, sagte Awa, als Anna versuchte, vorsichtig an der Küchentür vorbeizugehen. In ihrem seidenen Pyjama saß Awa am Tisch, die langen, schwarz glänzenden Beine elegant überschlagen und lässig in den Stuhl zurückgelehnt, musterte sie Anna verächtlich von oben bis unten. Auch ihre drei Freund*innen wandten sich jetzt Anna zu und versahen sie mit abschätzigen Blicken. Lala, Awas beste Freundin, hob eine ihrer Augenbrauen, schön buschig und perfekt in Form gezupft, um Anna zu verdeutlichen, dass sie störte. Was sie in deren Augen immer tat, wenn sie zuhause war.

»Ich habe dir eine Frage gestellt, oder braucht die Prinzessin noch eine Aufforderung?«, zischte Awa.

»I-ich fühle mich heute nicht so wohl«, antwortete Anna.

»Du bist auch ganz schön blass um die Nase, wobei, das ist ja Standard bei dir.« Awa lachte auf und zeigte dabei ihre perfekten, strahlend weißen Zähne. »Kein Wunder«, fügte Awa hinzu und ihr Lächeln verzog sich zu einer angeekelten Grimasse. Sie deutete auf den Kühlschrank, der mit Postkarten und Notizzetteln an bunten Magneten übersät war. »Du hast schon wieder diesen exotischen Fraß gekocht. Wie heißt das Zeug noch mal? Das, was so säuerlich riecht. Ihr habt es doch auch gerochen, als ihr heute Morgen hier reingekommen seid. Das sind so komische, wabbelige Fäden.«

»Sauerkraut«, antwortete Anna verlegen, die Hitze schoss ihr in den Kopf und ihre Wangen glühten. Dass sie rot wurde, war ihr unendlich peinlich. Ihr Gesicht zeigte einfach all ihre Emotionen, während sie ihren Mitmenschen nie ansehen konnte, ob sie beschämt waren, weil sie ihre schwarze Hautfarbe, ungeachtet ihrer Gefühle, beibehielten. Wie sehr sie sich wünschte, immer diese souveräne Ausstrahlung wie ihre Mitbewohnerin zu haben. Wobei ja nicht nur Awa dieses Selbstbewusstsein hatte. Sie alle, die da saßen, hatten eine Anmut, die Anna selbst nie vergönnt sein würde. Einfach, weil sie von Natur aus selbstsicherer waren, als sie es je sein würde. Selbst Lala, die, wie sie von sich selbst behauptete, wegen ihres Mehrgewichts nicht dem Schönheitsideal entsprach, war in Annas Augen so viel schöner als sie selbst. Anna bewunderte sie dafür, mit welchem Stolz Lala stets figurbetont und, ja, sexy gekleidet war. Selbst hier, zum Brunch in der kleinen WG-Küche, war sie im Mini-Kleid und einem perfekten Make-up erschienen.

»Richtig, Sauerkraut!« Lala sprach das Wort aus, als würde sie würgen müssen. Die anderen stimmten mit Lachen ein. »Mir würde es auch den ganzen Tag schlecht gehen, wenn ich das essen müsste!«

»Übrigens stinkt die ganze Küche nach dem Zeug.« Awa hob ihre Mokkatasse an, aber als sie bemerkte, dass diese leer war, setzte sie sie seufzend wieder ab. Langsam entknotete sie ihre schönen langen Beine, erhob sich vom Stuhl und machte ein paar Schritte zum Gasherd. »Deshalb fände ich es auch nur fair, wenn du den Küchendienst von Amadou heute übernimmst.«

Anna sah gar nicht ein, den Küchendienst zu übernehmen. »Wieso sollte ich ...«, versuchte sie sich zaghaft zu wehren.

»Wieso?!«, wiederholte Awa und schraubte die kleine Mokkakanne auf. Das Unterteil war von dem Ruß der Flammen schwarz verfärbt. »Es kann einfach nicht sein, dass du uns mit dem Gestank deines ekligen Essens jedes Mal belästigst!« Awa warf das abgebrühte Pulver in den kleinen Bio-Mülleimer, so heftig, dass eine kurze Stille entstand.

Amadou sah verlegen auf seine großen Hände, deren langgliedrigen Finger, die Nägel waren hellblau lackiert, die er ineinander verhakt und auf die abgenutzte Tischplatte gelegt hatte. Lala spielte mit einer ihrer tiefschwarzen Locken. Nur das wütende Knirschen erfüllte die Küche, während Awa die Kaffeebohnen in der kleinen Mühle mahlte. Als sie die Mokkakanne füllte und Wasser in den Bauch laufen ließ, nahm Anna ihren Mut zusammen und holte tief Luft, um Awa erneut zu widersprechen, doch diese ließ den Widerspruch gar nicht erst zu: »Eigentlich müsstest du den ganzen Kühlschrank ausräumen und das ganze Ding komplett desinfizieren!«

Davon, sich nicht gegen die Vorwürfe wehren zu können und nicht mal aussprechen zu dürfen, fühlte sich Anna gedemütigt. Ihr Herz raste. Nicht mal einen Funken Respekt hatte Awa ihr entgegengebracht. Und warum musste diese eigentlich jedes Mal vor ihren Freund*innen so eine Show abziehen und Anna so bloßstellen?

Zu allem Überfluss schaltete sich jetzt auch Lala ein, die immer noch an ihrer Locke rumnestelte. Sie setzte sich gerade auf, wodurch sie noch beeindruckender auf die eher schlaksige Anna wirkte. »Ganz ehrlich, Anna, ich sitze hier erst eine halbe Stunde und mein ganzer Afro stinkt nach deinem Essen. Ich meine, an deinem Haar bleibt das nicht hängen, die Gerüche rutschen ab, die können bei der Struktur ja gar nicht daran haften bleiben, aber unser Haar nimmt halt alles auf, und ich habe echt keinen Bock, nachher durch die Stadt zu gehen und so zu stinken, dass sich alle nach mir umdrehen.«

»Ich habe heute eigentlich noch mega viel für die Uni zu tun und mir geht es auch echt nicht gut«, erklärte sich Anna fast flüsternd.

»Interessiert uns doch nicht!«, schmetterte Awa ihr entgegen. Der Gasherd begann zu knistern, als sie mit einem Knacken den Schalter umdrehte und die Flammen emporschossen. »Lala geht extra deinetwegen nicht in die Stadt. Dann kannst du auch mal die Küche putzen. Und den Kühlschrank.«

»Okay ... ich mache das heute Abend.« Ihr Hals schnürte sich zu und Tränen stiegen ihr in die Augen. So schnell der Schwindel es zuließ, wandte sie sich von der Gruppe ab und ging zur Tür. Sie wollte nicht, dass die anderen sahen, wie sie weinte. Sie wollte nicht, dass sie merkten, wie sehr sie sie verletzt hatten. Sie wollte eigentlich nur ihre Ruhe haben!

Als sie im Flur stand, hörte sie das Lachen der Freund*innen, das das Pfeifen der Mokkakanne übertönte.

Sie ging doch schon ständig den unteren Weg, den Weg des geringsten Widerstands! Was sollte sie denn noch machen, damit sie sie endlich in Frieden ließen! Sie hatte einfach keine Kraft mehr für diese Auseinandersetzungen. Nicht heute, wo es ihr eh schon so beschissen ging. Und unabhängig von der Erschöpfung war da ja auch noch das, was sie über Magdas Schicksal gelesen hatte.

Jetzt fiel ihr wieder auf, dass in ihrem Inneren irgendetwas ausgelöst wurde, das sie nicht einordnen und auch nicht einfach abschütteln konnte. Etwas, das sie sonst nicht war, zumindest nicht so, dass sie derart verletzt reagierte.

Für Streitereien wegen des Essens hatte sie sonst weder die Energie noch die Nerven. Ihr war das, ehrlich gesagt, schlicht zu kindisch. Klar, Sauerkraut hatte schon einen recht speziellen Eigengeruch. Aber keinesfalls war er so stark, dass er dieses alberne Theater hier rechtfertigen konnte.

An jedem anderen Tag hätte Anna sich gar nicht erst auf diese Diskussion eingelassen, sondern das Sauerkraut einfach in den Müll geschmissen und die Küche geputzt.

Aber heute war eben kein gewöhnlicher Tag für Anna.

Mit hängenden Schultern schlurfte sie in ihr kleines WG-Zimmer und schloss sich ein. Ihren Rucksack samt Laptop legte sie vorsichtig auf ihren ordentlich aufgeräumten Schreibtisch. Ein gut organisierter Arbeitsplatz war für sie essenziell, da sie sich bei Unordnung nur schlecht konzentrieren konnte und den Überblick zu verlieren glaubte.

Früher, zuhause bei ihren Eltern, hatte sie nie einen eigenen Schreibtisch besessen und hatte dort ihre Hausaufgaben immer am Küchentisch der Familie erledigen müssen. Umso mehr liebte sie es, an ihrem Platz zu arbeiten. Sich in Ruhe hinsetzen und stundenlang konzentriert komplizierte Sachverhalte, historische Zusammenhänge und Unmengen an Informationen sammeln zu können, war für sie ein Privileg, das sie sehr zu schätzen wusste.

Nachdem sie bemerkt hatte, dass sie schon einige Minuten vor ihrem Schreibtisch gestanden und aus dem Fenster geblickt haben musste, schmiss sie sich erschöpft auf ihr Bett, das aus Paletten und einer schmalen Matratze bestand.

In der Küche hatten sie offenbar die Musik lauter gedreht, damit Anna nicht hören konnte, was dort geredet wurde. Ihr war durchaus bewusst, dass Awa und ihre Freund*innen sie als störend empfanden, selbst wenn sie sich hier allein ins Zimmer zurückzog. Das gab Anna jedoch nicht weiter zu denken. Sie zahlte hier Miete, beteiligte sich an den WG-Aufgaben, und ansonsten waren ihr Awa und ihre Clique herzlich egal. Da konnte sie drüberstehen. Und dennoch war sie heute nicht sie selbst. Anna fühlte sich ungewöhnlich verletzlich.

»Warum geht mir die Geschichte von Magda nur so nah?«, fragte sie sich, erstaunt über die Traurigkeit, die sie seit dem heutigen Vormittag ergriffen hatte. Das war doch albern! Diese Geschichte war eine unter vielen. Und vor allem war sie Ewigkeiten her. Es war unprofessionell und unwissenschaftlich, die Sachverhalte emotional zu betrachten. Und wenn Anna eine Sache gut konnte, dann die sachliche Einordnung komplexer Informationen. Ihr fiel plötzlich auf, dass sie schon wieder an Magda, ihre Mama Eva und die anderen Weißen aus dem Menschenzoo dachte.

Es ist mehr als hundert Jahre her und du sitzt hier wie ein Häufchen Elend und weinst Tränen wegen Menschen, die du nicht mal gekannt hast, dachte Anna sich selbst ermahnend, in der Hoffnung, so zu ihrer sonst gewohnt abgeklärten inneren Haltung zurückzufinden. In ihren Ohren dröhnte die Musik vom Nebenraum und das Gelächter, und konnte sie vorhin ihr körperliches Unwohlsein nur auf ein diffuses Gefühl der emotionalen Überforderung zurückführen, so bahnte sich jetzt ein sich penetrant in den Mittelpunkt spielender Kopfschmerz an, der ihr zu allem Übel auch noch auf den Magen schlug - anders als das blöde Sauerkraut, welches zu dieser erneuten, insgesamt sehr albern eskalierenden Auseinandersetzung mit Awa geführt hatte. Dabei mochte sie das Zeug gar nicht mal so gern, sie wollte ihre Mama aber nicht vor den Kopf stoßen, die extra für sie vorgekocht hatte.

Ihre Mutter äußerte stets das unbegründete Gefühl, dass sie ihre Tochter kaum anders, und somit für ihre eigenen Ansprüche an sich als Mutter nicht ausreichend, unterstützen konnte. So hatte Anna alles gegeben, damit sie sich mit den Noten ihres Abitur-Zeugnisses für ein Stipendium an der

Universität bewerben konnte. Gereicht hatte es trotz mehr als solider Noten aber nur für ein Teil-Stipendium, und so musste sie einen Teil der Studiengebühren selbst tragen und ihr WG-Zimmer bezahlen. Und klar, die Miete war im Vergleich echt günstig, aber für Anna noch so viel, dass sie gleich zwei Jobs neben dem Studium annehmen musste.

Sie wollte nicht, dass ihre Eltern sich noch mehr Sorgen machten. Außerdem wusste sie, dass ihre Eltern die Studiengebühren nicht aufbringen konnten. Sie lebten schon so sparsam und kamen dennoch gerade so mit dem hart verdienten Geld über die Runden. Mit Sicherheit war das auch der Grund, weshalb sie bei den Auseinandersetzungen zwischen ihr und Awa stets bemüht blieb, diese nicht unnötig hochzukochen oder gar sich emotional so mitreißen zu lassen, dass diese womöglich noch in einem richtigen Streit enden würden.

Anna wusste, im Gegensatz zu Awa würde sie so schnell keine neue Bleibe finden. Allein schon wegen ihres Namens wäre es nahezu aussichtslos: Anna Heinrich. Mit dem Namen fand man nicht so leicht eine Wohnung oder einen Job. Dieses Zimmer hier hatte sie auch nur deshalb bekommen, weil ein Kunde ihres Vaters, der immer seine Luxusautos bei ihm putzen ließ, sehr zufrieden mit der Arbeit ihres Vaters war und ihn aus unerfindlichen Gründen irgendwie ins Herz geschlossen hatte. Als Papa dann stolz davon berichtete, dass seine Tochter studieren würde, sie aber noch eine Unterkunft in der Hauptstadt suche, um nicht, wie immer, stundenlang mit den öffentlichen Verkehrsmitteln anreisen zu müssen, offenbarte der Kunde begeistert, dass er seiner Tochter gerade eine Wohnung besorgt habe, die sie mit Freund*innen als WG nutzen würde.

»Meine Tochter wollte das eine Zimmer eigentlich unvermietet lassen und unbedingt einen begehbaren Kleiderschrank für die gesamte WG da drin haben«, hatte Herr Malinda ihrem Vater begeistert berichtet.

Und so beschloss der Kunde ihres Vaters, dass es eine gute Idee sei, Anna, anstelle eines begehbaren Kleiderschranks, einziehen zu lassen. Das hatte selbstverständlich in der gesamten WG für Unmut gesorgt. Und Anna war, schon bevor sie überhaupt eingezogen war, bei all ihren Mitbewohner*innen unten durch.

Allein deshalb schon durfte Anna es sich mit Awa nicht verscherzen und riskieren, aus der WG zu fliegen: Es würde ihren Vater vor seinem wichtigsten Kunden bloßstellen und zum größten Familienkrach unter der heißen Sonne führen, der im Süden je ausgebrochen war!

Anna wusste, nicht ihr Vater würde es ihr übelnehmen, sondern ihre Mutter, die ohnehin schon immer um alle und alles in Sorge war. In Sorge um ihren Mann, der viel zu viel und viel zu hart schuftete. Neben seinem Job in der Fahrzeugaufbereitung arbeitete er zusätzlich jedes Wochenende nachts als Taxifahrer, damit es seiner Familie an nichts fehlen musste. Natürlich fehlte es trotzdem an allem. Da half auch das bisschen, was ihre Mama beim Putzen und Regale einräumen im Supermarkt verdiente, nicht.

Das Einzige, was trotz der dauerhaften Überlastung der Eltern immer ausreichend vorhanden war, war die bedingungslose und unerschöpfliche Liebe für ihre beiden Kinder. Das spürte Anna jeden Tag ihres Lebens. Selbst Alex, der gerade nicht das beste Verhältnis zu ihren Eltern hatte, war sich ihrer Liebe immer sicher.

Deswegen machte es Anna auch nichts aus, weniger Geld zu haben als die meisten Leute. Weder nagte es an ihrem Selbstbewusstsein, noch haderte sie mit ihrem Schicksal, anders als ihr Bruder Alexander, der irgendwann in seiner frühen Jugend damit angefangen hatte, sich das zu nehmen, von dem er glaubte, es würde ihm fehlen, und ihren Eltern damit sehr viel Ärger und sehr viele schlaflose Nächte voller Sorge bereitete.

Alexander, oder Alex, wie ihn eigentlich alle außer Papa nannten, war zwei Jahre älter als Anna und in seiner Kindheit das gewesen, was man wohl ein Problemkind nannte. »Mit dem Jungen hat man immer nur Ärger«, hallte es noch heute in Annas Ohren nach, wenn sie darüber nachdachte, wie ihre Eltern über Alex sprachen. Und so leid es ihr tat, das zugeben zu müssen, ihr Bruder war wirklich schwierig gewesen. Er war es auch heute noch.

Das Schlimmste daran war eigentlich, dass Alex und sie eine fantastische Beziehung zueinander hatten und sie sich keinen besseren großen Bruder wünschen könnte, er aber ansonsten ein hoffnungsloser Fall war und am laufenden Band in dubiose Machenschaften verwickelt war.

Wie konnte man einerseits so liebevoll mit seiner kleinen, zugegeben durchaus hin und wieder auch nervigen Schwester umgehen, ihr stets mit Rat und Tat zur Seite stehen, sie immerzu unterstützen und ihr das Gefühl geben, alles schaffen zu können, was sie sich vorgenommen hatte, und andererseits für sich selbst so wenig erreichen wollen, ständig Mist bauen und sich damit alles zu verbauen? Immerhin war Alex jetzt schon dreiundzwanzig Jahre alt und sollte endlich einmal damit anfangen, sein Leben in den Griff zu bekommen. Warum er das nicht tat, würde Anna immer ein Rätsel bleiben.

Für ihn waren immer alle anderen schuld daran, wie sein Leben verlief. Verlor er einen Job, dann deshalb, weil der Chef rassistisch war, und nicht etwa, weil Alex dreimal hintereinander verschlafen hatte und zu spät zur Arbeit erschienen war. Wenn eine Kassiererin unhöflich war, dann weil er weiß war und nicht etwa, weil sie müde von der Schicht und den fordernden Kund*innen genervt war. Als ihm der Mathelehrer eine Fünf gegeben hatte, lag es daran, dass er Alex mit seiner weißen Hautfarbe und seinen blonden Haaren nicht leiden konnte, und nicht etwa, weil Alex einfach nicht genug gelernt hatte. Irgendeinen Grund, die Verantwortung von sich weg und auf seine Hautfarbe zu schieben, gab es immer.

Und so, als müsste er sich für die Widersprüche wappnen, hatte Alex irgendwann beschlossen, so viele Informationen, die er als Argumente nutzen konnte und die ihn entlasteten, zu sammeln. Er folgte zig Aktivist*innen auf Social Media und nervte Anna damit, wenn er ihr unaufgefordert wieder einmal irgendeinen Clip vorspielte, von dem er glaubte, er würde seine Lage widerspiegeln.

Ich würde mich gerne Alex anvertrauen, dachte Anna. Er war ihr Bruder und er kannte sie so gut, dass er bestimmt wusste, warum ihr die Geschichte von Magda nicht aus dem Kopf ging. Gleichzeitig wusste sie auch, dass er dann einen seiner Vorträge darüber halten würde, dass die Schwarzen die Weißen nur ausbeuten würden und allesamt Teufel wären.

Anna war das zu radikal, zu kurz gedacht, und sie wusste auch nicht, wie ihr das dabei helfen sollte, die Bilder zu vergessen, die sich seit heute Morgen immer wieder vor ihrem inneren Auge abspielten. Man konnte schließlich nicht in der Vergangenheit leben, auch wenn die sie gerade einzuholen schien. Aber es war zu leicht, alles immer auf andere zu schieben, wenn man selbst nichts hinbekam! Sicher, es war weder als weißer Junge noch als weißes Mädchen leicht, von queeren Weißen oder Weißen mit Behinderungen ganz zu schweigen, denn die hatten nicht mal eine kleine Lobby, wie Anna schon daraus ableiten konnte, dass sie nicht eine Person dieser Gruppen nennen konnte, die sie jemals medial oder in Führungspositionen wahrgenommen hatte. Sie bekam es ja auch hin, wieso dann ihr Bruder nicht?

Beide hatten doch dieselben Voraussetzungen gehabt. Denselben Startpunkt.

Manchmal hatte Anna das Gefühl, dass er es gar nicht hinbekommen wollte und sich selbst mit seinen unsinnigen Aktionen boykottierte. So, als ob es auch nur eine*n seine*r Vorgesetzten jemals gejuckt hätte, ob er das Handtuch warf und kündigte, falls er nicht zuvor bereits rausgeschmissen wurde. Hatte es sie natürlich nicht. Und Alex hatte allein schon wegen seiner großen Klappe immer das Nachsehen, denn anstatt sich zu entschuldigen, wenn etwas schieflief, ging er dazu über, sein Gegenüber anzugreifen – was natürlich auch finanziell für ihn Folgen hatte. Nirgends hielt Alex länger als ein paar Monate durch. Es ärgerte Anna, schließlich war er viel klüger als sie, wie sie fand. Nur seinetwegen hatte sie sich dazu entschieden, Geschichte zu studieren. Sie hatte die Nase voll davon, dass er ihr ständig Vorträge darüber hielt, dass sie ihre eigene Geschichte erst dann kennen würde, wenn sie sich mit der Vergangenheit und ihrem Einfluss auf das Hier und Jetzt auseinandersetzte. Ihr war es fast schon peinlich, wie er sie argumentativ auseinandernehmen konnte, obwohl sie diejenige in der Familie war, die einen akademischen Titel anstrebte und hart dafür arbeitete.

Alex flogen, im Gegensatz zu ihr, diese Sachen einfach zu. Komplett unverschämt eigentlich, wenn man bedachte, dass er nichts mit diesem Wissen anfing. Was hätte Anna nur für seine schnelle Auffassungsgabe gegeben! Ihre Ration Sauerkraut würde sie sogar freiwillig, auch ohne dass etwas für sie dabei raussprang, an ihn abgeben! Schon deshalb, weil sie das Zeug nicht mehr sehen konnte und im Gegensatz zu ihm nie besonders gemocht hatte.

Sie schüttelte den Kopf und eine blonde Strähne blieb auf ihrer schweißfeuchten Stirn kleben. Erneut schüttelte Anna den Kopf und hoffte damit nicht nur die Strähne, sondern auch ihre negativen Gedanken abzuschütteln. Doch stattdessen meldete sich jetzt auch noch ihr ewiger Begleiter: das Pflichtbewusstsein. Das und ein fieses Ziehen in der Magengrube, von dem Anna wusste, dass es das schlechte Gewissen war, heute nicht genug für die Uni getan zu haben.

Anna rieb sich die müden Augen. »Na ja, hilft ja alles nichts«, murmelte sie matt und zwang sich, mit einem beherzten Ruck vom Bett aufzustehen und noch einmal an ihren Schreibtisch zu gehen und ihrem Verantwortungsbewusstsein und dem schlechten Gewissen nachzugeben und heute doch noch was für ihr Studium zu tun. Denn für heute hatte sie genug von all den Gefühlsausbrüchen, die sie gequält hatten.

Süden
Eva

Sie wollte schreien, doch ihre Kehle war so ausgetrocknet, dass nur ein kraftloses Schluchzen ihre Lippen verließ. Ein der Situation unangemessen leises Schluchzen. Zu mehr hatte Eva jedoch keine Kraft mehr. Wie gerne hätte sie getobt, wie gerne würde sie die Fassung verlieren und diese Fremden, die sie und Magda unentwegt über den Zaun hinweg angafften, anschreien! Ja, am liebsten würde sie auf sie einprügeln, so wie die Wärter gleich auf sie einschlagen würden, die nun ihr Gefängnis betraten, um »diese Wilden« zu bestrafen, weil sie es gewagt hatten, den zahlenden Zuschauer*innen den Blick auf die wilde Brut zu verwehren. Nicht nur Eva, sondern sie alle wussten, das war der Preis dafür, dass Magda unbeobachtet von tiefschwarzen, starrenden Augen in Ruhe in Evas Armen hatte sterben dürfen.

Das aufdringliche Klopfen an ihrer Zimmertür riss Anna aus ihren Gedanken. Mist. Der rasche Blick auf ihren alten Digitalwecker verriet ihr, dass sie über ihre Hausarbeit die andere Hausarbeit doch tatsächlich komplett vergessen hatte.

»Ey yo, Anna!«, rief Amadou hinter der Tür. »Awa meinte, du übernimmst heute den Küchendienst?«

Verdammt, tat ihr Nacken vom Starren auf den Bildschirm weh. Genervt quälte sich Anna aus dem Schreibtischstuhl und ging zu ihrer Zimmertür. Als sie die Tür öffnete, stand Amadou grinsend und mit verschränkten Armen in dem Türrahmen. Er trug eine eng geschnittene rote Short und dazu ein rosafarbenes, noch engeres geripptes Shirt, das seine langen muskulösen Arme betonte. Annas Mutter würde dieses Outfit als vulgär bezeichnen, aber Anna bewunderte ihn insgeheim für die Anmut, die er ausstrahlte.

»Girl, womit hast du unsere Drama-Queen denn diesmal gegen dich aufgebracht? Hier ging es doch heute nicht wirklich ums Essen, oder?« Er beugte sich ein wenig theatralisch kopfüber und band sich seine langen Locs in einen großen Dutt zusammen.

»Mit meiner Existenz«, antwortete Anna trocken, dann fingen beide an zu lachen, denn es war deshalb so unbeschreiblich komisch, weil Annas Feststellung im Grunde der ungeschönten Wahrheit entsprach.

Amadou hob den Kopf mit einem Ruck wieder hoch und sah sie schmunzelnd an. Anna stieg die ihr so bekannte Röte ins Gesicht bei dem direkten Blickkontakt. Er verzog seine vollen Lippen zu einem aufmunternden Lächeln und nickte ihr zu. »Na komm, ich helfe dir«, sagte er, trat einen Schritt auf sie zu, nahm die verdatterte Anna an die Hand und zog sie mit sich in die Küche. Erst jetzt fiel Anna auf, wie sehr sie mit ihrer Hausarbeit beschäftigt gewesen war und wie tief sie sich in die

Geschichte über den Menschenzoo in den Bann hatte ziehen lassen. Zwar hatte sie zuvor die laute Musik bemerkt, der pumpende Bass war auch nicht zu überhören gewesen, aber sie hatte nicht mitbekommen, dass hier wohl schon nachmittags die Einstimmung auf eine Party stattgefunden hatte. Überall standen offene Bierflaschen und verdrecktes Geschirr. Die Luft roch nach Gras. Irgendjemand musste ein Glas umgestoßen haben, denn auf der Tischplatte hatte sich eine klebrige Pfütze gebildet. Anna verzichtete darauf, darüber nachzudenken, was da wohl ausgelaufen war, und beobachte angeekelt, wie eine Fliege verzweifelt versuchte ihre verklebten Beine aus der angetrockneten Flüssigkeit loszureißen.

»Was ist denn hier passiert?«, fragte sie, als sie sich zwang, den Blick vom Todeskampf der Fliege abzuwenden und sich dem Ausmaß des gesamten Chaos hinzuwenden, Amadou, der mit einer einladenden Handbewegung den Perlenvorhang zur Seite und Anna sanft in die Küche schob.

»Na was schon, heute ist doch das Konzert von Joseph! Auf welchem Stern lebst du eigentlich, Anna? Du kriegst echt nichts mit!« Amadou ging zum Kühlschrank, um die Box darauf leiser zu drehen. »Die Girls haben sich hier auf den Abend eingestimmt.«

»Und warum bist du nicht da?« Anna wusste, dass es Amadous Lieblingskünstler war und man ihm durchaus hätte zutrauen können, dass er seine Niere für eine Konzertkarte hergeben würde.

»Girl, seit wann bin ich eines der rich bitches, die sich Konzertkarten leisten können? Du vergisst, mit wem du sprichst«, antwortete Amadou herzlich lachend, und Anna fiel ein Stein vom Herzen. Er war wirklich der Einzige, zu dem Anna so etwas wie freundschaftliche Gefühle aufgebaut hatte, seit sie von zuhause ausgezogen und zur Uni gegangen war. Sie wusste, dass er ihr nicht böse war, weil sie tatsächlich kurz vergessen hatte, dass er, genauso wie sie selbst, nicht mit einer reichen Familie gesegnet war wie ihre anderen Mitbewohner*innen, allen voran natürlich Awa.

»Awa hat mich sogar gefragt, ob sie mir das Geld für die Karten leihen soll, aber ich habe dankend abgelehnt«, erzählte er.

»Du hast was?« Anna hielt inne und schaute erstaunt auf, als sie sich einen Müllbeutel aus der Küchenschublade nahm. Warum hatte er das getan?

»Na, abgelehnt!«, wiederholte Amadou süffisant. »Weil, erstens habe selbst ich so was wie einen Funken Stolz, zweitens schulde ich ihr noch Geld, drittens, weil ich ihr eben noch Geld schulde, weiß ich sehr genau, dass Awa die letzte Person auf Erden ist, der man Geld schulden will!«

»Außer der Mafia, der will man ja wohl noch weniger was schulden als Awa«, meinte Anna lächelnd und begann den hinterlassenen Müll vom verklebten Tisch zu räumen.

»Ich glaube, die Mafia ist weniger skrupellos als Awa!«, erwiderte er und beide brachen wieder in hemmungsloses Gelächter aus.

»Du hast recht, ich würde mich auch lieber von der Mafia foltern lassen als von Awa!«

»Na ja, du musst es wissen, immerhin behandelt dich Awa, als wärest du ihre Sklavin!«, brach es aus Amadou heraus. Im selben Augenblick schien er zu realisieren, was er da von sich gegeben hatte, und wenn er es nicht aus eigener Sensibilität heraus wahrnahm, dann weil er sah, dass Anna fast unmerklich zusammengezuckt war und aufgehört hatte zu lachen.

»Entschuldige bitte«, schob Amadou hastig hinterher, als sich Anna von ihm abwandte. Sie musste verlegen wirken, so wie sie zur Spüle eilte, um sich dem dreckigen Geschirr zu widmen. Aber wie sie sich fühlte, verstand sie selbst nicht. Es war ja eigentlich nichts dabei.

»Weshalb entschuldigst du dich?«, fragte sie. Etwas zu obsessiv schrubbte sie die Reste eines Dips aus einer Schüssel. »... du hast ja nichts gemacht.«

Amadou näherte sich ihr vorsichtig und legte ihr seine Hand sanft auf die Schulter »Ach, komm!«

Anna betrachtete die bunt lackierten Nägel auf ihrer Schulter, wandte sich ihm zu und trocknete ihre Hände am Küchentuch ab. Ihre Fingernägel waren blass, die gleiche Farbe wie ihre Haut. Geknickt zuckte sie mit den Schultern.

»Was ist los? Du bist doch sonst nicht so ...« Er machte eine Pause, um seine Worte zu wählen, und entschied sich doch dazu, einfach auszusprechen, was er dachte: »Empfindlich ... Du bist doch sonst die Erste, die sowas raushaut, und ich habe mich schon gefreut, dass ich dir einmal zuvorgekommen bin und mir der Spruch vor dir eingefallen ist!«

Aufgewühlt strich Anna sich eine Strähne aus dem Gesicht. Sie suchte nach den richtigen Worten, um Amadou ihre Gefühle zu vermitteln. In ihr herrschte dasselbe Chaos wie in der Küche, nur würde ihr niemand dabei helfen können, da Ordnung reinzubringen. Seufzend lehnte sie sich gegen die Arbeitsplatte. »Ich weiß, und irgendwie weiß ich es selbst nicht. Eigentlich bin ich nicht empfindlich bei solchen Sprüchen, bringt ja auch nichts! Aber irgendwie fühle ich mich schon den ganzen Tag beschissen, weil mir die Sache mit meiner Hausarbeit so nachhängt. Awas Generve heute hat mir den Tag jetzt auch nicht unbedingt leichter gemacht. Ich kenn' sie ja. Ich weiß doch auch, dass sie manchmal einfach mies sein kann, aber heute hat's mich seltsamerweise getroffen. Ich weiß es doch auch nicht! Vielleicht bekomme ich auch einfach nur meine Tage«, versuchte sie vor allem die für sich selbst ungewohnte Offenheit und Verwundbarkeit zu überspielen.

Sie wollte sich eigentlich nicht so verwundbar zeigen. Das hatte in der Vergangenheit ja auch stets dazu geführt, dass es gegen sie verwendet wurde. Man hatte ihr dann gesagt, dass sie zu empfindlich sei. Zu wütend und irrational, oder dass sie nicht stark genug sei. Und irgendwann hatte sie das nicht nur tatsächlich geglaubt, sondern auch beschlossen, sich davor in Acht zu nehmen, ihre wahren, manchmal verletzten Gefühle zu zeigen. So ganz schien sie Amadou mit ihrem Bluff jedoch nicht überzeugen zu können. Sein durchdringender Blick machte sie nervös, und sie begann an einer Ecke ihres Fingernagels zu knabbern.

»Du musst das nicht tun, weißt du?« Er nahm seine Hand jetzt von ihrer Schulter und griff nach ihrer und drückte sie sanft.

Irritiert entzog sich Anna seinem Griff. »Was tun?«

»Na ja, keine Ahnung, immer nett sein. Immer allen gefallen wollen und auf deine Kosten Witze machen oder sie dulden. Token sein, wenn du verstehst, was ich meine!«

»Was redest du denn da?« Gerade war sie noch getroffen und aufgewühlt, doch nun schlug es in Ärger um. Anna schnappte sich das Küchentuch und begann ein Glas abzutrocknen. Egal wie sie es machte, es war verkehrt! War sie ruhig, hieß es, sie sei arrogant. Wenn sie sich wehrte, hieß es, sie sei aggressiv. Machte sie nix, war es auch verkehrt und sie galt als faul. Versuchte sie sich zu erklären, war sie zu nett. *Ich bin kein verdammter Token! Ich versuche einfach nur klarzukommen,* dachte sie und schluckte den Kloß herunter, der ihre Kehle zuzuschnüren drohte. »Mir geht es halt heute mal scheiße. Ich bin einfach überarbeitet, da muss man jetzt keine Therapiestunde daraus machen. Ich bin gestresst, was du nicht verstehst, weil du dich nur alle paar Tage aufraffen brauchst, um was für die Uni und deine Zukunft zu tun!« Damit drehte sie sich wieder zur Spüle, um Amadou zu verdeutlichen, dass das Gespräch für sie hier beendet war.

»Okay, wow! Das war unnötig. Ich wollte dir nur helfen.«

»Ich brauche deine Hilfe aber nicht!« Energisch packte sie die gespülte Schale, um sie auf das Abtropfgestell neben der Spüle zu legen. Das nasse Geschirr glitt ihr dabei aus der Hand und fiel scheppernd zu Boden. Irgendwas brach auch in ihr und sie schrie: »Ich kann den Scheiß gerade echt nicht gebrauchen und ich muss mich auch nicht von einem Schwarzen Token nennen lassen! Du hast keine Ahnung, wovon du sprichst, und es geht dich ehrlich gesagt auch überhaupt nichts an, wie ich mit meinen Problemen umgehe!«

Als würde er einen körperlichen Angriff von ihr abwehren, riss Amadou ruckartig seine Hände in die Luft: »Dann kannst du ja auch hier beim Aufräumen auf meine Hilfe verzichten!« Er drehte sich energisch um und verließ ohne ein weiteres Wort den Raum.

Wäre Anna nicht so genervt von diesem ganzen Tag gewesen, hätte sie vielleicht anders reagiert, aber heute nicht. Heute ärgerte sie sich. Über Amadou. Über Awa. Über diese verdammte Schale, die in vielen bunten Scherben auf dem Boden verteilt lag. Ausgerechnet diese Schale, die Awa von ihren Eltern geschenkt bekommen hatte und die teuer gewesen sein musste, war ihr kaputtgegangen. Anna stiegen Tränen in die Augen, und dieses Mal gelang es ihr nicht, sie herunterzuschlucken, und so liefen sie ihr heiß über die geröteten Wangen. Ihr Blick verschwamm, und sie verlor sich in den Gedanken über ihre Hausarbeit. Aber vor allem darüber, dass ihr eine Hausarbeit, immerhin war dies nicht ihre erste, sondern eine alltägliche Aufgabenstellung im Laufe ihres Studiums, so aufs Gemüt schlug.

»Fuck«, fluchte sie erschrocken auf, als sie den brennenden Schmerz in der Fingerkuppe ihres Mittelfingers spürte. Die Tränen mischten sich mit ihrem Blut in dem Scherbenhaufen. Anna sank erschöpft in sich zusammen, sie konnte den Schmerz nun nicht mehr unterdrücken. Nicht den in ihrer Hand, und auch nicht den in ihrem Herzen. Endlich weinte sie hemmungslos und ohne jede Scham.

COLOR IS A BEAUTIFUL THING

»Nur, weil ich weiß bin«, sagte sie halb im Scherz, halb im Ernst, während sie sich in ihrem Schreibtischstuhl im Kreis drehte. Am anderen Ende des Hörers erklang das Lachen ihres Bruders, vermischt mit den Stimmen und Motorengeräuschen auf der Straße. Anna hatte ihn bildlich vor sich, wie er sich in seinen extra weiten Klamotten, mit Mütze auf dem Kopf und hängendem Rucksack an den anderen Passant*innen vorbeikämpfte. »Ist doch wahr! Das war mein erster Gedanke, als der mit dem Themenvorschlag auf mich zugekommen ist!«

»Wie kommst du darauf?«, fragte er und klang dabei aufrichtig interessiert.

Anna stieß sich erneut mit den Füßen vom Tisch ab und drehte sich mit neuem Schwung um die eigene Achse. Jetzt war ihr doch schwindlig geworden. Sie hielt sich am Tisch fest und schloss kurz die Augen. »Uff!«, stieß sie aus.

»Was hast ... du gesagt?«, fragte Alex. Er keuchte etwas beim Sprechen, als wäre er etwas außer Atem.

»Nichts! Ich meinte, dass er ausgerechnet mir das Thema aufhalst, spricht ja schon Bände! Ich habe dir doch erzählt, dass ich die einzige Weiße in dem Kurs bin, oder?«

»Hm«, nuschelte Alex am anderen Ende. »Na ja, aber immerhin hast du es dahin gebracht, wo du jetzt bist, Anna! Dass das nicht viele von uns schaffen, weißt du, und warum das so ist, weißt du auch!«

Annas Schwindel hatte sich gelegt und sie sprang energisch aus dem Schreibtischstuhl auf. »Mann, Alex, ich habe hart für dafür gearbeitet. Und ich meinte das vorhin auch nicht so ernst wie das, was du jetzt wieder daraus machst! Der Professor hat es vielleicht ja auch nur gut gemeint und will mir damit unter Umständen nur eine Chance geben.« Anna ging zu ihrem Bücherregal, das neben dem Bett stand, und ließ ihren Blick über die nach Themen und Namen sortierten Bücherrücken schweifen.

»Was denn für eine Chance?«, stieß Alex gehetzt aus, und Anna hatte fast ein schlechtes Gewissen, ihn vollzuquatschen, obwohl er offensichtlich mit anderem beschäftigt war.

»Ich meinte Chancengleichheit. Denn im Grunde hätte es ja auch echt sein können, dass mir das Thema besonders liegt, und er mir da entgegenkommen wollte.«

Alex stöhnte auf, und Anna konnte regelrecht hören, dass er die Augen verdrehte. Sie hatte keine Lust darauf, sich jetzt weiter zu erklären oder gar den Professor unnötig zu verteidigen.

»Hast du ein Problem damit, dass ich Erfolg habe?«, gab Anna stärker zurück, als sie beabsichtigt hatte.

»Nein, ich bin stolz auf dich, dass du tust, was du tust. Aber ich verschließe meine Augen auch nicht davor, dass du dich als Token benutzen lässt.«

»Boah, du klingst genauso wie Amadou.«

»Vielleicht hat der Junge auch einfach nur recht.«

Anna hielt in ihrer Bewegung inne, um ihrer Wut nicht die Oberhand zu lassen. Dann klemmte sie das Handy zwischen ihrem Ohr und der Schulter ein und begann im Buch zu blättern, anstatt auf Alex' Provokation einzugehen.

Alex, der die Pause des Gesprächs nicht auszuhalten schien, fragte mit gepresster Stimme: »Hallo?«

Anna klappte das Buch wieder zu und nahm es mit zurück zum Schreibtisch. »Ja, ich bin noch da«, erwiderte sie.

Insgeheim hatte sie schon beschlossen, dass sie das Gespräch beenden wollte, denn im Grunde war für sie klar, weshalb er Amadou zustimmte. Immerhin war es genau das, womit Alex sein ständiges Versagen rechtfertigen konnte, nämlich indem er einfach von sich selbst ablenkte und anderen, den Strukturen, der Diskriminierung, Gott und der restlichen Welt, die Schuld daran gab, dass er im Leben nicht weiterkam.

»Hey, alles klar bei dir?«, hakte Alex noch mal nach, aber Anna hatte keine Lust auf eine Grundsatzdiskussion. »Jaja, alles klar, ich muss jetzt hier auch weitermachen«, flüchtete sie sich aus dem unangenehmen Verlauf des Gesprächs und würgte ihren Bruder ab. »Bis dann.«

Frustriert legte sie auf, aber wusste auch, dass selbst wenn sie wütend auf Alex war, beide nie lange böse aufeinander sein konnten. Aber jetzt wollte sie erst einmal nur diese elende Hausarbeit hinter sich bringen und sich wieder mit Themen im Studium befassen, die ihr mehr lagen und auch viel mehr Interesse in ihr weckten.

Es war das erste Mal, dass sie Professor Batista um einen Termin gebeten hatte. Nun saß sie im Vorzimmer, unschlüssig darüber, wie sie das Gespräch anfangen sollte. Im Grunde war sie auch nicht sicher, was sie sich davon erhoffte, mit dem Professor zu reden. Sie wollte sich auch jetzt nicht beschweren, weil sie keinesfalls riskieren wollte, von ihm als Querulantin wahrgenommen zu werden und sich somit vielleicht noch die bisher guten Noten zu verspielen. Ihr blieb keine Zeit, sich weiter darüber Gedanken zu machen, denn der Professor stand plötzlich in der Tür, und Anna realisierte, dass er wohl schon eine Weile dort gestanden haben musste und versucht hatte sie anzusprechen.

»Frau Heinrich?«, fragte er und blickte ungeduldig auf seine Armbanduhr.

»Entschuldigung.« Anna sprang hastig von ihrem Stuhl auf. »Herzlichen Dank, dass Sie mich empfangen, Professor Batista«, ergänzte sie um Höflichkeit bemüht und streckte ihm die Hand entgegen.

Trotz der hohen Temperaturen trug der Professor einen formellen Anzug. An den Ärmeln unter seinem Jackett blitzen Manschettenknöpfe hervor, die Anna schon aufgefallen waren, als er auf seine Uhr gesehen hatte. Irgendwie erinnerte er Anna an ein Relikt aus vergangenen Tagen, oder dem, was sie sich darunter vorstellte. Der Professor erwiderte ihre Geste und drückte Annas Hand ein bisschen zu fest zurück.

»Frau Heinrich, ich spreche Ihren Namen doch korrekt aus, oder? Sie schrieben in Ihrer E-Mail, dass Sie Probleme mit der Quellenlage zu Ihrer Hausarbeit haben? Wie kann ich Ihnen helfen?« Er lächelte Anna freundlich an. Um seinen Bartschatten bildeten sich zwei Grübchen in den Wangen, die ihm eine Milde verliehen und Anna dazu ermutigten, ihr betretenes Schweigen zu brechen.

Anna sah auf ihre im Schoß gefalteten Hände und atmete kurz tief ein, was sie oft dann tat, wenn sie nicht genau wusste, wo sie anfangen sollte.

»Danke, ja, Sie haben meinen Namen korrekt ausgesprochen. ‚Problem' ist vielleicht zu viel gesagt, aber ich finde nicht genug Quellen, um dem Arbeitsauftrag gerecht zu werden. Ich bin selbst ganz erstaunt darüber, wie schwer es mir hier bei dem Thema fällt. Sie können meinen bisherigen Noten entnehmen, dass ich mich für üblich gar nicht so schlecht anstelle. Aber hier verzweifle ich gerade, ehrlich gesagt, ein wenig, weil ich nicht weiß, wo genau ich noch suchen soll«, gab Anna zu und staunte über ihre Offenheit.

Aber Professor Batista hatte ihr in dem Gespräch keinen Anlass geboten, sich ihm nicht anvertrauen und mit offenen Karten spielen zu können. Und falls doch, hatte sie ihm ja ganz bewusst in einem beiläufig wirkenden Satz zu verstehen gegeben, dass sie grundsätzlich zu den besseren und engagierteren Studierenden gehörte.

»Das wird Sie jetzt überraschen«, sagte Batista wissend lächelnd. »Aber dass Sie Probleme mit der Quellenlage bekommen würden, war mir durchaus bewusst, als ich Ihnen das Thema zuwies. Ehrlich gesagt habe ich nur darauf gewartet, dass Sie sich deswegen bei mir melden!«

Anna war so verwirrt, dass sie nichts Kluges, nein, sie konnte gar nichts erwidern. Denn jetzt hatte sich ihre Vermutung bestätigt, dass er ihr nicht nur ganz bewusst das Thema zugeteilt hatte, sondern auch, dass er geahnt hatte, dass sie an der Aufgabenstellung scheitern würde. *Hat er das vielleicht sogar gewollt? Wollte er, dass ich scheitere? Und wenn ja, weshalb? Was habe ich ihm denn getan?,* schoss es Anna durch den Kopf.

»Jetzt gucken Sie nicht so schockiert, Frau Heinrich! Sie selbst haben vorhin berechtigterweise festgestellt, dass Sie außergewöhnlich gute Noten haben und ja, Sie sind zwar eher zurückhaltend in den Vorlesungen, aber wenn Sie was sagen, argumentieren Sie stets folgerichtig und beweisen, dass Sie sehr gründlich gearbeitet haben. Das möchte ich fördern und Sie herausfordern. Sie haben, wenn ich das richtig sehe«, er blätterte in der Akte, die schon die ganze Zeit auf seinem Schreibtisch gelegen hatte, »ein Teil-Stipendium und das offenbar auch zurecht!«

Anna errötete verlegen.

»Schauen Sie, Frau Heinrich, ich hatte nie vor, Sie mit der Hausarbeit auflaufen zu lassen. Mir ist die gemeine Quellenlage sehr bewusst, aber ich habe Ihnen auf dem Uni-Server Dateien hinterlegt, die einige weitere Informationen enthalten. Außerdem habe ich auch eine Anlage mit Kontakten zu Historiker*innen erstellt, die sich auf das Fachgebiet spezialisiert haben. Zugegeben, es sind nicht viele, aber die paar sind gut vernetzt und unterstützen Sie sicherlich gerne bei Ihren Nachforschungen.«

Anna schnappte aufgebracht nach Luft. Sie presste die gefalteten Hände in ihrem Schoss noch fester zusammen, damit der Professor nicht bemerkte, wie sehr sie zitterten. Noch bevor sie ihrer Empörung darüber, dass ihr eine unnötig komplizierte Hausarbeit aufgetragen wurde, Luft machen konnte, sprang Professor Batista überraschend sportlich aus seinem Drehstuhl und bedeutete ihr mit einer ausladenden Armbewegung zur Tür, dass das Gespräch für ihn beendet war.

Was zur Hölle war das denn gewesen? Völlig überfahren stand Anna jetzt wieder im Vorzimmer des Büros des Professors. Anna wusste überhaupt nicht so recht, wie ihr geschehen war. Sie hatte sich fest vorgenommen, mit geklärten Verhältnissen und irgendwie auch einem neuen Thema rauszugehen, stattdessen hatte Professor Batista ihr jetzt aufgehalst, sich noch tiefgehender mit dem Thema weiße Geschichte zu befassen. Auch wenn er ihr jetzt ein paar Quellen und den Kontakt zu Historiker*innen gegeben hatte, hatte er sie zuvor in eine aussichtslose Situation gesteckt. Aus einer Übersprungsreaktion heraus strich Anna ihren Rock glatt und beschloss, das Gespräch auf der Heimfahrt noch einmal auf sich wirken zu lassen.

»Ey, hast du keine Augen im Kopf?!«

Anna taumelte einen Schritt zurück. Sie war so gedankenverloren gewesen, dass sie nicht auf ihre Umgebung geachtet hatte und in jemanden hineingerannt war. Zwei lange Unterarme hielten mehrere Bücher an eine Brust gepresst, und als Anna den Kopf hob, blickte sie in das genervte Gesicht einer Studentin. Sie war mindestens zwei Köpfe größer als sie, trug einen Afro und große goldene Ohrringe.

Schnell senkte Anna wieder den Kopf und beeilte sich, mit einem gemurmelten »Sorry!« an ihr vorbeizugehen.

»Ja, pass halt auf«, rief die junge Frau ihr hinterher, aber Anna war schon wieder in das Zwiegespräch mit sich selbst vertieft.

»Der Prof hat ja gerade so getan, als würde es darum gehen, sich in dem Studium selbst zu finden!«, dachte sie laut. »Wenn ich irgendwelche kruden Ideologien lernen wollte, hätte ich sowas wie Soziologie belegt! Am besten mit Schwerpunkt Critical Race Theory.«

Die Leute, die das studierten, waren Anna suspekt. Insgeheim fand sie, dass die Forscher*innen, die sich der Thematik annahmen, allesamt unseriös, und ja, fast schon ein bisschen albern waren. Ihre ganze Argumentation schien darauf zu basieren, dass alles auf Ungleichbehandlung zurückzuführen sei. Anna jedoch vertrat das Weltbild, dass die Person, die Respekt verdiente, diesen auch bekam, und man es somit selbst in der Hand hatte, ob man anständig behandelt wurde oder Karrierechancen nutzte. Im Grunde waren die anderen einfach zu bequem, um sich den Arsch aufzureißen. Und schon allein deshalb hatte sich Anna dazu entschieden, Professor Batista erst gar nicht zu widersprechen, sondern in den sauren Apfel zu beißen und ihr Ding möglichst erfolgreich durchzuziehen. Ihr würde man nicht nachsagen können, dass sie sich selbst im Weg gestanden und ihren Weg aus Sturheit verbaut hätte!

Den ganzen vergangenen Tag hatte sie am Schreibtisch damit verbracht, sich einen Überblick zu verschaffen. Anna begann die Quellenlage zu analysieren und neu zu strukturieren. In der von Professor Batista zugefügten Liste war unter anderem auch das im letzten Jahr neu eröffnete Ethnologische Museum aufgeführt und Anna ärgerte sich beim Lesen, nicht selbst daran gedacht zu haben.

Kurzerhand rief sie Alex an und bat ihn, sie zu begleiten. Selbstverständlich hatte er absolut gar keinen Bock darauf, aber sie konnte ihn überreden, indem sie ihm versprach, demnächst einmal einen Abend mit ihm auszugehen. Sie glaubte in diesem Tauschhandel zwar schlechter abgeschnitten zu haben, immerhin dauerte ein Museumsbesuch weder so lange, noch war ein Museumsbesuch so langweilig wie eine Party, auf der alle anderen entweder betrunken oder bekifft waren, aber was tat man nicht alles, wenn man keine Lust hatte, alleine durch die Museumshallen zu schleichen und dabei zu hoffen, dass man nicht weiter auffiel, weil man die einzige Person unter 50 Jahren war, die freiwillig dort seine Freizeit verbrachte. So würde sie wenigstens nicht allein auffallen.

Eins musste man Alex lassen, und es gab wenig, worum Anna ihn beneidete, aber sein Selbstbewusstsein war unerschütterlich. So, wie er mit Wollmütze, abgewetzter Hose, zu weitem, aber vor allem viel zu grellem Shirt und verspiegelter Sonnenbrille in der prallen Mittagssonne zum Eingang des Ethnologischen Museums schlenderte, sah er wie jemand aus, dem einfach alles egal war. Und nichts hätte Alex' Haltung besser unterstreichen können, dachte Anna schmunzelnd, als sie ihn zur Begrüßung in die Arme schloss.

»Du bist ja fast pünktlich«, begrüßte sie ihn und stieß ihm dabei freundschaftlich mit dem Ellbogen gegen seinen Arm. Sie hatten am Abend vorher telefoniert, und wie Anna schon meinte: Sie beide konnten nie lange wirklich böse aufeinander sein. Zwar hatten sie nicht über den Streit geredet, geschweige denn etwas geklärt, aber Alex war immer für seine Schwester da, wenn sie seine Hilfe brauchte. Auch wenn ein kleiner Tauschhandel nötig war.

»Bilde dir bloß nichts drauf ein«, erwiderte Alexander missmutig. »Ich will's nur so schnell wie möglich hinter mich bringen!«

»Ach komm, so schlimm wird's schon nicht werden«, versuchte sie ihn zu beschwichtigen, hakte sich unter seinem Arm ein und zog ihn sanft Richtung Eingang. »Ich werde auch nicht so mürrisch dreinschauen, wenn ich dich zu deiner Party begleite.«

In dem Moment, als sie es ausgesprochen hatte, glättete sich sein Gesicht. »Du zahlst aber«, forderte er.

»Wer sonst? Als ob du Kohle hättest.« Sie verdrehte grinsend die Augen und suchte in der Handtasche nach ihrem abgenutzten Portemonnaie, das sie in den Untiefen der Tasche fand. Sie ging zu dem Kassierer rüber, der auf einem Stuhl hinter einer großen Plexiglasscheibe saß. Der Mann las in einer Zeitung. Ohne aufzuschauen, blätterte er in aller Ruhe mit seinen wulstigen Fingern um. Auf seiner Halbglatze bildeten sich trotz des Ventilators, der vor ihm auf der Theke stand, kleine Schweißperlen.

Unschlüssig darüber, ob er sie wahrgenommen hatte, machte Anna einen kleinen Schritt nach vorne und klopfte vorsichtig an die Scheibe. Doch der Mann rührte sich nicht. Anna klopfte erneut. Dieses Mal ein bisschen kräftiger. Der Kassierer legte betont langsam und sorgfältig seine Zeitung zusammen, öffnete das kleine Fenster der Plexiglastrennung und hob auffordernd den Kopf, wobei sich ein paar Schweißtropfen von seiner Halbglatze lösten und ihm über die Stirn liefen.

»Ich, äh, möchte gerne zwei Karten kaufen«, bat Anna.

Der Mann drehte sich auf seinem Stuhl weg und griff nach einer Rolle Küchenpapier, riss ein Stück ab und tupfte sich die Stirn ab.

Anna war sich plötzlich nicht sicher, ob sie nicht deutlich genug gesprochen hatte und er sie nicht verstanden hatte, weswegen sie erneut sagte: »Ich würde gerne zwei Karten kaufen.«

»Ich bin nicht taub, ich habe dich verstanden. Die Preise stehen da«, erwiderte der Kassierer ruppig und zeigte mit dem Finger, den er vorhin noch zum Umblättern der Zeitung angeleckt hatte, auf das Preisschild, das rechts von ihm hinter dem Glas aufgestellt war.

Anna, die aufgewühlt von der Unhöflichkeit des Mannes war, kramte umständlich in ihrem Portemonnaie.

»Geht das auch schneller? Ich habe heute noch was zu tun!«

Anna atmete erleichtert auf, als sie das Geld passend in ihrer Geldbörse gefunden hatte. Sie wollte keine Sekunde länger diese unangenehme Situation aushalten müssen.

»Na, Sie haben ja noch weniger Bock hier zu sein als ich!«, hörte Anna Alex' Stimme über ihre linke Schulter hinweg. Erschrocken drehte sie sich um und sah, dass ihr Bruder sich hinter ihr aufgebaut hatte. Die Lässigkeit, seine hängenden Schultern und die gebeugte Haltung waren verschwunden. Er stand nun wie ein Fels, mit geraden Schultern, angespanntem Kiefer und funkelnden Augen da.

Anna schüttelte den Kopf. »Lass gut sein«, versuchte sie ihn zu beruhigen, denn außer, dass der Kartenverkäufer unhöflich gewesen war, war im Grunde ja nichts passiert.

»Soll ich einen roten Teppich ausrollen, oder was?«, entgegnete der Kassierer und straffte sich ebenfalls hinter der Plexiglasscheibe der Theke.

Anna drehte sich zu ihrem Bruder, griff nach seiner Hand und zog ihren Bruder sanft weg.

»Alex, jetzt komm schon!«

»Einen Scheiß hast du zu tun!«, rief Alex dem Mann noch im Gehen zurück.

Panisch sah auch Anna noch einmal zurück zu dem Kassierer. »Wir werden deinetwegen noch rausgeschmissen«, zischte sie Alex an, nachdem sie erleichtert festgestellt hatte, dass der Mann das Fenster der Scheibe bereits geschlossen und sich wieder seiner Zeitung gewidmet hatte.

»Ich hasse es jetzt schon«, fluchte er und nickte in die Richtung des alten schwarzen Mannes, der sich, so als wenn er gespürt hätte, dass Alex über ihn sprach, demonstrativ die Zeitung nahm und sie sich vors faltige Gesicht hielt. »Warum sind wir überhaupt hier?«

»Das hab ich doch schon gesagt. Ich brauch das für meine Arbeit.«

»Hm? Was denn für eine Arbeit?«, fragte Alex und Anna sah ihren Bruder entgeistert an. »Na, darüber haben wir doch die ganze Zeit geredet!« Sie verschränkte die Hände ineinander und dehnte ihre Finger so lange, bis das erleichternde Knacken erklang.

»Ich habe die Unterlagen von Professor Batista durchgearbeitet und darunter war auch eine Liste mit Tipps, wo ich noch mehr Informationen zur White History beziehen kann«, erläuterte sie ihrem Bruder, der offensichtlich doch nicht so genau zugehört hatte, als sie ihm am Telefon ihr Herz ausgeschüttet hatte.

»Und unter diesen Infos war dann der Tipp mit dem Museum?« Alex verzog sein Gesicht zu einer Grimasse. »Und darauf bist du nicht von allein gekommen?« Jetzt konnte er sein Lachen nicht mehr unterdrücken und Anna, der es ein bisschen peinlich war, dass ihr Bruder recht hatte und entlarvte, dass sie den Wald vor lauter Bäumen nicht gesehen hatte, ließ sich von ihm anstecken und stieß ihm freundschaftlich mit ihrem Ellbogen in die Rippen.

»Irgendwie habe ich bei dem Thema dicht gemacht«, versuchte sie sich rauszureden. »Ich habe mich gar nicht darauf einlassen können, mir mehr Gedanken dazu zu machen, wie ich dem Ganzen vielleicht sogar etwas abgewinnen könnte. Dabei macht es mir eigentlich voll viel Spaß ... Oh Gott, das artet schon wieder in eine Therapiestunde hier aus«, schob sie verlegen hinterher, nachdem sie bemerkt hatte, dass ihr Bruder sie ratlos ansah. Anna lächelte ihn an. »Komm, wir lassen uns davon doch jetzt hier nicht die gute Stimmung vermiesen.«

Gemeinsam traten sie in die große Museumshalle, deren Boden und Wände mit hellgrauem Naturstein gepflastert war. Die Halle war angenehm kühl im Vergleich zu der Hitze draußen. Hier konnte man es locker ein paar Stunden aushalten. Staunend sahen die Geschwister sich um. Durch die großen rahmenlosen Panoramafenster fiel zu beiden Seiten erstaunlich mattes Licht herein. Erst bei genauerem Hinsehen hatte Anna entdeckt, dass sie mit einer Folie verklebt waren. Sie blickte zur hohen Gewölbedecke hinauf, die wohl für den hallenden Klang des leisen Gemurmels der Besucher*innen verantwortlich war. In der hinteren Ecke, neben einer großen Säule, sammelten sich die Kinder einer Schulklasse vor ihrer Lehrerin, die dann auf ihre Aufforderung gemeinsam die Halle verließ. Anna freute sich insgeheim, denn so waren außer ihnen beiden nur noch vereinzelt ein paar Erwachsene in dem großen Raum.

Gemeinsam gingen Alex und sie auf eines der Ausstellungsstücke zu, die im Raum verteilt aufgestellt waren.

Anna zeigte auf eine Gedenktafel, die an der Tür zur Museumshalle aufgestellt worden war, und las die Aufschrift.

»Dieses Museum ist dem Andenken des Entdeckers Kiluanji Ndongo gewidmet, der mit seinen Expeditionen und Naturstudien für Weltoffenheit warb. Mit seinem Wunsch, das geografisch und kulturell Ferne kennenzulernen sowie seine linguistischen Studien zu vertiefen, hat Ndongo den Weg für den Dialog zwischen Völkern und Epochen geebnet.« Sie las gerade laut genug vor, damit Alex sie verstand, sie aber die anderen Besucher*innen nicht störte.

»Jaja, schon gut. Ich weiß, wer dieser Colonizer-Hund war. Können wir jetzt bitte einfach reingehen?«, erwiderte Alex und zog beim Losgehen die Mütze unnötigerweise noch ein wenig tiefer ins Gesicht, um ihr zu zeigen, dass er gar nicht vorhatte, sich mit der ausgestellten Sammlung ernsthaft auseinanderzusetzen.

Anna beschloss, sich davon nicht runterziehen zu lassen, sie wusste ja, wie Alex manchmal sein konnte. Sie folgte den orangen Pfeilen auf dem Museumsboden, die die Richtung des ersten Ausstellungsstücks wiesen. Auf zwei gegenüberliegenden Seiten des ersten Ausstellungsraums standen koloniale Sammlungsgüter aufgereiht nebeneinander. »Welche Rolle spielten Kolonialrohstoffe?«, war auf einer großen Tafel in der Mitte des Raumes geschrieben.

»Von wegen, wir haben denen den Fortschritt zu verdanken«, murmelte Alex leise, aber gerade laut genug, dass die anderen umstehenden Besucher*innen es gut hören konnten.

»Pst«, fuhr Anna ihn an und winkte ihren Bruder zu sich heran: »Alex, wir wissen beide, dass du keinen Bock darauf hast.«

Ihr Bruder verschränkte die Arme, und es erinnerte Anna an ein Kleinkind, so wie er dastand, Arme gekreuzt, Kinn in die Luft gestreckt und die Lippen geschürzt. Sie musste sich eingestehen, dass das Bild, das ihr großer Bruder da abgab, sie insgeheim ein bisschen amüsierte.

»Du checkst ja nicht mal, wieso ich keinen Bock darauf habe!«, zischte er, als hätte er ihre Gedanken gelesen. Sie fühlte sich ertappt und errötete.

»Ja, du hast aus Prinzip keinen Bock!«, erwiderte sie, um schnell von sich abzulenken.

»Nein, mein Problem ist ein ganz anderes. Ich habe keinen Bock, mir das reinzuziehen, denn im Gegensatz zu dir vergesse ich nicht, dass wir von Täter*innen umgeben sind, die unseresgleichen versklavt und ermordet haben! Guck dir die doch alle mal an.« Theatralisch hob er seine Arme zu einer ausladenden Bewegung und drehte sich einmal um sich selbst. »Alles Täter*innen, die sich an unserem Leid aufgeilen! Und diese Leute schreiben, wie hier auf dieser Tafel, einfach mal unsere Geschichte so um, dass sie fein raus sind und keinesfalls irgendeine Schuld an all dem tragen!«

Anna konnte nicht glauben, was sie gerade gehört hatte. »Wen meinst du mit alle?«, fragte sie vorsichtshalber noch einmal nach. Sie hoffte, ihn missverstanden zu haben.

»Na, alle hier!«, wiederholte er und ließ die Arme wieder fallen. »Diese ganzen schwarzen Leute hier sind Täter*innen und werden es immer bleiben, ob du das wahrhaben willst oder nicht, Anna!«

Wann hatte Alex sich so radikalisiert, fragte sich Anna. Zugegeben, ein bisschen drüber war er ja schon immer gewesen, aber so doch nicht!

»Whatever«, erwiderte sie. Sie war komplett überfordert und wusste nicht, wie sie sonst darauf reagieren sollte. »Lass uns bitte einfach das Beste daraus machen und die gemeinsame Zeit genießen!«, bat Anna ihren Bruder. Sie wollte nach seiner Hand greifen, doch er entzog sich ihrer Geste. Sie konnte es nicht leiden, wenn er so drauf war. Dann machte sie sich Sorgen um ihn und wusste nicht mit seiner Wut umzugehen.

Alex seufzte und gab nach, nachdem er den ratlosen Blick seiner kleinen Schwester aufgefangen hatte. Jetzt war er es, der sie an die Hand nahm und sie mit sich in den nächsten Ausstellungsraum zog.

Dort, in der Mitte des Raumes, thronte ein gläserner Sarg. Das kalte Licht der Neon-Spotlights leuchtete jedes noch so feine Detail der dort aufgebahrten braungrauen Gebeine aus. Sie sahen unheimlich aus – eine schaurige Assemblage zerfurchter Knochen und gesplitterter Zähne, die die Betrachter*innen trotz der leeren Augenhöhlen mit totem Blick zu durchdringen schienen.

»Das willst du also genießen, ja?«, fragte Alex seine Schwester mit hochrotem Kopf und zeigte auf die ausgelegten Skelette. »Du willst einen schönen Tag hier verbringen?«

»Alex!«, versuchte Anna zu insistieren. »Es geht mir darum, die Geschichte zu erfahren. Ich sehe es aus einem wissenschaftlichen Standpunkt.« Sie versuchte, die Reaktion ihres Bruders nicht persönlich zu nehmen. Er hatte nicht wie sie eine innere Distanz aufgebaut. So erschreckend es auch sein mochte, das hier war im Grunde die realistische Konsequenz dessen, womit sie sich gerade in der Theorie beschäftigte.

»Ernsthaft, Anna? Wissenschaftlicher Standpunkt? Hier, wo Menschen wie wir ausgestellt sind und nicht mal im Tod so etwas wie Restwürde erfahren? Was genau ist daran unterhaltsam?«

»Mein Gott, Alex, ich hab's nicht so gemeint! Jetzt reg dich doch nicht so künstlich über ein falsches Wort von mir auf! Ich verstehe die Leute, die genervt davon sind, dass man heutzutage nichts mehr sagen darf, gerade total!«

»Spinnst du jetzt komplett? Was ist das denn bitte für eine reaktionäre Scheiße?« Entrüstet blieb Alex stehen und riss sich aufgewühlt die Mütze vom Kopf.

»Ich, ich ...«, stammelte Anna, als Alex wütend ein Stück näher an sie herantrat.

»Ja, genau darum geht es dir: Man hört immer nur ich, ich, ich von dir! Es geht hier aber nicht nur um dich! Weißt du, wie viele von uns ständig diese Scheiße von Schwarzen fressen müssen, die du hier gerade von dir gegeben hast?« Alex fuchtelte wild mit seinen Händen vor ihrem Gesicht herum. Sie wusste, er würde ihr nie etwas tun, dennoch empfand sie seine Nähe plötzlich als unangenehm. Sie roch seinen Schweiß und spürte seinen warmen Atem auf ihrem Gesicht, als er sich zu ihr herunterbeugte und ihr ins Ohr flüsterte: »Lies! Lies, was da steht! Und vielleicht überlegst du dir zukünftig, ob du den Kampf, den viele von uns für Gerechtigkeit kämpfen, ins Lächerliche ziehen und lieber so auf uns herabblicken willst, wie die meisten Schwarzen es tun, die keine Ahnung von unserer Lebensrealität haben!«

Und obwohl sich Anna extrem unwohl fühlte, kam sie seiner Aufforderung nach und begann zu lesen, was auf den Tafeln vor dem Sarg stand.

Norden, 4. Januar 1897, morgens
Karl

Ich werde ersticken, dachte Karl und hielt sich den Arm vor sein Gesicht, so als könnte ihn das noch irgendwie schützen. Seine Augen tränten. Der Rauch arbeitete sich unaufhaltsam, beißend in die kleinsten Verästelungen seiner Lungenflügel.

Der Himmel, zu dieser Jahreszeit kalt und grau, war nun heiß und undurchdringlich schwarz. Karl kann nur schemenhaft die Trümmer seines Dorfes, seiner Heimat erkennen, von der kaum etwas übriggeblieben war. Sie hatten nicht einmal vor den erbärmlichsten Hütten haltgemacht. Es grenzte an ein Wunder, dass er, so wie einige wenige von ihnen, den Überfall dieser schwarzen Teufel überlebt hatte.

Karl hatte davon gehört, dass sich ihr Oberhaupt *Gottlieb Leonhard Gaiser* geweigert hatte, ihren Anordnungen zu folgen und sein Amt abzulegen. Er hatte ignoriert, was sie von ihm verlangten, aber niemals damit gerechnet, dass dies zur Folge haben würde, dass sie über ihr Dorf herfallen, es plündern, niederbrennen und nahezu alles Leben auslöschen würden. Er konnte keinen klaren Gedanken fassen. Sein Innerstes ein Abbild der Realität, die ihn umgab, die ihn in die allumfassende Dunkelheit hinabzog. Nichts als Schwärze.

Schwarz war seine Seele, die sich niemals von dem, was er in dieser Nacht erlebt hatte, erholen können würde. Schwarz die Überreste der abgebrannten Hütten, in denen einst Männer, Frauen und Kinder miteinander gelebt hatten. Schwarz die Asche, die sich wie eine Decke auf alles legte, ob es tot war oder lebte. Schwarz das Gesicht, das ihn unverhohlen aus schwarz leuchtenden Augen anstarrte. Und trotz der Hitze der ihn umgebenden Glutherde überkam Karl eine bitterliche Kälte.

Zitternd versuchte er aufzustehen, sich dem Mann entgegenzustellen, der mit seinen Gefährten den langen Weg übers Meer gekommen war, um Karl und seinesgleichen ihres Landes zu berauben und sie ganz und gar zu unterwerfen. Aber er schaffte es einfach nicht, egal wie sehr er sich auch bemühte. Er schaffte es gerade einmal, sich mit übermenschlicher Kraftanstrengung auf die Knie zu zwingen. Er würgte. Er hatte die rußige Luft viel zu schnell und viel zu tief, beim Versuch aufzustehen, eingeatmet. Hatte er vorhin noch gedacht, wenigstens überlebt zu haben, so dachte er jetzt, der Brand würde in seinen Atemwegen weiter wüten und ihn von innen heraus niederbrennen. Mit letzter Kraft griff er in die Richtung der Hand des Fremden, der zuvor aus dem Nichts der allumfassenden Dunkelheit plötzlich vor ihm stand und ihn schweigend beobachtete.

Nur kurz bekam er das Ende des Gewands zu fassen. Ein harter Schlag traf ihn gegen die Schläfe, und er fiel in eine erlösende Ohnmacht. Sie befreite ihn von dem Kampf des qualvollen Erstickungstodes, und Karl bekam nicht mehr mit, dass er in den dreckigen Überresten seines ehemaligen Heims starb.

»Was hat das mit mir zu tun?«, fragte Anna sichtlich irritiert ihren älteren Bruder, der abwartend neben ihr gestanden hatte.

»Alles«, erwiderte Alex kalt. »Das alles hat mit dir und wer du bist zu tun, Anna. Und als angehende Historikerin solltest du unsere Geschichte, die White History, kennen!«

BEAUTIFUL STRUGGLE

Anna hatte sich ihren Sonntagabend wirklich schöner vorgestellt. Während ihre Mitbewohner*innen alle wieder einmal draußen unterwegs waren, lag sie alleine im Bett und ließ den Museumsbesuch mit Alex Revue passieren. Sie dachte, ein gemeinsamer Ausflug in die Geschichte ihrer Vorfahren könnte sie beide wieder etwas näher zusammenbringen, nachdem sie sich so sehr gestritten hatten. Aber der Streit hatte sich im Grunde noch verschlimmert.

Hat Alex recht? Kreise ich wirklich so sehr um mich selbst?

Anna begann an ihrem Nagel zu kauen. Als sie den eisernen Geschmack von Blut auf den Lippen schmeckte, wurde ihr bewusst, was sie tat, und riss sich selbst zusammen. Sie nahm den Finger aus dem Mund, betrachtete die verletzte Nagelhaut und seufzte leise auf. *Ich muss mit jemandem darüber reden, sonst drehe ich hier noch durch,* dachte sie und griff frustriert nach dem Handy auf ihrem Nachttisch und wählte Olus Nummer. Ihre beste Freundin ging nach dem ersten Klingeln ran.

»Hey, meine Liebe. Was ist los?«, ertönte Olus samtige Stimme.

»Hey, du gehst aber schnell dran! Warst du gerade am Telefon?«

Ein kleines Lachen ertönt, dann sagte Olu: »Los, erzähl schon. Was gibt es?«

»Ach, eigentlich nichts, ich wollte nur mal wieder deine Stimme hören!«

Es entstand eine kleine Pause, und Anna hörte Olu am anderen Ende leise atmen.

»Girl, wir beide wissen, dass du nie einfach so anrufst«, sagte Olu, und Anna glaubte herauszuhören, dass sie dabei gelächelt hatte, doch Anna musste schlucken. Als ob sie sich nur meldete, wenn sie was von Olu wollte!

»Was meinst du damit? Willst du sagen, dass ich eine schlechte Freundin bin?«

»Huh? Wie kommst du denn auf den Unsinn?«, fragte Olu erstaunt. Dann atmete sie aus und fragte etwas sanfter: »Ist was passiert?«

Anna ärgerte sich, dass sie ihren Frust an ihrer Freundin ausgelassen hatte. »Sorry, ich hatte einen beschissenen Tag. Das hat nichts mit dir zu tun! Tut mir leid, dass ich dich so angepampt habe«, sagte sie und meinte es auch so.

»Ach, Anna. Was ich damit eigentlich sagen wollte, ist, dass du deine Zeit entweder in der Uni oder auf der Arbeit im Café verbringst und einfach selten den Kopf dafür hast, stundenlang zu quatschen. Das war gar kein Angriff auf dich, sondern eigentlich Respekt vor deiner Arbeitsmoral!« Olu lachte, und Anna stimmte mit ein. Wobei es bei ihr eher die Erleichterung war, und bei ihrer Freundin wahrscheinlich, weil sie es absurd fand, wie sehr Anna sie missverstehen konnte.

Anna drehte sich auf den Bauch und ließ die Beine über das Bettende baumeln. »Danke, du Herz, es tut wirklich sehr gut, das mal gesagt zu bekommen. Gerade nach einem Tag wie heute. Ich habe mich heftig mit Alex gestritten. Ich glaube, wir haben uns überhaupt noch nie so krass gestritten wie heute!«

»Weswegen habt ihr euch denn gestritten?«, hörte sie Olu fragen.

Bei dem Gedanken, was sie und Alex einander an den Kopf geworfen hatten, schämte sich Anna. Sie drehte sich wieder auf den Rücken, weil die innere Anspannung sich auch auf ihren Körper übertrug. Doch egal welche Position sie annahm, es fühlte sich nicht gut an. Schließlich zog sie die Knie an die Brust und schlang ihre Arme um ihre Beine, damit sie endlich Ruhe gaben, und begann zu erzählen. Sie schonte weder Alex noch sich, denn sie hatte beschlossen, lieber schmerzhaft ehrlich zu ihrer Freundin zu sein, als sich und ihrer Freundin etwas vorzugaukeln. *Das wäre unserer Freundschaft unwürdig,* dachte Anna bei sich.

»Und dann hat er mir vorgeworfen, ich würde nur an mich denken«, schloss sie ihre Ausführung, der Olu aufmerksam, ohne ihre Freundin auch nur einmal zu unterbrechen, zuhörte.

»Unabhängig davon, dass ihr euch beide wie Arschlöcher benommen habt, habt ihre beide einen validen Punkt, finde ich.«

»Hm«, erwiderte Anna und dachte über Olus Worte nach. Es war so typisch für Olu, sowohl Anna als auch Alex zu verstehen. Anna schätzte ihre Freundin dafür, dass diese stets bemüht war, sich allen Seiten gegenüber fair zu verhalten, aber bei Gott, es konnte auch unfassbar nerven. Anna hatte ja selbst gewusst, dass sie sich scheiße verhalten hatte, fand aber auch, dass Alex es auch provoziert hatte.

Dass Olu sie für ihren unfairen verbalen Angriff auf ihren Bruder kritisiert hatte, war gar nicht das, was sie störte. Sie war aufgewühlt, weil ihre Freundin Alex' Behauptungen ein ganzes Stück weit nachvollziehbar gefunden hatte.

»Anna?«, fragte Olu am anderen Ende und riss diese aus ihren Grübeleien. »Es tut mir mega leid, aber ich muss auflegen. Ich habe meiner Mama versprochen, heute auf meine kleine

Schwester aufzupassen, und sie muss jetzt los. Wollen wir die Tage noch mal sprechen?«, fragte sie in einem Singsang, der sie hoffnungsvoll klingen ließ.

»Klar! Mach dir einen schönen Abend mit Lulu, und grüß alle lieb von mir!«, rief Anna so fröhlich wie möglich, auch wenn sie sich nicht so fühlte.

»Mach ich«, sagte Olu knapp und legte auf.

Anna war jetzt nach dem Gespräch genauso ratlos wie vorher. Die innere Unruhe war sie nicht losgeworden, im Gegenteil. Jetzt keimte eine Wut in ihr auf, die ausgerechnet Olu traf, die ja im Grunde nur versucht hatte ihr zu helfen und dabei fair zu bleiben. Aber es ließ sie einfach nicht los, dass Olu ausgerechnet Alex' Vorwurf, dass Anna ein Token sei, zustimmte.

Das muss ich mir ja wohl kaum von einer Nichtweißen sagen lassen. Ganz offensichtlich hatte sich Olu von dem ganzen Woke-Wahnsinn, der gerade überall in den Medien Thema war, anstecken lassen. Und Anna, die sonst darauf bestand, dass es eben gar keinen großen Unterschied machte, wehrte sich nun dagegen, sich von jemandem darüber aufklären zu lassen, was es bedeutete, weiß zu sein, der selbst nicht betroffen war.

* * *

Entschlossen, ihre Gedanken an die Diskussionen mit Alex und Olu hinter sich zu lassen, packte Anna an diesem Morgen ihre Tasche und machte sich auf den Weg ins Archiv für weiße Kultur. Diese Gespräche drehten sich ohnehin nur im Kreis, und wenn sie etwas erreichen wollte, musste sie hart an sich arbeiten. Aber ihre Motivation entstammte nicht nur dem hohen Anspruch an sich selbst. Wenn Alex glaubte, er könnte sie auf ihrem eigenen Fachgebiet übertrumpfen, hatte er sich gehörig geschnitten. *Wenn er mir nochmal so arrogant kommt, haue ich ihm die wahren Fakten so um die Ohren, dass ihm schwindelig wird!*, dachte sie, als sie in der prallen Sonne vor der großen Doppelflügeltür des Archivs stand.

Beherzt öffnete sie die schwere Tür und betrat den Vorraum. Auf Annas Armen bildete sich wegen der plötzlichen Kühle, die ihr aus dem weitläufigen Raum entgegenschlug, eine Gänsehaut. Da niemand am Empfang stand, sah sich Anna vorsichtig um. An der Wand zu ihrer rechten stand eine lange alte Holzbank mit schönen Verzierungen. Die Wand selbst war mit Kunstwerken, Bildern und gerahmten Schwarz-Weiß-Fotos geschmückt. Gerade als Anna sich die Werke genauer ansehen wollte, vernahm sie eine volle Stimme, die von einer älteren Dame stammte, die Annas Kommen gehört haben und zum Empfang geeilt sein musste. Sie betrachtete Anna neugierig, aber mit aufrichtig nettem Lächeln. Anna empfand die Frau als ausgesprochen schön. Sie hatte leuchtende, kluge Augen, einen silbergrau schimmernden Afro und hinter den Falten ein erkennbar fein geschnittenes Gesicht. »Sie müssen Frau Heinrich sein. Sie hatten angerufen, richtig?«

Anna konnte sich dem Charme der Frau, die dem Namensschild an ihrer blumigen Bluse nach Okyere hieß, nicht verschließen – und war sie, trotz der Ermahnung, es hinter sich zu lassen, vorhin noch betrübt gewesen, lächelte sie jetzt ihrerseits zurück. »Richtig, die bin ich!«

Sie griff in ihre Tasche und wollte ihren Studierendenausweis herausholen, aber die Empfangsdame hob einladend die Hand. »Ich brauche den nicht, Sie können einfach durchgehen. Im zweiten Stock, Raum 2.04, müssten Sie finden, was Sie suchen. Falls Sie doch Hilfe brauchen, kommen Sie ruhig zu mir, und ich schaue, was ich für Sie tun kann. Haben Sie Flüssigkeiten bei sich? Das wäre das Einzige, was Sie bei mir abgeben müssten, damit nichts davon auf die Dokumente gelangt.«

Anna nickte leicht, zog ihre Wasserflasche aus der Tasche und reichte sie der Dame über die Empfangstheke.

»Sie können das nachher wieder bei mir abholen«, sagte diese und stellte die Flasche in das Regal hinter sich. Da fiel Annas Blick auf das Foto, das dort zwischen Büchern und Ordnern, aufgestapelten Zeitungen und verschiedensten Souvenirs stand.

»Mein Sohn und seine Familie«, erklärte Frau Okyere und trat beiseite, sodass sich Anna das Foto genauer ansehen konnte. Darauf war ein schlanker schwarzer Mann mittleren Alters zu sehen, der ein circa dreijähriges Kind auf einem Arm hielt und stolz lächelte, während er mit dem anderen seine weiße, schüchtern blickende Frau umschlang. War es zuvor die höfliche Behandlung der Frau gewesen, war es jetzt dieses Foto, das Anna ein Gefühl von Sicherheit gab, sich hier – ohne komischen Blicken ausgesetzt zu sein – in Ruhe ihren Forschungen widmen zu können.

»Das ist ein sehr schönes Bild«, sagte Anna. »Danke, dass Sie es mir zeigen.«

»Gern. Ich bin sehr stolz, dass diese Menschen ein Teil meiner Familie sind.«

Vielleicht könnte sie hier zukünftig ab und zu arbeiten, statt in der Uni-Bibliothek oder dem WG-Zimmer, dachte Anna und beschloss sich vorzunehmen, Frau Okyere später danach zu fragen, ob es die Möglichkeit geben könnte. Aber erst wollte sie weitere Hintergründe zu Karls Geschichte finden, von der sie im Museum erfahren hatte - auch, um Alex zu beweisen, dass sie sich sehr wohl in der Thematik besser auskannte, als er es tat.

Norden, 4. Januar 1897, nachts
Karl

Er hatte schon Berichte über sie gehört, sie, die ganz andere Sitten pflegten, fremdartige Sprachen nutzten und bereits viele andere Dörfer wie eine Heuschreckenplage überfallen hatten. Die Geschichten von diesen Menschen, die von weit her gekommen waren, klangen wie Schauermärchen, die man Kindern erzählte, damit sie sich nicht heimlich aus dem Dorf schlichen und die Gefahren draußen in der Welt unterschätzten. Die Geschichten sollten sie davon abhalten, übermütig zu werden. Geschichten, so übertrieben und brutal, dass sie eine so große Furcht auslösten, dass sich ein Kind fortan immer verstohlen über die Schulter blickte, wenn es sich doch einmal gewagt hatte, sich ohne kundige, erwachsene Begleitung den Grenzen des Dorfes zu nähern.

Karl war selbst so ein Kind gewesen, und er musste an seine schimpfende Mutter denken, deren Mahnungen er immer wieder in den Wind geschlagen hatte. Damals hatte sie sich bei ihrem Mann beklagt, dass ihr Karl stets Kummer bereite und der Vater strenger mit ihm sein solle, damit sie am Ende nicht ihr Kind betrauern müsse, weil es den Schutz des Dorfes verließ. Ja, was waren das noch für Zeiten gewesen, als man sich all das erzählt hatte, um einen gruseligen Schauer auszulösen, um einander vor den Gefahren außerhalb des Dorfes zu schützen.

Nie hätte Karl gedacht, auch später als erwachsener Mann nicht, dass die Bedrohung über die Dorfgrenzen hinaus brechen und sie überrollen würde. Jetzt waren sie hier, diese Fremden aus den Märchen, und die Albträume würden nun Realität werden. Selbst jene unter ihnen, die anfangs vielleicht noch gedacht hatten, dass die Fremden auch Menschen waren und man sicherlich mit ihnen handeln könnte, hatten rasch einsehen müssen, dass diese Eindringlinge keine Menschlichkeit für sie empfanden und sie gekommen waren, um das Dorf auszulöschen.

»Sie kommen zurecht?« Die Stimme der Empfangsdame schreckte Anna aus ihrer Konzentration auf, und sie zuckte zusammen. »Oh, entschuldigen Sie bitte, ich wollte Sie nicht irritieren«, fuhr Frau Okyere sanft fort und unterstrich ihre Worte, indem sie Anna beruhigend über den Arm strich. Eine Geste, die Anna bei jedem anderen, den sie nicht näher kannte, deutlich als übergriffig empfunden und abgewehrt hätte. Aber dieses Mal gab sie dem ersten Reflex nicht nach und ließ die überraschende Intimität zu. Statt zu antworten, nickte Anna schüchtern.

Frau Okyere legte den Kopf leicht schief und griff sich in den Afro. »Wir schließen eigentlich um 14 Uhr ... Und, na ja, wir haben bereits viertel nach.«

»Oh Gott«, rief Anna ein bisschen zu laut aus, griff peinlich berührt nach ihrer Tasche und begann hektisch all ihre Sachen vom Tisch aufzusammeln. In ihrer Eile fiel ihr der Notizblock aus der Hand. Während sie sich bückte, um ihre Unterlagen aufzuheben, entschuldigte sie sich erneut: »Ich habe vollkommen die Zeit vergessen. Es tut mir so furchtbar leid!«

»Das braucht es gar nicht«, erwiderte die Empfangsdame. »Zeigen Sie mir doch lieber, was Sie da Interessantes gefunden haben.«

»Ich habe im Ethnologischen Museum gestern das erste Mal von ihm und den Menschen aus seinem Dorf gehört.« Anna schob das noch offene Buch zu Frau Okyere über den Tisch und drehte es, damit diese es lesen konnte.

»Mit dem Massaker an den Hausers habe ich mich ein bisschen während meines Studiums beschäftigt, aber es ging eher um den Zwischenfall und die politischen Auswirkungen. Das Volk der Hausers war nicht Schwerpunkt.« Sie strich über das Buch.

Anna nickte eifrig. »Ich bin sehr froh, dass ich diese Lektüre gefunden habe. Die Geschichte eignet sich hervorragend für eine Ausführung in meiner Hausarbeit. Ich möchte über den Genozid an den Hausers schreiben.«

»Das klingt sehr spannend«, sagte die ältere Frau und richtete sich auf. »Vielleicht haben Sie ja Lust, mir beim nächsten Mal mehr über Ihre Arbeit zu erzählen? Denn ich habe mich selbst ein bisschen mit der Thematik befasst. Zwar nicht wie Sie aus wissenschaftlicher Perspektive, sondern eher aus einer Neugierde heraus. Deswegen ist es auch ein Segen, dass ich ausgerechnet hier Arbeit gefunden habe!«, sagte sie und sah sich lächelnd im Raum um. »Ich möchte mich natürlich nicht aufdrängen, aber wenn ich Ihnen helfen kann und Sie vielleicht Fragen haben, können Sie mich jederzeit ansprechen, falls Sie noch mal wiederkommen.« Frau Okyere sah Anna fragend an. »Sie kommen doch wieder, oder?«

»Auf jeden Fall!«, rief Anna begeistert. Sie freute sich aufrichtig über das Interesse der Empfangsdame. *Und wer weiß, vielleicht hat sie ja tatsächlich noch Informationen, die ich gebrauchen kann.* Dann schulterte sie ihre Tasche und verließ beschwingt das Archiv. Das Besondere daran war, dass sie es auch so gemeint hatte.

Die letzte Woche war wie im Flug vergangen. Sie hatte sich in ihre Hausarbeit vertieft und war mehrmals im Archiv bei Frau Okyere gewesen, die sich sogar nach der Schließzeit noch ein wenig mit Anna hingesetzt hatte, um über die Hausarbeit zu reden. Alex jedoch hatte sich nicht bei ihr gemeldet, und sie hatte keine Lust, den ersten Schritt zu machen, nachdem er ihr so viel Ahnungslosigkeit unterstellt hatte. Schließlich hatte ihre Mutter angerufen, und Anna hatte dem Wunsch ihrer Mutter nachgegeben, ihre Eltern zu besuchen.

Nun saß sie bei ihren Eltern an dem abgenutzten Esstisch. Die Beine angezogen und die Arme darum geschlungen, das Kinn auf den Knien, beobachtete sie ihre Mutter dabei, wie sie den Braten aus dem Backofen holte. Anna sog die Luft ein und spürte eine Mischung aus Freude und Wehmut, als ihre Mutter ihnen Kartoffelklöße, Rotkohl und Sauerbraten auftat. Der aromatische Duft des Gerichts weckte Erinnerungen an sonntägliche Familienessen und fröhliche Stunden in ihrer Kindheit. Sie erinnerte sich daran, wie ihre Mutter stundenlang in der Küche stand, um den Sauerbraten vorzubereiten – das Marinieren des Fleisches in Essig und Gewürzen, das langsame Garen im Ofen, bis es zart und saftig war. Es war kein einfaches Gericht, und die Mühe und Liebe, die ihre Mutter hineinsteckte, machten es zu etwas Besonderem.

»Jetzt nimm mal dein Buch beiseite«, holte ihre Mama sie in die Gegenwart zurück. Anna blinzelte, dann stellte sie das Geschichtsbuch, das auf dem Küchentisch lag, auf die Fensterbank neben die Kräutertöpfe. »Man kann sich nicht immer nur in Büchern vergraben, man muss auch ein bisschen leben. Und jetzt lasst uns essen, solange es noch heiß ist.«

In Anna stieg eine seltsame Mischung aus Genervtheit und Wehmut auf. Sie war genervt, weil ihre Mama sie wie ein kleines Kind behandelte. Und wehmütig, weil ihre Mama sie noch einmal das Kind sein ließ, das sie einmal gewesen war. Anna erwiderte aber nichts. Sie hatte keine Lust, nach dem Krach mit Alex auch noch mit ihren Eltern im Clinch zu liegen.

Sie wünschten sich einander guten Appetit und fingen schweigend an zu essen. Trotzdem überkam sie auch eine leise Unruhe. Sie wusste, dass ihre Mutter recht hatte – das Leben bestand aus mehr als nur dem Studium. Ihre Eltern schienen es zu bemerken, denn sie tauschten Blicke aus und sahen immer wieder stirnrunzelnd zu Anna. Schließlich war es ihre Mama, die das Besteck beiseitelegte und ihren Mund mit einem Stück Küchentuch abtupfte. Sie legte ihre Hand auf Annas Unterarm. »Was ist denn los mit dir? Haben Alex und du euch wieder gestritten?«

»Wie immer halt ...« Anna zuckte mit den Schultern. Eigentlich wollte sie nicht über Alex sprechen, aber der Streit lag ihr schwer im Magen. »Wir waren erst letztens im Museum, aber er musste es mir mit seinen Sprüchen madig machen.«

Ihre Mutter seufzte schwer. »Was hat er wieder getan?«

»Das ist doch nicht so wichtig«, versuchte Anna die Situation zu retten. »Du kennst uns doch. Wir streiten zwar, aber es ist nie von Dauer.«

»Alexander bereitet deiner Mama großen Kummer«, mischte sich ihr Vater ein, ohne auf Anna einzugehen. »Wir wünschten, er würde so engagiert sein wie du. Stattdessen lässt er sich hängen.«

Anna verdrehte die Augen. Sie konnte die ewig gleiche Leier nicht mehr hören! Nicht mal jetzt, wo sie und Alex Streit miteinander hatten, würde sie sich dazu hinreißen lassen, ihm vor ihren Eltern in den Rücken zu fallen. Selbst wenn sie mit einigem recht haben sollten, und Anna ihnen insgeheim manchmal zustimmen musste, wusste Anna, dass wenigstens sie, als Einzige ihrer Familie, zu ihm halten sollte. Aber verdammt, es fiel ihr dieses Mal schwerer als sonst, gestand sie sich ein. Sie beschloss, so unauffällig wie möglich das Thema zu wechseln.

»Genug vom mir und Alex, wie läuft es bei euch? Auf der Arbeit alles okay?«

Ihre Mutter sank resigniert in den Stuhl zurück und wischte sich mit dem letzten Bissen vom Kartoffelkloß die Soße vom Teller. »Bei mir ist alles wie immer. Viel zu tun, aber ich möchte mich nicht beschweren. Wir haben uns außerdem vorgenommen die Küche zu renovieren, die Schränke wollten wir –«

»Wir ...?«, brummte ihr Vater. »Mama hat beschlossen, das zu machen! Ich wurde nicht mal gefragt.«

Anna musste lachen, es war so eine typische Art der Konversation zwischen ihren Eltern. Wenn ihr Vater einmal was sagte, dann um einen abschließenden Punkt zu setzen.

Aber ihre Mutter war offensichtlich noch nicht fertig und hob mahnend ihren Zeigefinger in die Luft, um Anna damit zu necken. »Du hast es doch versprochen, mir endlich meinen Wunsch zu erfüllen, und das alles hier ein bisschen schicker und moderner für uns zu machen, nachdem Herr Malinda eine so großzügige Gehaltserhöhung gezahlt hat. Du kannst dich glücklich schätzen, einen so guten Chef zu haben!«

»Na, hoffentlich zieht er das Awa nicht vom Taschengeld ab«, murmelte Anna.

»Haben wir dich zu Neid erzogen?« Das Spielerische ist aus der Miene ihrer Mutter verschwunden, und sie stemmte die Arme in die Hüften.

Anna lehnte sich zurück, schlug die Beine übereinander und hielt den Blick ihrer Mutter. »Ich bin doch nicht neidisch auf das Miststück oder ihre ätzende Familie!«

»Es reicht!« Verärgert schlug ihr Vater mit der Hand auf den alten, gebrechlichen Tisch. »Was ihr Mädchen untereinander treibt, interessiert mich nicht. Aber in meinem Haus spricht niemand schlecht über Herrn Malinda, hast du verstanden?«

»E-entschuldigung«, stammelte Anna völlig überrumpelt von der Wut ihres Vaters. »Ich habe doch gar nichts gegen Herrn Malinda, sondern gegen seine Tochter gesagt ...«, wollte sie ihn beschwichtigen, aber mit einer harschen Geste unterbrach er sie, stand auf und ging ins Wohnzimmer. Jetzt hatte sie es also doch noch geschafft, auch ihre Eltern zu verärgern.

Den Rest ihres Besuchs schwieg ihr Vater sie missmutig an, und auch ihre Mutter schien angesäuert zu sein, weil Anna die schöne Stimmung ruiniert hatte. Als Anna ihr beim Abräumen helfen wollte, verneinte sie bloß, um kurz darauf schweigend, aber mit fahrigen Bewegungen und laut scheppernd das Geschirr und die Töpfe abzuspülen.

Anna verstand ihre Eltern sogar. Ihre Mutter hatte den ganzen Tag in der Küche gestanden, um ihnen ein tolles Essen zuzubereiten, und ihr Vater war erschöpft von der Arbeit nach Hause geeilt, um gemeinsam mit seiner Frau und Tochter essen zu können. Warum hatte sie sich die Spitze gegen Awa nicht einfach sparen können? Sie hatte doch gewusst, dass sie es im Grunde ihrem Vater zu verdanken hatte, dass sie in dieser WG wohnen konnte und ihr so die stressigen Umstände einer täglichen Pendelei erspart wurden.

Anna wusste, sie konnte ihren Eltern all das, was sie für sie taten, wofür sie sich aufopferten, nur zurückgeben, indem sie sich zusammenriss und ihr Studium abschloss, um somit im Anschluss einen guten Job mit anständiger Bezahlung zu bekommen.

Nach dem Besuch bei ihren Eltern hatte sie den Rest der Woche nichts weiter unternommen, sondern nur gearbeitet. Nicht mal Olu konnte sie überreden, mit ihr am Abend ins Kino zu gehen, obwohl sie beide alte Arthouse-Filme liebten und es Sondervorstellungen ihres Lieblingsregisseurs gab. Und während Awa und Amadou erneut eine rauschende Party in der WG feierten, verschanzte sich Anna in ihrem Zimmer, ignorierte den dumpfen Beat der Musik, das Lachen und die fröhlichen Stimmen, während sie sich im warmen Licht ihrer kleinen Schreibtischlampe über den Tisch beugte, um sich tiefer in die Materie einzulesen.

Anna war klar, dass die Geschichte von Karl nicht mit seinem Tod geendet hatte, denn sein Leichnam war seiner Heimat entrissen und hierher verschifft worden. Aber weshalb man es getan hatte, wusste sie nicht genau. Sie ging davon aus, dass dies zu Forschungszwecken geschehen war. Dennoch empfand sie es als zutiefst verstörend, dass eine verstorbene Person ohne ihre Einwilligung zu einem Ausstellungsstück wurde.

Anstatt das nächste Kapitel zu lesen, öffnete sie ihren Laptop und gab ein paar Stichworte in die Suchmaschine. Eigentlich wollte sie nur wissen, wie andere Personen zu diesem Thema standen, vielleicht auch, weil sie sich davor scheute, dass ihre Gefühle dafür sorgen könnten, dass sie die Informationen, aber auch die politischen Hintergründe falsch einordnete. Aber es gab sogar Initiativen, die sich für die Rückgabe von Kunstwerken, Reichtümern oder auch Gebeinen einsetzten. Sie schrieb ein paar der Initiativen an, und hoffte so, noch mehr über die Hintergründe in Erfahrung zu bringen. Auch an Frau Okyere sendete sie eine Nachricht, um diese auf den neusten Stand zu bringen, nachdem sie es diese Woche nicht mehr ins Archiv geschafft hatte. Vielleicht fielen ihr ja auch noch ein paar hilfreiche Adressen ein. Darüber hinaus kündigte Anna einen weiteren Besuch für die kommende Woche an.

Sie beschloss eine kleine Pause einzulegen und sich eine Kleinigkeit zu essen in der WG-Küche zuzubereiten und klappte den Laptop, zufrieden mit ihrer heutigen Leistung, zu.

Als sie durch den Flur ging, drängte sich ein betrunkener Partygast an ihr vorbei. Sie rümpfte die Nase, als sie seinen Geruch nach Schweiß und Alkohol wahrnahm. Irritiert sah sie dem Typen hinterher, sie hatte ihn noch nie zuvor gesehen. Dann schüttelte sie den Kopf und trat in die Küche.

»Was machst du denn hier?«, fragte sie vollkommen überrascht, als sie Alex in offenbar entspannter Zweisamkeit mit Awa am Tisch sitzen sah.

»Darf ich meine kleine Schwester jetzt nicht mal mehr besuchen?« Alex hob belustigt die Augenbrauen. Neben ihm lachte Awa. Ein Geräusch, das Anna überhaupt nicht leiden konnte. Zu oft hatte sie es schon gehört, wenn sich ihre Mitbewohnerin über sie lustig machte.

»Ich wusste gar nicht, dass Awa deine Schwester ist«, entgegnete ihm Anna mit lauter Stimme, in dem Versuch, den Lärm aus dem Wohnzimmer zu übertönen.

»Das wäre wirklich weird.« In seinem Gesicht ist immer noch dieses auffordernde Grinsen, als er sich zu Awa drehte und ihr zuzwinkerte.

Was war hier bitte los? Seit wann hatte sich Alex mit dem Feind zusammengetan? Er wusste genau, wie sie von Awa behandelt wurde. Warum stellte er sich auf die Seite dieser Person, wo er solche Menschen normalerweise verachtete und Colonizer nannte?

Awa schaute zwischen den beiden Geschwistern hin und her, dann stand sie auf und goss sich aus einer der vielen Flaschen auf dem Tisch Alkohol nach. »Ich gehe dann mal. Die anderen fragen sich sicherlich schon, wo ich bin«, meinte Awa, ganz so, als ob sie plötzlich Interesse daran hätte, sich rücksichtsvoll zu verhalten.

»Du kannst ruhig bleiben«, versuchte Alex sie aufzuhalten, aber Awa erwiderte lächelnd: »Du hast ja jetzt meine Nummer. Meld dich einfach, wenn du Lust hast!«, und damit verließ sie die Küche.

Erst als Anna hörte, wie Awa die Tür zum Wohnzimmer schloss und die laute Musik weggesperrt wurde, fuhr sie verärgert fort: »Alex, was soll das? Du weißt doch, wie Awa mich behandelt? Ich habe dir tausendmal erzählt, wie scheiße sie zu mir ist, und dann sitzt du hier und flirtest mit ihr? Was für ein ignorantes Arschloch bist du eigentlich?« Die letzten Worte schrie sie fast.

Alex erhob sich gemächlich vom Stuhl, sein Blick wanderte durch den Raum, bevor er ihn schließlich auf Anna richtete. Seine Schultern sanken leicht nach unten, und ein Hauch von Trauer legte sich über seine Augen, als er sie ansah. »Eigentlich bin ich nur hergekommen, um mich bei dir für unseren Streit zu entschuldigen. Aber ich sehe schon, es war naiv von mir zu glauben, dass du deinen Anteil an dem Ganzen zugeben würdest und wir einfach cool sein können!«

»Das hat doch nichts mit der Situation jetzt zu tu...«

»Vergiss es einfach, Anna«, unterbrach er sie. »Awa hat mich einfach hereingelassen und mir gesagt, dass du dich schon die ganze Woche in deinem Zimmer in die Arbeit vergraben hast, und mir zwischenzeitig was zu trinken angeboten, während ich auf dich gewartet habe. Anstatt zu ihren Gästen zu gehen, hat sie mir Gesellschaft geleistet, und ich habe gedacht, ich könnte die Situation nutzen und vielleicht zwischen euch beiden vermitteln. Gern geschehen übrigens!«

»Ach komm, du hast mit ihr geflirtet.« Genervt verdrehte Anna die Augen.

»Selbst wenn«, sagte er, »ginge dich das einen Scheiß an! Ich hau rein. Meld dich, wenn du dich beruhigt hast.« Er warf sich den Rucksack auf den Rücken und stapfte an ihr vorbei in den Flur. Sie zuckte zusammen, als sie die Haustür hinter sich krachend ins Schloss fallen hörte.

Bedrückt ging Anna in ihr Zimmer zurück und setzte sich an ihren Schreibtisch. Trotz der Kopfhörer und der geschlossenen Türen war die Musik so laut, dass sie sich kaum konzentrieren konnte. Die Buchstaben verschwammen vor ihren Augen, als sie versuchte weiterzulesen. Aber es waren die Fragen um Awa und Alex, weshalb sie mit ihren Gedanken abdriftete. Warum war Awa so höflich zu Alex gewesen? So ist sie normalerweise doch nie. War das nur ein Komplott, um Anna eins auszuwischen?

Als sie hochschreckte, war es hell. Das Sonnenlicht fiel durch die staubigen Lamellen der Jalousien und malte ein Schattenspiel auf die alten Holzdielen. Langsam hob Anna ihre Arme über den Kopf und reckte sich. Es musste schon später Vormittag sein. Wie lange hatte sie geschlafen?

Sie saß immer noch an dem Schreibtisch. Ihre Schultern schmerzten, und das Buch hatte einen Abdruck in ihrer Wange hinterlassen. Sie roch selbst, dass sie gestern nicht mehr die Zähne geputzt hatte, schon allein deshalb nicht, weil sie niemanden auf dem Weg ins Bad begegnen wollte.

Wenigstens war es jetzt still in der WG, die Party vorbei, die Musik aus und die Partygäst*innen gegangen. Anna nutzte die Chance, rappelte sich vom Stuhl auf, band ihr Haar, das vom Schlaf zerzaust war, und schlurfte zur Tür. Gerade als sie heraustrat, lief sie Amadou, der gerade im Begriff gewesen war, bei ihr zu klopfen, direkt in die Arme.

»Huch«, schrie Amadou erschrocken auf, und wäre Anna nicht so fertig und übermüdet gewesen, hätte sie sicherlich über seine weit aufgerissenen Augen und die Panik, die sich in seinem Gesicht spiegelte, gelacht und einen Spruch darüber gemacht, dass, nur weil sie blass war, sie noch lange kein Geist war. Stattdessen fragte sie mürrisch: »Was willst du?«

Amadou kratzte sich verlegen am Kopf. »Ich, äh, ich wollte nur nach dir sehen und checken, ob du okay bist«, stammelte Amadou, der selbst auch noch nicht wirklich wach zu sein schien. Seine Stimme klang ungewöhnlich tief und rau vom Alkohol letzter Nacht, aber zumindest war er geduscht. Er kreuzte seine muskulösen Arme vor dem Brustkorb und musterte sie von oben bis unten. »Geht es dir gut?«

Amadous durchdringender Blick legte bei Anna einen Schalter um. Alle, wirklich alle Leute taten so, als würden sie sich um Anna kümmern wollen, Alex, Olu, Mama und Papa. Aber sie taten nur eines: sie bevormunden!

Anna warf die Arme in die Luft und trat einen Schritt auf ihn zu. »Ja, mir geht es s-u-p-e-r! Alles läuft toll gerade. Total mega alles!«, schrie sie und erschrak selbst darüber, wie sich ihre Stimme überschlug. Ruckartig drehte sie sich wieder zur Zimmertür um und knallte diese laut hinter sich zu. Schwer atmend lehnte sie sich gegen die verschlossene Tür.

Was zur Hölle ist nur los mit mir? Seit wann bin ich so eine Furie? Ich hätte mich vorhin einfach wieder ins Bett legen sollen, überlegte sie und sank an der Tür entlang auf den Boden.

Für gewöhnlich stürzte sie sich in ihre Arbeit, wenn ihr alles andere zu viel wurde, aber dieses Mal wollte es ihr einfach nicht gelingen, sich auf etwas anderes zu konzentrieren. Stattdessen saß sie da und starrte auf den Flickenteppich vor ihrem Bett.

Insgeheim wusste sie, dass sie selbst schuld daran war. Es waren nicht die anderen Menschen, die gemein zu ihr waren, sondern Anna, die aus ihrer Gereiztheit heraus die Mitmenschen, an denen ihr etwas lag, von sich stieß. Seit sie sich für die Hausarbeit mit ihrer Geschichte beschäftigte, fühlte sie sich nicht mehr wie sie selbst. Anna Heinrich war professionell und nicht emotional. Und dennoch quälte es sie, dass sie einfach nicht aus ihrer Haut, nicht zugeben konnte, dass sie es war, die falsch lag.

Doch obwohl alles in ihr schrie, das anzugehen, sich ein Herz zu fassen und bei all ihren Liebsten um Verzeihung zu bitten, tat sie es nicht. Anna konnte den Mut einfach nicht aufbringen.

So legte sie sich in ihr Bett, ohne sich frisch gemacht oder etwas gegessen zu haben. Diese ganzen kleinen Sticheleien, die sie im Alltag über sich ergehen lassen musste, all der Schmerz, der sich in ihr Herz fraß, und nun zusätzlich die Geschichten aus dem Studium, die sie innerlich so aufwühlten, waren einfach zu viel für sie. Das restliche Wochenende blieb sie in ihrem Zimmer. Sie lag in ihrem Bett und weinte, schlief ein, wachte auf und weinte wieder.

Zum ersten Mal, seit Beginn ihres Studiums, beschloss sie, eine Vorlesung zu schwänzen. Stattdessen entschied sie sich, ins Archiv zu gehen, wo sie sich ablenken wollte. Zwar hatte sie sich bei Frau Okyere für einen anderen Tag angemeldet, hoffte aber, dass diese sie trotzdem dort arbeiten lassen würde. Irgendwie brauchte sie das jetzt, bei allem, was sie momentan aufwühlte und belastete, war ihr Studium und die Arbeit dafür eine Konstante, die ihr Halt gab. Und so machte sie sich auf den Weg.

Anna saß in einem überfüllten Bus, der sich durch den morgendlichen Verkehr quälte. Während sie gedankenverloren an dem Reißverschluss des Rucksacks auf ihrem Schoß spielte, fiel ihr plötzlich auf, dass sie im Grunde noch nie in ihrem Leben geschwänzt hatte. Eigentlich sollte sie deswegen ein schlechtes Gewissen haben, aber erstaunlicherweise fühlte sich die Erkenntnis erleichternd an. Ein kleines schelmisches Lächeln schlich sich über ihr Gesicht, als sie daran dachte, wie sie einfach den Bus genommen hatte, um den Verpflichtungen zu entkommen. Grinsend blickte sie aus dem Fenster und genoss diesen winzigen Akt der Rebellion, der wie ein Sonnenstrahl in ihrer gedrückten Stimmung wirkte.

»Was gibt's da zu lachen!« Eine aggressive männliche Stimme drang in ihr Bewusstsein.

Erschrocken sah sich Anna um. War etwa sie gemeint? Denn obwohl der Bus überfüllt war, hatte sich selbstverständlich niemand auf den freien Platz neben sie gesetzt.

Dass sie tatsächlich gemeint war, wurde ihr schlagartig bewusst, als sich ein massiver Mann mit breiten Schultern neben ihr aufbaute. Sein kantiges, dunkelbraunes Gesicht mit dem kurz geschnittenen, an der Seite rasierten Haar wirkte bedrohlich, während er sie aus wütend blitzenden Augen anstarrte. Besorgt rutsche Anna noch näher ans Fenster, was ihn wohl noch darin bestätigte, in ihr das passende Opfer gefunden zu haben.

»Du hast ja nichts dagegen, wenn ich mich zu dir setze, Fotze!« Seine Oberarme quollen aus dem viel zu knapp geschnittenen, ärmellosen weißen Shirt. Er schmiss seinen schweren Körper auf den freien Platz neben ihr. Seine breiten, tätowierten Oberarme berührten Annas Schultern. Die Nähe war ihr zuwider. Viel unangenehmer war es für Anna aber, dass sie aus den Augenwinkeln sah, wie er sich den Schweiß aus dem Nacken rieb und an seiner kurzen Cargohose abwischte. Auf den Fingern beider Hände konnte Anna Buchstaben erkennen.

Annas Herz raste wie wild. Panik stieg in ihr auf und sie suchte den vollen Bus danach ab, ob jemand bemerkte, was hier passierte. Sie fing den Blick einer älteren schwarzen Dame auf, die umgehend wegsah und sich hinter den prall gefüllten Einkaufstaschen auf ihrem Schoß versteckte. Zwei Jungs – sie mussten Anfang zwanzig sein, etwa im selben Alter wie der übergriffige Typ –, die den Vorfall anscheinend von Anfang an beobachtet hatten, starrten belustigt zu Anna herüber. Erst jetzt in der Not fiel Anna auf, dass sie die einzige weiße Person im ganzen Bus war, was ihr noch größere Sorgen bereitete.

»Ich spreche mit dir, du Schlampe! Verstehst du mich überhaupt? Sprichst du unsere Sprache?«

Er griff ihr in ihr blondes Haar und verzog angewidert sein Gesicht. Mit verächtlichem Blick nahm er eine Strähne und roch daran. »Ekelhaft. Dein Haar stinkt genauso ranzig, wie du aussiehst!«

Anna wäre am liebsten aufgesprungen und an der nächsten Haltestelle ausgestiegen, um vor dem Schwein, das sie belästigte, zu flüchten. Da er aber neben ihr saß, war dieser Weg für sie versperrt, und sie fühlte sich ausgeliefert und gedemütigt in seinem festen Griff.

»Hey, lass sie doch«, rief jemand aus den hinteren Reihen des Busses.

Anna befreite sich aus dem Griff des Typen und drehte ihren Kopf über die Schulter. Ihr hilfesuchender Blick traf auf die dunklen Augen eines schwarzen Mädchens, das offenbar mit einer Gruppe unterwegs war. Sie saßen in den letzten beiden Reihen und beobachteten die beiden aufmerksam.

»Kümmere dich um deinen eigenen Scheiß«, blaffte der Angreifer und stand zum Beweis seiner körperlichen Überlegenheit auf.

Eine der Begleiterinnen stieß das Mädchen an, das sich als Einzige eingemischt hatte, und flüsterte: »Ach komm, das ist die doch nicht wert.«

»Meine Rede«, pflichtete der Typ ihr bei, zog lautstark seine Spucke hoch und rotzte Anna mitten ins Gesicht. »Und jetzt verpiss dich hier! Am besten verpisst du dich aus unserem Land, du ekelhaftes Stück Scheiße!«

Anna wischte sich zitternd die Spucke aus dem Gesicht, die ihre Wimpern verklebte und gerade dabei war, ihr ins Auge zu laufen. Ein Gefühl von Ekel und Hilflosigkeit durchströmte sie, während sie damit kämpfte, ihre aufkommenden Tränen zurückzuhalten. Sie riss sich wie immer zusammen, um nicht zu zeigen, was es mit ihr machte. Ihre Eltern hatten ihr beigebracht, wie man sich in Situationen wie dieser verhielt.

Langsam, um jede weitere Eskalation zu vermeiden, stand Anna aus dem warmen Ledersitz auf und versuchte sich vorsichtig an dem schwarzen Mann vorbeizuschieben. Der Geruch seines Schweißes ließ Übelkeit in ihr aufsteigen.

Plötzlich packte er sie und zog sie an sich heran. »Wenn ich dich hier noch mal sehe, ist vielleicht niemand da, der dir hilft. Also lauf, Mädchen. Lauf weg, so schnell wie du nur kannst!«, zischte er und schubste sie so heftig von sich weg, dass sie stolperte und auf den Boden des wackligen Busses fiel.

Hastig rappelte sie sich auf und eilte mit hochrotem Gesicht zum Ausgang. Kurz überkam sie die nackte Panik, dass der Typ ebenfalls aussteigen könnte und sie verfolgen würde, doch zu ihrer Erleichterung tat er dies nicht. Jetzt, da sie alleine an der Bushaltestelle stand, stiegen die Bilder der Szene erneut vor ihrem inneren Auge auf und Anna durchlebte das Geschehen in einer neuen, viel bewussteren Heftigkeit. Und jetzt brachen endlich die Tränen, wie ein Befreiungsschlag, aus ihr heraus.

Sie wühlte in ihrer Tasche nach einem Taschentuch, mit dem sie sich das Gesicht abwischte und die gerötete Nase putzte. Danach griff sie, immer noch mit zittrigen Händen, nach ihrem Handy. Sie rief ihre Kontaktliste auf, ihr Zeigefinger schwebte über Alex' Namen, den sie unter Favoriten gespeichert hatte, ließ aber dann das Telefon sinken und schluchzte noch einmal leise und hilflos wie ein kleines Kind auf. Sie traute sich einfach nicht, ihren großen Bruder darum zu bitten, sie abzuholen. Er war nach dem Streit auf sie zugekommen, sie konnte ihn nicht um Hilfe bitten, bevor sie nicht einen Schritt auf ihn zugegangen war.

Sie könnte ihren Papa anrufen, vielleicht könnte er sie holen, aber dann verwarf sie den Gedanken, weil sie ihn nicht bei der

Arbeit stören wollte. Außerdem hatte sie seit dem Streit nicht mehr mit ihm gesprochen. Ihre Mama wollte sie damit nicht belasten, unabhängig davon, wie ihr Verhältnis gerade war, sie hatte genug Sorgen. Also verzichtete sie darauf, andere um Hilfe zu bitten, und machte sich stattdessen für die verbleibenden zwei Busstationen zu Fuß auf den Weg zum Archiv.

»Ach du meine Güte, wie sehen Sie denn aus, mein Kind«, rief Frau Okyere aus, als sie Anna an der Empfangstheke stehen sah. In ihrer Stimme lag aufrichtige Sorge.

Anna, die gedacht hatte, sich auf dem Weg wieder gefangen und zu ihrer alten Souveränität zurückgefunden zu haben, begann am ganzen Leib zu zittern. Wieder brachen die Tränen aus ihr heraus. Frau Okyere sprang umgehend von ihrem Stuhl auf und eilte auf Anna zu. Behutsam schloss sie das Mädchen, das jetzt noch blasser als sonst war, in ihre Arme.

»Komm, ich mache uns einen Eistee und du erzählst mir in Ruhe, was passiert ist!« Fast unmerklich war aus dem Sie ein Du geworden, dachte Anna bewegt.

Nachdem sich Anna im Bad sauber gemacht hatte, führte Frau Okyere sie in das kleine, aber gemütliche Hinterzimmer des Empfangs. Der Raum strahlte eine warme Atmosphäre aus, die verriet, dass Frau Okyere hier viel Zeit verbrachte. An den Wänden hingen Basteleien ihrer Enkelin, während Fotos ihrer Familie mit bunten Magneten an dem kleinen Kühlschrank angebracht worden waren. Auf der Fensterbank standen hübsche Pflanzen, die den Raum noch heimeliger machten.

Anna saß an dem kleinen Tisch, an welchem Frau Okyere sie gebeten hatte, Platz zu nehmen, und schwieg erst eine Weile. Auch wenn sie in den dunklen Augen von Frau Okyere nichts als Mitgefühl und Aufrichtigkeit ablesen konnte, wollte sie vor der netten alten Dame die furchtbaren Worte ihres Angreifers nicht wiederholen. Die Empfangsdame schien dies zu spüren. Sie nahm eines der Fotos von dem Kühlschrank ab und reichte es Anna. Erst jetzt fiel Anna auf, dass die Hände der Frau, trotz ihres fortgeschrittenen Alters, besonders zart und schön aussahen. Ihre hingegen hatten sich so fest um das Glas mit dem Eistee geklammert, dass ihre Knöchel blutleer schimmerten.

»Das ist mein Sohn Mike mit seiner Frau Lisa. Und das ist mein Enkelkind Ella. Ich glaube, ich habe sie dir schon beim letzten Mal gezeigt, oder?«

Anna nickte und lächelte schüchtern.

»Schau mal, Mädchen, ich weiß nicht, wie du dich fühlst«, begann sie und griff über den Tisch nach Annas Hand. Jetzt fiel Anna auf, wie verschwitzt und dennoch unnatürlich kalt ihre Hände waren, und wollte sie im ersten Affekt aus Scham zurückziehen, aber Frau Okyere hielt sie milde lächelnd davon ab. Anna bewunderte erneut die warmherzige Schönheit, die die Frau ausstrahlte. Um ihre Augen und den Mund verliefen zarte Lachfältchen. Ihr schmales Gesicht zierten Altersflecken, die man, wenn man nicht genau hinsah, für Sommersprossen halten könnte. Das verlieh ihr, trotz der würdevollen Ausstrahlung, einen jugendlichen Charme, der durch die kleinen Locken, die ihr immer wieder ins Gesicht fielen, noch unterstrichen wurde. »Ich möchte auch gar nicht so tun, als wüsste ich, wie du dich fühlst. Aber ich bin eine gute Zuhörerin. Das, was dir widerfahren ist, wird vielleicht früher oder später auch meiner Enkelin passieren. Verstehst du?«

Anna nickte betreten. Sie verstand, worauf die ältere Frau hinauswollte. Und plötzlich sprudelte es nur so aus ihr heraus: Der Angriff heute Morgen, der Streit mit ihren Eltern und der Stress mit Alex, und wie sie deshalb ihre Freundin Olu und ihren Mitbewohner behandelt hatte. All das erzählte Anna dieser fremden Frau, obwohl sie sich doch sonst immer um

Distanz bemühte. Und die Tränen brannten heiß auf ihrem Gesicht, während sie sich endlich jemandem öffnete und offenbarte.

Frau Okyere hörte die ganze Zeit zu, ohne Anna nur einmal zu unterbrechen. Sie war einfach da, hielt Annas Hand und streichelte sie. Den Vormittag verbrachten sie gemeinsam in dem Hinterzimmer. Sie wurden lediglich von gelegentlichen Telefonanrufen unterbrochen, die Frau Okyere, je nach Anliegen des Anrufers knapp beantwortete oder an eine*n ihrer Kolleg*innen weiterleitete. Zu Annas vollkommener Überraschung bot Frau Okyere ihr an, sie mit ihrem Auto nach Hause zu fahren. Anna wollte dankend ablehnen, weil sie Frau Okyere nicht noch mehr Umstände bereiten wollte.

»Papperlapapp, ich gebe nur kurz meiner Kollegin Bescheid und fahre dich! In deinem Zustand lasse ich dich heute nicht noch einmal allein in den Bus steigen«, beschloss sie und fuhr Anna anschließend mit ihrem schwarzen Mini die ganze Strecke durch den Nachmittagsverkehr zurück nach Hause.

Anna bedankte sich herzlich und ließ sich dazu hinreißen, Frau Okyere zum Abschied zu umarmen. Ein weiterer heftiger Gefühlsausbruch an diesem Tag, der untypisch für ihre Verhältnisse war.

Oben, im vierten Stock und der WG angelangt, eilte sie am Wohnzimmer vorbei, in dem die anderen bei offener Tür saßen, ins Badezimmer und knallte die Tür hinter sich zu. Nachdem sie sich ihres verschwitzten Baumwollkleides entledigt hatte, drehte sie mit zitternden Händen die Dusche auf und stieg darunter. Obwohl sie gewöhnlich kühle Duschen bevorzugte, stellte sie das Wasser etwas heißer ein, und es bildete sich eine unangenehme Gänsehaut auf ihrem Körper. Verzweifelt versuchte sie, die Kälte und den Ekel abzuwaschen, die ihr seit dem Moment, als der Typ ihr ins Gesicht gespuckt hatte, anhafteten. Sie rieb sich so lange mit einem Waschlappen ab, bis ihre Haut von der Hitze und der Reibung rot angelaufen war.

Wohlwissend, dass es noch ein Gästeklo gab, ignorierte sie das drängende Klopfen an der Badezimmertür. Auch nach einer halben Stunde unter dem heißen Wasserstrahl konnte sie sich nicht überwinden, das Wasser abzudrehen und aus der Dusche zu steigen.

Irgendwann wurde ihr schwindelig, ob vom heißen Wasser oder der Übelkeit, konnte sie nicht einordnen. Erschöpft sank sie auf den Boden der Dusche, zog die Beine an ihre Brust und legte den Kopf auf die Knie. Ihre Tränen mischten sich mit dem Wasser. Ein unaufhaltsames Würgen stieg in ihr auf, und dann übergab sie sich, der Ekel und die Verzweiflung des Vorfalls im Bus entluden sich in einem schmerzhaften Ausbruch. Wieder klopfte es, und die besorgte Stimme von Amadou klang von draußen durch die Tür zu ihr durch.

»Alles okay bei dir? Anna?«, fragte er.

»Geh weg«, bat sie erst leise. Als er wieder klopfte, schrie sie: »Geh weg! Lass mich in Ruhe!«, und das Klopfen hörte schlagartig auf.

Die Schritte entfernten sich vom Bad. Sie verspürte eine tiefe Erleichterung. Sie wäre nicht in der Lage gewesen, das Klopfen noch weiter zu ignorieren, sah sich aber genauso wenig in der Lage, sich jetzt jemandem erklären zu müssen. Völlig entkräftet spülte sie das Erbrochene in den Abfluss, wusch sich noch einmal gründlich mit heißem Wasser und stellte schließlich die Dusche ab.

Nach dem Zähneputzen betrachtete sie ihr vom Weinen verschwollenes Gesicht im beschlagenen Spiegel. Es war nicht ihre Art, sich selbst leidzutun, doch dieses Mal tat sie es: Sie tat sich leid. Sie fühlte sich beschämt, sogar vor sich selbst. Weshalb hatte sie sich nicht gewehrt? Was hatte sie getan, was den Typen provoziert hatte? Sie hatte sich doch immer korrekt verhalten, war nie zu laut, zu aufdringlich, nie so, wie man – ja, sogar sie selbst hin und wieder – es Leuten ihresgleichen nachsagte.

Der schwarze Mann hatte sie gefragt, ob sie ihn überhaupt verstehen würde, als ob sie erst seit kurzem hier lebte und nicht wie er selbst hier geboren, aufgewachsen, zur Schule gegangen wäre und gearbeitet hätte. *Irgendwas muss ich ja getan haben, was ihn so wütend gemacht hat,* dachte sie und wischte den feuchten Nebel vom Spiegel ab.

Ihre Gedanken kreisten auch noch weiter um den Vorfall, als sie sich endlich überwinden konnte und das Badezimmer verließ. Überrascht stellte sie fest, dass Awa mit verschränkten Armen im Türrahmen des Wohnzimmers auf sie wartete. »Na, Spa-Day vorbei, Prinzessin?«

Anna ignorierte die Frage, wandte sich von Awa ab und eilte ins Zimmer.

»Weinst du etwa?«, hörte sie Awa noch rufen und schloss schnell die Tür hinter sich.

Anna hatte keine Kraft, jetzt auch nur eine weitere Boshaftigkeit ertragen zu müssen, und sie kannte Awa zu gut, um zu wissen, dass diese, egal wie schlecht es ihr ging, folgen würde. Heute würde sie keine zusätzliche Auseinandersetzung mit Awa überstehen. Ihr Kopf hämmerte laut vor Schmerzen, die sie vom stundenlangen Weinen bekommen hatte. Sie schaltete ihr Handy ab, sperrte die Welt aus und schlief erschöpft ein.

Gedämpft drang Alex' Stimme zu ihr durch und riss sie aus ihrem traumlosen Schlaf. Erst dachte sie, sie hätte sich das nur eingebildet, aber langsam, je wacher sie wurde, begriff sie, dass Alex tatsächlich hier in der WG war. Ihr Schädel pochte, als sie die Decke zurückschlug und mühsam aufstand. Nicht nur wegen der tiefen Erschöpfung, die sie trotz des Schlafs verspürte, wäre sie lieber liegengeblieben, sondern auch deshalb, weil sie am liebsten allen Menschen in ihrem Umfeld aus dem Weg gegangen wäre. Als sie ihre Zimmertür öffnete, fand sie Alex vor, der gemeinsam mit Amadou und Awa im Flur auf dem Boden saß und mit ihnen eine geflüsterte Unterhaltung führte. Sie verstummten, sobald sie Anna erblickten.

»Hey, Kleines!«, sagte Alex sanft und stand mühsam aus dem Schneidersitz auf, ging auf Anna zu und schloss sie fest in seine Arme. Anna erstarrte und fing Awas Blick hinter Alex' Rücken auf. Sah sie da etwa sowas wie Sorge in ihren Augen? Nein, das konnte nicht sein, nicht bei Awa. Awa hasste sie, und es würde nichts geben, das dies jemals ändern würde.

»Die beiden haben mich angerufen«, flüsterte Alex ihr ins Ohr und strich ihr behutsam mit seiner Hand über den Kopf. »Du hattest dein Handy aus. Wahrscheinlich hast du auch nicht mitbekommen, was los ist?«

Anna befreite sich aus der Umarmung ihres Bruders und sah ihn verwundert an.

»Darf ich reinkommen?«, fragte Alex und wies mit einem Kopfnicken ins Innere ihres Zimmers. »Ich möchte dir in Ruhe was zeigen.« Und nachdem sie zugestimmt hatte, nickte er Awa und Amadou zu, die verstanden, dass sie jetzt nur stören würden, und sich in die Küche zurückzogen.

Anna ließ ihren Bruder, immer noch irritiert über seine liebevolle, ja, nahezu zärtliche Zuwendung, in ihr kleines Zimmer eintreten und schloss die Tür hinter sich.

Warum war er hier? Er hatte doch keinen Grund dafür, nachdem sie ihm das letzte Mal so ablehnend entgegengetreten war. Und trotzdem war sie von tiefstem Herzen dankbar, dass er ihren Streit hinter sich gelassen hatte, um hier und bei ihr zu sein, um ihr Trost zu spenden.

Zögerlich gingen sie beide zum, untypisch für die ordnungsliebende Anna, ungemachten Bett, das neben dem mit Büchern überladenen Schreibtisch den größten Teil des Raumes einnahm. Alex setzte sich an den Rand des Bettes und Anna ließ sich neben ihm nieder, wobei die Matratze leicht unter ihrem Gewicht nachgab. Unter anderen Umständen hätte Anna nie zugelassen, dass sich jemand mit seinen auf der Straße getragenen Sachen auf ihr Bett setzen würde, doch heute war es ihr egal. Heute war sie einfach froh, dass ihr Bruder da war.

Ein Moment der Stille lag zwischen ihnen, nur ein leises Rascheln ertönte, als Alex sein Handy aus der Hosentasche zog. Sein Blick suchte Annas Augen, bevor er es einschaltete, als wollte er sicherstellen, dass sie bereit war, es zu sehen.

»Du bist viral gegangen«, sagte Alex und spielte ein Video ab. Es zeigte sie selbst. Jemand aus dem Bus musste aufgenommen haben, was ihr im Bus widerfahren war.

Ihre Hände und Knie begannen unaufhaltsam zu zittern. Sie spürte, wie sich auf dem Inneren ihrer Handflächen Schweiß bildete. Anna begann stoßartig zu atmen und war sich im ersten Moment nicht sicher, ob es an der schlechten Luft oder daran lag, was sie sah. Erneut durchlebte sie die Demütigung. Sie sah sich selbst, geschändet mit dem Speichel eines fremden schwarzen Mannes im Gesicht zu Boden fallen, nachdem er sie gestoßen hatte. Sie sah all diese schwarzen Leute dasitzen und nichts tun. Wobei, manche besaßen wenigstens den Anstand, peinlich berührt wegzugucken, statt sie unverhohlen anzustarren.

Als sie realisiert hatte, dass nun die ganze Welt wusste, was ihr zugestoßen war, kam eine tiefgreifende Scham in ihr auf. Ihr Herz begann zu rasen und ihre Kehle schnürte sich zu. Anna spürte deutlich die Hitze in ihr Gesicht steigen. Sie versuchte sich zu beruhigen, bewusst langsam ein- und auszuatmen, doch es half nichts, in ihr zog sich alles schmerzhaft zusammen und sie hyperventilierte.

»Ich bekomme keine Luft«, stieß sie panisch hervor. Sie fasste sich an den Hals, der sich, so als ob man ihr einen Strick umgelegt hätte, wie zugeschnürt anfühlte, doch sie konnte nichts tun, um sich das Atmen zu erleichtern.

Alex wurde blass vor Schreck. Er ließ das Handy auf das Bett fallen. Mit weit aufgerissenen Augen griff er nach ihren Schultern. »Anna, atme tief durch«, drängte er, seine Stimme voller Besorgnis, doch Annas Atem kam immer noch stoßweise.

»Das versuche ich!«, wollte sie entgegnen, aber anstelle der Worte verließ lediglich ein neuer, scharfer Atemzug ihre fest zusammengepressten Lippen. In ihren Ohren begann es laut zu rauschen und ihr Blickfeld verengte sich. Kurz hatte sie schwarz gesehen.

Die Hilflosigkeit in Alex' Augen spiegelte ihre eigene Verzweiflung wider. Da sprang er auf und eilte in die Küche. Anna hörte das scheppernde Klirren von Geschirr in der Ferne, während ihre Finger sich krampfhaft im Bettlaken festklammerten, dass sie einen ihrer Fingernägel einreißen spürte. Kurz darauf kam Alex zurück und reichte ihr ein Glas kaltes Wasser. Anna trank so gierig, dass sie sich verschluckte und husten musste. Seltsamerweise wirkte der Husten befreiend und langsam fühlte sie, wie die Enge in ihrer Brust nachließ, und ihre Atmung ruhiger wurde. Die Kälte des Wassers drang in sie ein und beruhigte ihre Nerven.

Erst jetzt merkte sie, dass ihr Gesicht feucht war und die Tränen auf ihrem T-Shirt nasse Flecken hinterlassen hatten. Hastig schlug Anna die Hände vor das Gesicht. »Alex«, flüsterte sie mit bebenden Lippen, »ich schäme mich so!« Wieder fing sie an zu weinen und die Tränen rannen durch ihre Hände, hinter denen sie ihr Gesicht verborgen hatte. Es war absurd naiv, dass sie sich vor ihrem Bruder versteckte, jetzt, da die ganze Welt sie dabei beobachtet hatte, wie sie gedemütigt und bloßgestellt wurde.

Jede*r konnte jetzt dieses Video sehen, in dem sie zu einem dieser Opfer gemacht wurde, von denen sie nur aus der Ferne gehört hatte. Jetzt war sie vor den Augen der Welt eine jener Weißen, die es zu bedauern galt.

Alex nahm ihr zärtlich die Hände vom Gesicht. »Wovor schämst du dich? Es gibt keinen Grund dafür.« Seine blauen Augen verdüsterten sich, als er fortfuhr: »Wenn überhaupt muss dieser Hund sich schämen!«

Anna verstand, was er sagte, doch die Worte drangen nicht tiefer zu ihrem Bewusstsein durch. Sie hatte gehört, dass Alex behauptete, es sei nicht ihre Schuld und sie habe nichts falsch gemacht, aber warum war sie es dann, die bei dem Gedanken daran, in diese Welt hinauszugehen, in der alle wussten, was ihr passiert war, verzweifelte?

»Du wirst das akzeptieren und dich deiner Angst stellen müssen!«, versuchte Alex auf sie einzureden, und sie musste zugeben, dass ihr Bruder recht hatte: Irgendwann würde sie wieder da raus müssen, aber nicht heute.

Die nächsten Tage blieb Anna zu Hause. Der Zwischenfall hatte sie derart verstört, dass sie es nicht schaffte, normal weiterzumachen. Sie schaffte es kaum aus dem Bett, geschweige denn zur Uni. Sie hatte sich im Café bei ihrer Chefin krankgemeldet. Die Vorstellung, wie alle sie dort anstarren würden, löste eine solche Panik in ihr aus, dass sie sogar mit Schweißausbrüchen und Herzrasen reagierte.

Die besorgten Anrufe ihrer Eltern ließ sie von Alex abwimmeln, der noch an jenem Abend mit Luftmatratze unterm Arm beschlossen hatte, bei ihr einzuziehen, bis es ihr besser ginge. Sogar Awa und Amadou verhielten sich ihr gegenüber rücksichtsvoll und ließen sie, bis auf die Fragen nach ihrem Ergehen, in Ruhe. Anna störte es jetzt nicht einmal mehr, dass sich Alex und Awa gut verstanden. Klar, sie war nicht glücklich darüber, aber dass Awa ihren Bruder alarmiert hatte, als Anna sich für mehrere Stunden im Bad eingeschlossen hatte, hatte sie positiv überrascht.

Ein paar Mal telefonierte Anna mit Olu, die immer wieder betonte, dass sie gerne vorbeikäme, um ihr beizustehen, doch Anna lehnte stets dankend ab. Sie wollte allein sein und konnte gerade keine Nähe ertragen, nicht mal die ihrer besten Freundin. Zumindest telefonierten sie, wenn sich Anna danach fühlte. Meistens redeten sie über Belangloses oder Olu lenkte sie ab, indem sie von Büchern oder von neu erschienenen Arthouse-Filmen erzählte. Aber Anna bekam auch mit, wie sich Olu geschickt um Annas Wohlbefinden kümmerte. Sie erklärte, dass Anna Panikattacken hätte, und riet ihr zu einer Therapie, bevor sich diese Attacken manifestierten.

Anna hasste es. Sie hasste sich. Sie hasste sich dafür, dass sie ihrem Bruder, ihrer Freundin, aber vor allem ihren Eltern und sogar ihren Mitbewohner*innen, zu denen sie im Grunde ein echt beschissenes Verhältnis hatte, Sorgen und Kummer bereitete.

Jetzt wimmelten sie gemeinsam die Anrufe von neugierigen Journalist*innen und angeblich besorgten Bekannten ab, die in Anna pure Panik auslösten. Sie gingen für sie einkaufen und bekochten sie. Olu hatte sogar im Archiv Material für Annas Hausarbeit abgeholt. Frau Okyere hatte mit einer vertrauten Archivarin geredet, welche eine Ausnahme erwirken konnte, denn eigentlich durften die Dokumente das Archiv nicht verlassen. Einzig ihrem Professor, Herrn Batista, hatte Anna persönlich schreiben müssen. Das hatte sie viel Überwindung gekostet, denn einerseits wollte sie nicht offenbaren, was ihr widerfahren war, andererseits konnte sie ihn auch nicht belügen. Sie wäre sich schäbig und unaufrichtig dabei vorgekommen, so als wäre sie eine dieser Studierenden, die um keine Ausrede verlegen waren, um ihre Unzulänglichkeiten zu vertuschen. Sie hatte nichts mit dieser Sorte Mensch gemeinsam und dennoch hatte sie die Sorge, dass andere, insbesondere jene, von deren Urteil sie abhing, Anna eben doch zu ihnen zählen würden.

Alex tat alles dafür, ihr dieses Gefühl auszureden, aber wenn sie ehrlich war, konnte sie es schon deshalb nicht annehmen, weil er genau so ein Mensch war, der in den Tag hineinlebte, ohne jegliches Verantwortungsgefühl oder Verpflichtungen. Ja klar, er war jetzt für sie da, aber sie war sich nicht sicher, ob seine Fürsorge für sie nicht auch ihm genauso nützte. Der Überfall auf sie bestätigte das, was Alex nicht müde wurde, an der Gesellschaft zu kritisieren.

Und in den nächsten Tagen musste Anna ihn immer wieder stoppen, wenn er sich über die strukturelle Diskriminierung in Rage redete. Was nützte ihr auch eine allgemeine Analyse der Situation, wenn es doch gerade ausschließlich sie selbst betraf. Nicht Alex war öffentlich gedemütigt worden, sondern sie. Es war nicht Alex, der sich nicht mehr vor die Tür traute, nicht einkaufen oder zur Uni ging. Nicht sein Leben war vollkommen aus den Fugen geraten; wenn er ehrlich zu sich selbst wäre, hätte er zugeben müssen, dass sein eigenes Leben nie in irgendwelchen Fugen oder geraden Bahnen verlaufen war, sondern Annas. Dass er sich immer wieder dazu hinreißen ließ, ihr Leben zu einem Politikum zu machen, war ihr zuwider.

Sie wusste, das war nicht unbedingt nett und fair, aber sie konnte es einfach nicht mehr hören oder Alex' sorgenvolle Blicke ertragen. Sie taten ihr weh, weil sie ihr zeigten, wie sehr er darunter litt, dass er sie nicht beschützen konnte. Das verursachte ein schlechtes Gewissen in ihr, auch wenn sie sich darüber bewusst war, dass sie keine Schuld traf. Ihr reichte es schon, dass ihre Mitbewohner*innen sie so anders behandelten, und sie wollte sich gar nicht erst vorstellen, was auf Social Media los war – mit Sicherheit war das Video nicht nur viral gegangen, sondern auch heftig diskutiert worden. Sie wollte weder darüber lesen, wie bemitleidenswert sie in der Situation wirkte, noch darüber, dass sie den Angreifer provoziert hätte. Denn genau diese zwei Arten der Kommentare waren zu erwarten.

Sie konnte es auch nicht noch gebrauchen, dass sich Alex einmischte und im schlimmsten Fall noch mit den Rassist*innen, die gegen sie austeilten, stritt. Ebenso quälte Anna der Gedanke, instrumentalisiert zu werden. Am liebsten wäre es ihr, dass alle so taten, als wäre all das nicht passiert. Am meisten wünschte sie sich das von Alex, denn sie brauchte einen großen Bruder an ihrer Seite, keinen Aktivisten.

»Schwesterherz?«, riss seine rauchig warme Stimme sie aus ihren Gedanken.

»Was?« Sie hob ihren Kopf. Er saß vor ihr auf ihrem Drehstuhl, während sie mit angezogenen Beinen im Bett hockte.

»Ob du dir vorstellen könntest, mal mit denen zu reden, habe ich dich gefragt.«

»Mit wem soll ich reden?«, fragte sie und sah ihn irritiert an.

»Mit den Aktivist*innen!« Er atmete laut hörbar aus, als ob ihm langsam die Geduld mit ihr ausging. »Du hast mir gar nicht zugehört.«

»Ich möchte mit niemandem reden.« Anna verschränkte ablehnend die Arme. Sie war seine Schwester und nicht irgendjemand im Internet, wo man auf jedes Ereignis mit großer Wut und Verzweiflung reagierte.

»Jetzt hör doch erst mal richtig zu, bevor du wie immer auf Abwehr gehst«, forderte Alex und wies auf ihren Oberkörper.

Anna wollte nicht schon wieder mit ihm streiten und ihn mit ihrer Sturheit vor den Kopf stoßen, also gab sie sich einen Ruck und löste ihre Arme.

»Danke!«, entgegnete Alex und lächelte sie aufmunternd an.

»Dann erzähl mal, worum es geht.« Anna nahm das Kissen neben sich und umarmte es auf ihrem Schoß.

»Also.« Alex räusperte sich. »Es gibt da diese Aktivist*innen, die mich auf Social Media kontaktiert haben, und sie haben uns ihre Hilfe angeboten.«

Anna sah ihn an und in ihrem Kopf spielte sich noch mal ab, was er gerade gesagt hatte. Offensichtlich hatte er sich mitgemeint. Trotzdem fragte Anna noch einmal nach: »Uns? Wen meinst du damit?«

Jetzt verschränkte er die Hände vor der Brust. »Was dir angetan wurde, wurde sozusagen uns allen angetan, Anna!« Er räusperte sich wieder, aber seine Stimme klang noch kratziger als zuvor. »Du hast die Möglichkeit, für dich, aber auch uns andere, Gerechtigkeit einzufordern! Sie könnten uns helfen und den Moment der Aufmerksamkeit für unsere Sache nutzen!«

Er sprach immer aufgeregter, und Anna spürte, dass sie einfach keine Kraft mehr hatte, dagegenzuhalten. Nervös fixierte sie eine Strähne, die ihr ständig ins Gesicht fiel, und steckte diese zurück hinter ihr vor Aufregung glühendes linkes Ohr.

Anna schüttelte langsam den Kopf. »Ich möchte das nicht.«

»Kannst du wenigsten einmal nicht nur an dich denken? Natürlich ist dieser Fall dir passiert, aber es passiert eben nicht nur dir. Es passiert uns allen. Immer wieder. Kannst du nicht einmal über deinen Schatten springen und auch mal an andere denken? An *uns* alle?«

»Und wenig zielführend. Eine Skandalisierung hilft niemandem, am allerwenigsten dem ‚strukturellen Rassismus', wie du es immer sagst. Und es ist *mir* passiert und nicht uns allen. Dir wurde nicht ins Gesicht gespuckt, Alex. Und jetzt möchte ich, dass du gehst«, fügte sie flüsternd hinzu.

Alex stand auf und blickte wütend von oben auf seine Schwester herab. »Na klar, immer schön der Konfrontation aus dem Weg gehen. Anna, es ist auch für dich wichtig, dass du dich endlich emanzipierst und deine Selbstermächtigung in die Hand nimmst.«

Anna verspürte einen tiefen Stich in ihrem Herzen, doch anders als die letzten Tage, an denen ihr alles so nahegegangen war, begann sie nicht zu weinen, sondern stand mit einem Ruck auf, ging zur Tür und riss sie wütend auf. »Ich habe gesagt, dass du gehen sollst!«

Alex sah sie nur noch schweigend an und verließ das Zimmer. Sobald er den Flur betreten hatte, knallte sie die Tür krachend zu und schloss hinter sich ab. Immer noch zittrig legte sie sich zurück auf ihr Bett und starrte an die Decke über ihr.

Anna spürte, wie die Wut langsam verebbte und Erschöpfung ihren Platz einnahm. Sie zog die Bettdecke bis zur Brust hoch und drehte sich auf die Seite, die Augen fest geschlossen. Gedanken rasten durch ihren Kopf. Was erwartete Alex von ihr? Sich vor wildfremden Menschen zu öffnen und erneut die Demütigung durchleben zu müssen? Konnte er nicht verstehen, dass sie ihre Ruhe brauchte? Sie wünschte, sie könnte einfach wieder ein normales Leben führen, ohne ständig an das Geschehene erinnert zu werden.

Ungefähr zehn Minuten waren vergangen, als sie ein Knistern unter dem Türspalt hörte. Sie drehte den Kopf zur Seite und sah ein gefaltetes Stück Papier am Boden.

Die Neugier wuchs in ihr, doch gleichzeitig verspürte sie ein mulmiges Gefühl in der Magengegend. War es Alex, der weiter auf sie einreden wollte? Was, wenn die Nachricht nur mehr Druck und Forderungen enthielt? Schließlich setzte sich Anna langsam auf und ging zur Tür. Mit zittrigen Händen hob sie den Zettel auf, setzte sich mit dem Rücken gegen die Türzarge und faltete die Notiz langsam auseinander.

»Kleines, ich habe nur Angst um dich und mache mir Sorgen. Es tut mir leid, dass ich so einen Scheiß geredet und dich damit verletzt oder unter Druck gesetzt habe. Ich habe dich einfach schrecklich lieb, kleine Schwester. Bitte verzeih mir! Dein großer Bruder, Alex.«

Und war sie gerade noch wütend auf ihren Bruder gewesen, erfüllte sie jetzt die große Zuneigung, die sie für ihn empfand. Sie schnappte sich ihr Handy, das noch auf dem Bettrand gelegen hatte, und tippte »Ich habe dich auch lieb, du Arsch!« in die Tasten und schickte die Message an ihren Bruder ab.

Sie blickte auf den Schlafsack auf dem Boden und lächelte. So sehr sie auch unterschiedlicher Meinung waren, ihre Geschwisterliebe war größer. Anna vermutete, dass Alex gerade bei Awa war. Nicht nur, um Anna etwas Abstand zu geben, sondern weil er gerne bei Awa war. Sie fand es mittlerweile nicht mehr schlimm, dass sich zwischen den beiden mehr als nur freundschaftliche Gefühle entwickelten. Es hatte nämlich einen Vorteil für sie, denn Awa behandelte sie nicht mehr nur so, als würde sie Anna gerade mal akzeptieren, sondern als wäre sie aufrichtig bemüht, ihr angespanntes Verhältnis zu verbessern. Ein bisschen Sorge darüber, wie es sich verhalten würde, wenn die beiden sich trennten, hatte Anna dennoch. Aber sie schob es beiseite und befand, dass sie, wenn es so weit war, immer noch genug Zeit hätte, sich damit auseinanderzusetzen.

Um ihnen etwas Zweisamkeit zu geben, setzte sich Anna an ihren Schreibtisch. Denn sie wusste, dass sich Alex wieder um sie kümmern wollte, wenn sie ihr Zimmer verließ. Zudem hatte sie noch eine Menge an ihrer Arbeit zu tun, und da ihre Gedanken übersprudelten, wollte sie die Energie nutzen.

Sieben Seiten schrieb sie wie im Rausch. Ihre Finger flogen über die Laptoptastatur, die Stunden verstrichen, ohne dass sie es bemerkte. Irgendwann lehnte sie sich zurück und massierte ihre Finger. Zufrieden über ihre Produktivität beschloss sie, eine Pause einzulegen.

Als Anna leise in die Küche ging, um einen Snack zu holen, fiel ihr Blick ins Wohnzimmer. Alex und Awa saßen auf der roten Samt-Couch – Amadou hatte die mal vom Sperrmüll mitgebracht und sie tagelang gründlich gereinigt – und sahen gemeinsam einen Film. Alex hatte einen Arm locker über die Rückenlehne gelegt, während Awa mit einem entspannten Lächeln auf den Lippen ihre Füße unter sich gezogen und sanft ihren Kopf an seine Schulter gelehnt hatte. Um die beiden nicht in ihrem vertrauten Beisammensein zu stören, huschte Anna schnell in ihr Zimmer zurück.

Sie arbeitete noch eine Weile konzentriert weiter und ging dann erschöpft, aber glücklich ins Bett, wo sie prompt einschlief. Als sie nachts aus einem Albtraum aufschreckte, stellte sie fest, dass die Luftmatratze, auf der Alex die letzten Tage geschlafen hatte, leer war.

Eine Woche später stand Annas Mutter unangekündigt vor der Tür der Wohngemeinschaft. Erst war Anna überrumpelt, als sie erfuhr, dass sich ihre Mutter mit Alex abgesprochen hatte. Doch als sie ihre Mama sah, mit schweren Einkaufstaschen in den Händen und Erschöpfung im Gesicht, vergaß sie sofort die Wut, die in ihr aufgestiegen war. Die Sorge hatte tiefe Furchen in ihre Stirn gegraben, und unter ihren Augen lagen dunkle Schatten. Doch die liebevolle Besorgnis in den Augen ihrer Mama brachte Anna entgegen ihrer Sehnsucht nach Ruhe dazu, sie hereinzubitten. Ihre Mama hatte den ganzen Weg auf sich genommen, nur um ihr Kind kurz in die Arme zu schließen und ihr etwas Selbstgekochtes vorbeizubringen.

»Ich dachte, du könntest etwas Warmes gebrauchen«, sagte sie leise und schaute auf die Taschen herab. Auf ihren Händen zeichneten sich rote Striemen von dem Gewicht ab.

Anna nahm ihrer Mama die Taschen ab und führte sie in die Küche, wo sie ihr einen Stuhl am Tisch anbot. Dann nahm sie die erste Tüte, holte die Behälter heraus und öffnete sie. Der vertraute Geruch von Kartoffelpuffern erfüllte sofort die kleine Küche.

»Danke, Mama«, murmelte Anna. »Das ist genau das, was ich jetzt brauche.«

Ihre Mutter lächelte nur und griff nach Gläsern mit Apfelmus und Lachs. »Süß oder deftig, mein Schatz?«

»Süß!«, antwortete Anna und holte Geschirr und Besteck aus den Regalen. Und während ihre Mutter mit flinken Händen alles auf dem kleinen Tisch arrangierte, stellte Anna den Wasserkocher an. Die Düsterkeit der letzten Tage verblasste, als sie das heiße Wasser in die Tassen goss und die Kräuter ihren Duft entfalteten. Kurz blühten die Erinnerungen an ihre Kindheit in ihr auf. Damals war es ihre Mama gewesen, die den Tee aufgesetzt, und ihrem Kind liebevoll die Hände gehalten hatte, bis es bereit gewesen war, seinen Kummer mitzuteilen.

Ihre Mutter nahm die Tasse, die Anna ihr hinstellte, und beobachtete liebevoll lächelnd den aufsteigenden Dampf, während Anna nach dem Teller mit den Kartoffelpuffern griff. Sie redeten über den Alltag – ihre Mama sprach sie nicht auf den Überfall an und fragte Anna stattdessen, wie es Olu ginge und ob sie im Studium weiterkäme.

Anna berichtete darüber, wie Olu fleißig wie immer sei und sie bei ihrem Studium unterstützte. Sogar die Tochter von Herrn Malinda, so erzählte sie ihrer Mutter, sei freundlich und zuvorkommend geworden, und Anna nehme alles zurück, was sie über ihre WG-Mitbewohnerin gesagt hatte. Durch die vielen Menschen in ihrem Leben konnte Anna ihren Alltag bewältigen. Nur wieder im Café zu arbeiten, dazu konnte Anna sich noch nicht durchringen, weshalb sie sich selbst als schwach empfand.

Ihre Mama holte aus der Handtasche, die sie über den Stuhl gehängt hatte, einen Briefumschlag, und schob ihn Anna zu.

»Das ist ja Geld ...«, rief Anna verblüfft, als sie die Scheine darin erkannte. »Aber ... warum?«

»Alex hat uns erzählt, dass du um Urlaub gebeten hast. Wir möchten, dass du über die Runden kommst.«

Tränen stiegen Anna in die Augen, und sie lächelte ihrer Mutter zu. »Ich weiß es sehr zu schätzen, Mama. Aber ich kann das nicht annehmen. Ihr braucht das Geld doch selbst.«

»Kind, deinem Vater und mir ist es wichtig, dass du das Geld nimmst. Mir hat eh keine dieser neumodischen Küchen gefallen. Die sehen aus, als gehörten sie in einen Operationssaal und nicht in ein Zuhause!«, sagte ihre Mutter und lachte laut über ihren eigenen Witz. »Du weißt doch, was dein Vater sagen würden: Wenn du das Geld nicht annimmst, stellst du uns bloß!«

Anna hielt den Briefumschlag in den Händen und seufzte. Was ihre liebe Familie doch alles für sie tat!

»Wir beide möchten, dass du dich jetzt, wo es langsam ernst wird im Studium, in Ruhe darauf konzentrieren kannst!«

Anna wusste, dass ihre Mutter das nur sagte, um ihrem Kind die Peinlichkeit zu ersparen, zugeben zu müssen, dass ihr die zusätzliche Arbeit, die vielen fremden Menschen, gerade einfach zu viel waren. Sie war ihren Eltern unendlich dankbar dafür, dass sie so für sie da waren und ihr zeigten, dass sie immer für sie da sein würden.

Ruckartig stand Anna auf und fiel ihrer Mutter um den Hals. Diese war ein bisschen verblüfft, legte aber dann ihre Arme um ihre Tochter und klopfte sanft auf ihren Rücken. »Es wird alles gut, mein Schatz. Am Ende wird alles gut.«

Als ihre Mutter sich verabschiedete und auf den Heimweg begab, beschloss Anna, am nächsten Tag wieder zu den Vorlesungen zu gehen und ihr Leben in die eigene Hand zu nehmen. Sie wollte wieder zu alter Form finden, und nichts sollte sich ihrer Karriere in den Weg stellen. Nicht ihr überbeschützender großer Bruder, der sich die Welt so zusammenspann, wie er sie gerade brauchte. Nicht die Tatsache, dass sie aus der Arbeiterklasse stammte. Und erst recht nicht ihre Hautfarbe. Wenn Anna eines aus den letzten Wochen mitgenommen hatte, dann die Gewissheit, dass es verdammt noch mal nur an ihr selbst lag, ob sie ihre Ziele erreichen oder ob sie scheitern würde.

Die ersten Tage in der Universität fühlten sich seltsam an. Als wäre nichts geschehen, saß Anna in dem großen, hell erleuchteten Vorlesungssaal. Das Kratzen von Stiften auf Notizblöcken vermischte sich mit dem leisen Klackern von Laptoptasten, während die Stimme der Professorin durch ein Mikrofon durch den Saal erklang. Anna versuchte sich auf den Inhalt zu konzentrieren, aber sie nahm wahr, dass sie noch mehr angegafft wurde, als es sonst schon der Fall gewesen war. Immer wieder tuschelten ihre Kommilitonen miteinander und warfen Anna neugierige Blicke zu.

Als die Professorin die Vorlesung beendete, packte Anna ihre Taschen, um schnell zu verschwinden, da tippte ihr jemand auf die Schulter. Anna drehte sich um und schaute in ein herzförmiges Gesicht mit weichen braunen Lippen. »Sag mal, bist du nicht die aus dem Video?«

Annas Wangen glühten. »Nein«, murmelte sie.

»Sicher?«, hakte das Mädchen vorsichtig nach und zwirbelte an den Enden ihrer langen schwarzen Locs.

»Ja. Sicher! Sonst noch was?« Es klang härter, als Anna es beabsichtigt hatte, aber sie wollte die unangenehme Situation beenden.

Das Mädchen hob theatralisch abwehrend die Hände. »Easy, girl ...« Dann wandte sie sich ihrer Freundin zu. »Keine Ahnung, ob sie das ist«, flüsterte sie. »Aber ansprechen werd ich das arrogante Ghostface bestimmt nicht noch mal.«

Seitdem hatte man sie in Ruhe gelassen, und Anna war erleichtert darüber, wie schnell alles wieder so wie vorher geworden war. Man nahm nur Notiz von ihr, weil ihre Andersartigkeit hin und wieder auffiel, aber darauf sprach man sie in der Regel nicht an.

Dass sich alle Augen auf sie richteten, wenn in der Vorlesung oder sonst wo diskriminierende Sprache genutzt wurde, war sie von klein auf gewohnt. Ihre Strategie, so zu tun, als würde sie nichts davon mitbekommen oder als würde nichts dabei sein, hatte immer gut funktioniert und tat es auch jetzt noch. Wenn sie auf die diskriminierenden Worte reagierte, würde es nur schlimmer, zumal sie es dann mitzuverantworten hätte.

Ihr Bruder Alex aber sah die Schuld nur auf einer Seite. Für ihn war der Übergriff ein Beweis für seinen Standpunkt, für Anna aber nicht. Ihre Einstellung hatte sich diesbezüglich nicht geändert. Klar, es war nicht korrekt, was der Typ getan hatte, aber sie wusste auch, dass sie durch ihre Unsicherheit und Verschlossenheit arrogant auf ihre Mitmenschen wirken konnte.

Es gab da aber jetzt jemanden, dem sie vertraute und mit dem sie über solche Themen reden konnte. Eine Person, der sie sich geöffnet hatte. Wenn Alex wüsste, dass diese Person schwarz war, würde er darüber lästern und Frau Okyere eine Black Savior nennen. Aber Anna war das egal, sie genoss den Austausch mit der klugen und warmherzigen Frau, die es immer wieder schaffte, neue Gedankengänge in Anna anzuregen, oder sie mit einem lockeren Spruch zu überraschen.

Schon seit Anna die Unterlagen zurückgebracht hatte, schienen die beiden unausgesprochen miteinander vereinbart zu haben, aus den Besuchen im Archiv eine regelmäßige Verabredung zu machen. Frau Okyere holte sie auch immer von der Bushaltestelle ab und begleitete sie zurück. »Kind, ich möchte nicht, dass du alleine hier durch die Gegend läufst. Ich mache mir zu große Sorgen um dich«, hatte sie als Begründung angebracht. Und als Anna daraufhin fragte, ob es in Ordnung sei, das Archiv mitten in den Öffnungszeiten zu schließen, antwortete diese: »Die Akten sind mehrere hundert Jahre alt, da macht es nichts, wenn jemand mal eine Viertelstunde auf sie warten muss, wenn ich kurz weg bin.« Anna hatte zwar keine Panikattacken mehr, wenn sie mit dem Bus fuhr, war der Empfangsdame aber dennoch für die Begleitung sehr dankbar. Es fühlte sich besser, sicherer, mit der Frau an ihrer Seite an.

Anna brachte für ihre Treffen stets eine Kleinigkeit wie Kuchen oder einen Obstsalat mit, und die beiden Frauen sprachen dann stundenlang über Historik, die ihnen sehr am Herzen lag, aber auch Privates. Hier, in dem kleinen, gemütlich dekorierten Zimmer, fühlte sie sich sicher. Hier durfte Anna sie selbst sein, hier konnte sie sich anvertrauen und herzlich lachen. Sie hörte auch sehr gerne zu. So erzählte ihre neue Freundin, wie die Enkelin bald den Kindergarten besuchen sollte, oder über ihren verstorbenen Mann, der als Arzt im Norden tätig gewesen war, bevor er sich mit seiner Praxis niedergelassen hatte. Allein deshalb war es für sie kein Problem gewesen, als ihr Sohn ihr damals seine weiße Freundin vorgestellt hatte.

»Man liebt, wen man liebt, und da spielt die Hautfarbe nun wirklich keine Rolle.«

Anna pflichtete ihr bei. Sie musste schmunzeln, denn Alex hätte ihr bestimmt vor einigen Wochen noch widersprochen, also bevor er sich in Awa verliebt hatte und mit ihr zusammengekommen war.

Tja, so schnell kann es gehen, dachte sie heimlich. Sie konnte solchen Vorurteilen nichts abgewinnen. Dass nun ausgerechnet Awa die Person sein musste, die die verbohrte Sichtweise ihres Bruders geändert hatte, war dann aber doch ein wenig zu viel des Guten, fand sie.

Wenn es andersrum wäre, wenn Anna einen schwarzen Freund hätte, würde es sicherlich anders verlaufen. Alex hätte sich mit der Tatsache schwergetan und wäre ihr mit seinen Vorträgen darüber, dass er, in ihrem Fall der imaginäre Freund, die Diskriminierung, die sie erfuhren, nie verstehen würde. Und er hätte sie inständig davor gewarnt, dass es einige Schwarze gab, die weiße Frauen wie sie fetischisierten.

Anna musste bei dem Gedanken daran, was er ihr alles über »die Schwarzen« vorhalten würde, laut lachen. Was für eine verquere Denkweise ihr Bruder manchmal an den Tag legte, amüsierte sie. Selbst ihm musste doch klar sein, dass niemandem damit geholfen war, auf Diskriminierung mit Diskriminierung zu antworten. Sie wäre ja kein Stück besser als die paar Schwarzen, die sie aufgrund ihrer Hautfarbe ablehnten, wenn sie deshalb ebenso mit Ablehnung gegen sie reagieren würde. Entweder war man ein guter Mensch oder halt ein Arschloch. Das war doch total unabhängig von Hautfarbe, Geschlecht, Herkunft oder anderen Nebensächlichkeiten! Das Theater um all jene Sachen hielt nur vom Wesentlichen ab. Wäre Anna so drauf wie diese ganzen Aktivist*innen, die den öffentlichen Diskurs mit lautstarkem Gebrüll niederschrien und für sich bestimmten, hätte sie in Frau Okyere nie die Freundin gefunden, die sie für Anna geworden war. All das wollte sie nicht missen. Sie fand, die Diskriminierungserfahrung hatte sie nur noch stärker gemacht. Jetzt wollte sie es allen erst recht zeigen. Ihnen beweisen, dass sie es schaffen würde und sich hochkämpfen konnte. Sie wusste nun umso mehr, was sie wollte, dass sie ihre Ziele erreichen musste, damit ihr so etwas nie wieder angetan werden könnte.

Süden, 30. Oktober 1831
Erik

Der Staub verstopfte jede einzelne Pore seines Körpers. Er vernahm nur dumpf die Geräusche der Welt, denn die Erde saß tief in den Ohrmuscheln und verklebte seine Gehörgänge. Seine Augen hatten aufgehört zu tränen, denn obwohl die feinen Körnchen seine Netzhäute abzureiben schienen, war sein dehydrierter Körper nicht mehr in der Lage, genug Tränenflüssigkeit zu produzieren, um seine Augen zu fluten und den Schmerz etwas erträglicher zu machen.

Schmerz war ein treuer Begleiter in Eriks Leben. Von klein auf kannte er ihn. Und so hatte er fast etwas Beruhigendes. Erik stöhnte erschöpft auf. Sein Brustkorb bebte. Staub und Sand rieselten von dem Erdloch, in dem er lag, auf ihn herab.

Krampfhaft versuchte er, all seine letzte Willenskraft aufzubringen, um die staubige Erde, die sich erst in seinen Mund, den Zahnzwischenräumen, bis in den Hals und runter in die zartesten Verästelungen seiner Lungenflügel gearbeitet hatte, nicht lautstark abzuhusten. Der Würgereiz hielt ihn so schmerzhaft im Griff, dass Erik glaubte, seinen Verstand zu verlieren. Er war schon oft in seinem bisherigen Leben an die Grenzen des Aushaltbaren getrieben worden. Wenn sie ihn durchs Feld jagten und zwangen, so lange in der unbarmherzig scheinenden Sonne zu arbeiten, bis er vor Erschöpfung in Ohnmacht fiel.

Erik vergrub seine geschundenen Hände in der Erde unter ihm. Schmerzen, wie jene, die die Wunden an seinem Körper verursachten, waren für ihn mittlerweile nur Beweis, noch am Leben zu sein. Denn bis hierher hatte er sie überlebt: Die Schläge, die Arbeit und die Hetze jener, die ihn seit seiner Kindheit schlimmer als ihr Vieh behandelt hatten. *Ich habe die Plantage überlebt, ich überlebe auch das hier!*, sagte er sich. Sein Herzschlag war eine Weile für ihn kaum noch vernehmbar gewesen, doch nun raste sein Herz, als würde es aus seiner Brust platzen und aus dem unterirdischen Versteck, das sein lebendiges Grab zu werden drohte, springen wollen.

Sei still, befahl er seinem rasenden Herzen, so, als ob es ihn verstünde und dem harschen Befehl umgehend folgen würde. *Du sollst endlich still sein. Ich kann nicht hören, was da draußen vor sich geht!*

Waren das Stimmen? Oh mein Gott, das waren tatsächlich Stimmen. Jetzt gab es nichts mehr, das sein Herz beruhigen konnte. Sein trockener, heißer Atem stieß viel zu schnell aus seinen brennenden Lungen. Hätte er vorhin noch um sein Leben gewettet, dass sein Körper nie wieder einen Tropfen Flüssigkeit verlieren könne, spürte er, wie der Urin heiß und giftig seine Beine entlanglief und in der durstigen Erde unter ihm versickerte. Erik konnte nicht ausmachen, ob es die Panik oder die Erschöpfung war, aber er beschloss loszulassen.

»Hier drüben ist was. Da ist jemand unter der Erde«, waren die letzten Worte, die durch das Loch und in seine von Staub besetzten Ohren drangen.

Anna saß an ihrem Schreibtisch. Die Schwärze der Nacht, die durch das Fenster drang, wurde nur durch das Licht ihrer Schreibtischlampe durchbrochen. Das Thema Sklavenaufstand war nichts Neues für sie. Damals in der Schule wurde das Thema kurz angerissen. Es wurde jedoch nicht ausführlich besprochen, sodass ihr Interesse nicht geweckt wurde, aber jetzt klebten ihren Augen förmlich am Text.

Anna stellte sich vor, wie es Erik ergangen sein musste. Die Enge, die Hitze, ja, sie hatte sogar den Geruch der staubig trockenen Erde in der Nase. Und wie Eriks Herz hatte auch ihres erst kaum vernehmbar geschlagen und raste nun vor Aufregung, ganz so, als ob es ihr Leben wäre, das auf dem Spiel gestanden hatte. Ihre Handflächen waren klebrig vom Schweiß, und sie musste sich auch nicht in dem Spiegel an der Wand betrachten, um zu wissen, dass ihre Wangen rot glühten. Sie wischte sich eine blonde Strähne aus der Stirn.

Eine genauso hellblonde Strähne wie die von Erik, an dessen vom Dreck verfilzten Haaren man ihn aus dem Erdloch gezogen hatte. Er hatte nichts davon mitbekommen. Sie hatten ihn auf einen Karren geworfen und durch die Nacht hierhergebracht. Er hatte nichts davon mitbekommen, als sie ihn beschimpft, bespuckt und geschlagen hatten. Er hatte nichts davon mitbekommen. Es war so, als läge er immer noch in der Dunkelheit.

So, als wäre er nie entdeckt und verschleppt worden.

So, als wäre er da, in dem Loch, seinem Versteck, gestorben.

Wäre er bloß dort alleine gestorben, dachte er, als der Schmerz es zu seinem Bedauern doch geschafft hatte, ihn der Ohnmacht zu entreißen.

Blut tropfte von seinen wunden Füßen auf das spröde Holz. Nur sanft berührte er den Boden mit seinen Zehenspitzen, doch Erik fühlte, wie er sich beim langsamen Hin- und Herschwingen immer mehr der kleinen Splitter in die Haut trieb. Er nahm all seine Kraft zusammen, um seinen Körper anzuspannen, und versuchte auf diese Weise still zu bleiben, aber der leiseste Windhauch reichte aus, um ihn wieder ins Schwanken zu bringen.

Zu allem Überfluss begann sein Körper auch noch unkontrolliert zu zittern. Er konnte nichts dagegen tun. Genauso wenig konnte er verhindern, dass es nicht der Schmerz war, der ihn umbringen würde. Verzweifelt überlegte er, wann es endlich so weit sein würde. Wie lange würden diese Unmenschen ihn hier baumeln lassen, bis sie es endlich zu Ende brachten?

»Tötet mich!«, krächzte er kaum hörbar und zuckte unwillkürlich zusammen, als ihm lautes Gelächter entgegenschmetterte und ihn gewaltsam in die kalte Realität zurückriss. Jetzt sah er deutlich, was zuvor vor seinen Augen verschwommen und ihm deshalb verborgen geblieben war. Sie hatten ihn an den großen Baum abseits des Feldes gehängt, an dem die Kinder des Plantagenbesitzers sonst in ihrer Schaukel spielten. Und wenn Erik den Kopf heben könnte, würde er die Sonne hinter der Baumkrone aufgehen sehen. So aber bemerkte er bloß, dass sich das rote Leuchten auf der schwarzen Haut seiner Peiniger spiegelte.

Wie Dämonen sehen sie aus, dachte Erik.

»Du kannst ja vor uns auf die Knie gehen und um dein Leben betteln«, schrie ihm einer der schwarzen Männer belustigt entgegen.

Tränen liefen Erik aus den blutunterlaufenen Augen. Der Ast, an dem er hing, begann nun wieder heftiger zu wippen. Erik versuchte sich von seiner ausweglosen Lage abzulenken und konzentrierte sich auf das Vogelgezwitscher, das die frische Morgenluft und den fortschreitenden Sonnenaufgang untermalte. Er blähte seine Nasenflügel auf, denn er wollte, wenn er schon nicht frei durch den Mund atmen konnte, wenigstens ein letztes Mal den Duft der von Tau überzogenen Mohnblumen riechen, deren Blüten gerade begannen sich für den anbrechenden Tag zu öffnen. *Wenigstens ein letztes Mal möchte ich, dass sie mit ihrem betörenden Duft meine Nase kitzeln.*

Sein Blickfeld verengte sich wieder, und er konnte nicht mehr genau ausmachen, ob es nun sechs oder doch zehn Männer waren, die sich um ihn und den Baum, an dem er hing, versammelt hatten. Es war im Grunde egal, ob sechs oder zehn Männer – als sie ihn gefunden hatten, war er bereits so entkräftet gewesen, dass er auch dann keine Chance zu fliehen gehabt hätte, wenn es nur einer dieser wohlgenährten, kräftigen Schwarzen gewesen wäre.

Der Strick hatte sich in seinen Hals eingegraben, das raue Material rieb unerbittlich an der empfindlichen Haut. Jetzt war es nicht mehr nur der Staub, der ihn von innen zu verbrennen drohte, sondern auch die äußere Hitze der Wunden, die all seine Sinne übernahmen.

»Du hast tatsächlich gedacht, du würdest damit durchkommen, du Hund?«, vernahm er dumpf das Geschrei einer seiner Henker.

»Ihr habt gedacht, ihr könnt unsere Leute umbringen und von der Plantage fliehen?«

Er spürte, wie sich die Schlinge langsam enger zuzog, und ihn überkam fast eine Art der Erleichterung. Bald war es vorbei, ermunterte er sich selbst. Bald.

»Guckt mal, wie der Hund zittert! Elendiger, mieser Hund!« Wieder schnitt lautes Gelächter die heiße Luft.

Als seine Füße den Boden verloren, bekam er es nicht mehr mit. Erik spürte nicht, wie das Seil am Ast schrabbte, als sie ihn daran in die Luft zogen. Er spürte nichts mehr, denn Erik war schon zuvor bereits an der Schlinge um seinen Hals schmerzhaft erstickt. Und das Zittern, dessen Zeugen die sechs oder zehn Männer verhöhnt hatten, war nichts weiter als Eriks Nervensystem, das noch nicht begriffen hatte, dass es bereits gestorben war.

Anna lehnte sich in ihrem Stuhl zurück und atmete tief aus. Jetzt bemerkte sie, wie verspannt sie war. Ihr Nacken brannte. Es lag aber nicht nur daran, dass sie so lange an ihrem Tisch gesessen hatte, unbewusst hatte sie mit Erik mitgefühlt. Eigentlich hatte sie sich mittlerweile daran gewöhnt, dass sie mit ihren Vorfahren auf eine seltsame Weise anders mitfühlte als bei all den anderen historischen Ereignissen, die sie im Rahmen ihres Studiums erarbeitet hatte. Beklemmend, grausam und brutal war jede dieser Geschichten: Sei es die über Eva und Magda, oder die von Karl - sie alle hatten Anna bis ins Mark erschüttert. Aber dieser Text über Erik hatte noch mal eine stärkere Wirkung.

Und Anna stellte etwas fest: Erik war, anders als Eva, Magda und Karl, mehr als ein Opfer gewesen. Erik hatte sich erfolgreich aufgelehnt und einige seiner Peiniger ermordet, bevor er von der Plantage, auf der er hatte arbeiten müssen, geflüchtet war.

Hierher, wo Anna geboren worden war und lebte, waren sein Vater und seine Mutter bereits verschleppt und Erik als Kind zweier Unfreier geboren worden. Hier hatte er seine Kindheit auf dem Feld und bei harter körperlicher Arbeit verbracht. Hier wurde er schon als Junge zu einem Mann gemacht. Hier hatte er erleben müssen, wie seine Mutter von dem Plantagenbesitzer vergewaltigt worden war. Hier hatte er hilflos mitansehen müssen, wie sein Vater, bei dem Versuch, seine Frau zu schützen, mit Knüppeln totgeprügelt worden war. Hier hatte er als junger Mann den Aufstand gegen die Sklavenhalter angeführt.

Anna realisierte, dass sie zum ersten Mal, bei all den Grausamkeiten, von denen sie erfahren hatte, in sich selbst eine

Wehrhaftigkeit verspürte. Sie hatte sich nie als Opfer ihrer Hautfarbe, Sozialisierung oder ihres Geschlechts gefühlt. Zumindest nicht bis zu dem Übergriff im Bus. Die Unsicherheit, die sich danach in jede Faser ihres Körpers, aber auch in ihre Seele gefressen hatte, wich, jetzt, da sie Eriks Geschichte gelesen hatte, einem zaghaften Gefühl von Wut.

Aber worauf bin ich eigentlich wütend, überlegte sie, nachdem sie endlich die Notizen beiseite und sich ins Bett gelegt hatte.

FAMILY TIES

Die abendlichen Sonnenstrahlen des Tages warfen ein warmes Licht auf den Bildschirm ihres Laptops. Anna kniff die Augen leicht zusammen, um trotz der Spiegelung die letzten Seiten ihrer Hausarbeit lesen zu können. Sie hatte sich durch so viel Lektüre gewälzt, war sogar noch einmal im ethnologischen Museum gewesen, hatte alles aufgeschrieben, was ihr relevant erschienen war, doch als sie jetzt ihre Arbeit erneut überprüfte und Korrektur las, war sie unsicher.

Anna drehte sich zur Fensterbank und streckte ihren Arm nach der Kanne auf dem Stövchen, um sich Tee nachzugießen. Doch die Kanne war leer und die Kerze im Stövchen längst erloschen. Aufstehen und sich neuen Tee brühen wollte sie jedoch nicht. Sie wollte endlich fertig werden. So wandte sie sich wieder ihrem mit Büchern und vollgeschriebenen Notizzetteln bedeckten Schreibtisch zu. Sie rieb sich die Schläfen und ließ ihren Blick über den Absatz wandern, der ihr schon den ganzen Nachmittag Kopfzerbrechen bereitet hatte.

»Fliegt mir das um die Ohren, weil ich es zu emotional formuliert habe?«, murmelte sie vor sich hin. In den letzten Wochen war es ihr aber schwergefallen, ihre Gedanken zu ordnen und wissenschaftlich zusammenzufassen, obwohl sie so motiviert gewesen war.

Sie ertappte sich immer wieder dabei, aus einem persönlichen Standpunkt zu argumentieren. Ein absolutes No-Go, sowohl in der Geisteswissenschaft als auch für Annas Persönlichkeitsstruktur. Sie mochte es rational! Sie hielt nichts von Umschweifen oder unnötigen Emotionen. Anna bevorzugte klare Worte und sachliche Argumentationen.

Und so stellte sie wieder dieselben Formulierungen um, drehte und wendete ihre Aussage, doch irgendwie wollte es sich nicht in die nüchterne Wissenschaftlichkeit fügen, die sie von sich selbst erwartete.

Anna stand auf, schob die Teekanne beiseite und öffnete das Fenster, um frische Luft hereinzulassen. Draußen hörte sie das Lachen von spielenden Kindern und den Lärm von Autos, die von der Hauptverkehrsstraße einen Wohnblock weiter bis in ihr Zimmer dröhnten. Und dennoch half die Geräuschkulisse ihr kurioserweise dabei, den Kopf freizubekommen, wenigstens für einen Moment. Anna hüpfte auf der Stelle und machte ein paar Dehnübungen. Sie kam sich zwar ein bisschen albern vor, befand jedoch, dass es egal war, wie es aussah, wenn es half. Mit einem tiefen Atemzug setzte sie sich wieder an den Schreibtisch.

Ihre Finger huschten über die Tasten, korrigierten hier ein Wort, fügten dort einen Halbsatz ein und löschten alles, was zu sehr nach einer eigenen Meinung klang. Der Schlussabsatz ihrer Arbeit formte sich unter ihren flinken Händen, und fand seine endgültige Form.

Schließlich klickte sie auf Speichern und schloss mit einem lauten »Hell yes!« die Datei. Der Gedanke, die Hausarbeit abzugeben, löste ein Gefühl der Erleichterung in ihr aus. Zum ersten Mal, seit sie ihr Studium begonnen hatte, fühlte Anna sich wirklich bereit für die Semesterferien.

Anna lehnte sich in ihrem Stuhl zurück und legte ihre Beine auf den Tisch, einfach auf die Bücher und Notizen. Es passte zwar nicht zu ihr, aber mittlerweile erlaubte sie sich, sich ab und an vom chaotischen Charakter ihres großen Bruders anstecken zu lassen. Alex war, seit er mit Awa fest zusammengekommen war, ständig in ihrer WG.

Es klopfte an der Tür, und Awa steckte ihren Kopf herein. »Bist du endlich fertig, du Streberin?« Obwohl Awa sie immer noch so nannte, lag jetzt in ihrem Tonfall etwas liebevoll Neckendes. Anna fühlte sich nicht mehr ständig abgelehnt oder gar gedemütigt, und auch wenn sie sich nie darüber ausgesprochen hatten, wie Awa und ihre Freund*innen Anna behandelt hatten, bevor all das passiert war, kam es Anna so vor, als hätte sich Awa im Stillen entschuldigt, indem sie Anna einbezog und nach ihrer Meinung fragte. Jedoch blieb Anna trotz der Freundlichkeit vorsichtig und zurückhaltend, aus Sorge davor, dass der positive Wandel Awas nicht anhalten würde.

Sie schwang die Beine vom Tisch und stand auf. »Habt ihr schon Pläne für heute?«, fragte Anna und streckte sich.

»Wir wollen Eis essen ...«

»Beeil dich!«, hörte sie Alex' tiefe, rauchige Stimme aus dem Wohnzimmer. »Ich muss danach noch zur Abendschule und hab nicht ewig Zeit, auf dich zu warten! Nicht nur du musst lernen!«

Anna grinste. Ihr Bruder tat zwar genervt, aber sie wusste, dass Alex neuerdings tatsächlich gerne zur Schule ging. Awa hatte ihm anvertraut, dass ihr Vater nicht sehr glücklich über ihre Wahl gewesen war. »Mein Papa mag dich. Er respektiert deinen Vater und hält viel von deiner Mama«, hatte sie ihm erzählt. »Insbesondere Anna hat es ihm angetan, was mich, ehrlich gesagt, am Anfang total eifersüchtig auf sie gemacht hat. Aber er findet halt, dass du dein Potenzial verschenkst, und ist besorgt darüber, wie wir uns unsere Zukunft vorstellen, wenn du so ein Tagträumer bist.«

Alex hatte sich im ersten Moment total vor den Kopf gestoßen gefühlt und war wütend aus der WG abgerauscht. Aber am nächsten Morgen war er für die Anmeldung zur Abendschule und zum Jobcenter gegangen, um seine Unterlagen einzureichen.

Als Alex ihren Eltern davon erzählt hatte, waren die aus allen Wolken gefallen. Ihre Mutter hatte begeistert die Hände in die Luft geworfen und Gott dafür gedankt, dass er ihrem Sohn endlich den richtigen Weg gewiesen habe. Ihr Vater hatte etwas verhaltener reagiert. Anna wusste, er wollte sich die Freude nicht anmerken lassen, als er »Mal sehen, wie lange du das durchhältst, mein Junge« gesagt hatte. Und auch dieses Mal hatte ihr Bruder sie überrascht, indem er nur lässig gelacht und seinem Vater mit einem »Wird schon!« zugenickt hatte.

Awa, Amadou, Anna und Alex brachen auf und gingen in das Eiscafé, das einen kurzen Fußmarsch von der WG entfernt in einer ruhigen Seitenstraße lag. Sie liefen an den Pappeln vorbei, die hier und da am Straßenrand gepflanzt worden waren. Und obwohl es früher Nachmittag war und die Sonne nicht mehr direkt von oben auf ihre Köpfe knallte, schwitzte Anna bereits nach fünf Minuten. Und als hätte er ihre Gedanken gelesen, ächzte Alex laut.

»Was ist los?«, fragte Awa, die mit ihm Hand in Hand ging.

»Sorry Babe, aber ich bin einfach nicht für dieses Klima gemacht. Ich spüre jetzt schon den Sonnenbrand auf der Kopfhaut. Aber ich kann mich ja dort nicht mit Sonnencreme einschmieren.« Er rieb sich über die strubbligen Haare, als würde er Zement darin verreiben, und alle begannen zu lachen.

»Aber jetzt mal ernsthaft, macht euch die Hitze nicht zu schaffen?«, fragte Anna, der gerade ein dicker Tropfen Schweiß aus dem Haar auf die Schulter tropfte. Die anderen schüttelten nur den Kopf, und Olu ergänzte ein fröhliches »Nö, nicht wirklich!«.

So waren es vor allem Alex und Anna, die, am Café angekommen, darauf bestanden hatten, sich reinzusetzen, weil die Räume klimatisiert waren. Sie nahmen an einem Tisch in einer Ecke des Eiscafés Platz und griffen nach den Eiskarten, die in einem kleinen Ständer auf dem Tisch standen. Da es nur zwei Karten gab, schauten Awa, Amadou und Olu in eine, Alex – der seiner Freundin gegenübersaß, um ihr besser in die Augen sehen zu können – mit Anna in die andere Karte.

»Ich glaube, ich nehme den Funky Rainbow Einhornwirbel«, meinte Awa begeistert und lachte. Amadou und Olu prusteten los.

»Funky Rainbow Einhornwirbel?«, rief Amadou lachend. »Das klingt, als hätte ein Kind die Karte geschrieben!«

»Ich bin gespannt, ob da wirklich Einhorn drin ist«, fügte Olu hinzu.

Zwischen Alex' Augenbrauen hatte sich eine Falte gebildet, und er sank in sich zusammen, als würde er sich hinter der Karte verstecken. Anna bemerkte, dass er die Seite mit den Eiskreationen aufgeschlagen hatte, die die anderen wählen wollten, und die Preise studierte. Dann blätterte er zurück zu den einfachen Eiskugeln. Sie lehnte sich zu ihm und legte ihre Hand auf seine. »Hey, was ist los?«

»Ach, es ist nichts«, sagte er, aber es klang nicht überzeugend.

»Komm schon, ich bin deine Schwester. Du kannst mir alles sagen.«

Alex seufzte tief und blickte kurz auf, aber Awa war mit Amadou in einem aufgedrehten Gespräch. Er senkte die Stimme, als wollte er sicherstellen, dass niemand außer Anna ihn hören konnte.

»Es ist wegen Awa«, begann er zögerlich. »Ich weiß nicht, wie ich das sagen soll, aber ...« Alex rieb sich nervös den Nacken und sah kurz zur Seite. »Na ja, du weißt doch, wie viel Geld ihre Eltern haben. Und wir ... unsere Familie halt nicht. Ich habe das Gefühl, ich werde nie gut genug für sie sein, weil wir nicht so viel haben wie sie.«

Anna sah ihren Bruder verwundert an. Alex hatte das noch nie etwas ausgemacht - er war immer stolz auf seine Eltern und seine Herkunft gewesen. »Du musst es Awa sagen. Sie wird bestimmt zuhören«, ermutigte sie ihn.

Alex hob eine Augenbraue. »Was muss ich ihr sagen?«

»Na, dass du dir unsicher bist, wie du mit dem Klassenunterschied umgehen sollst.«

»Klassenunterschied? Oha, studierst du auf einmal Soziologie? Das sind ja ganz neue Töne von dir!«, prustete er los. Und plötzlich war die Anspannung von ihm gewichen und er wirkte wieder so unbekümmert wie davor.

»Ich meine das ganz ernst, Alex!« Sie stupste ihn gegen die Schulter. »Du bist viel mehr als das, was du besitzt. Awa ist mit dir zusammen, weil sie dich mag. Und ich bin sicher, dass ihre Eltern genauso denken. Wie gesagt, rede einfach ...« Anna hielt inne, als sie merkte, dass sie nicht mehr zu ihm durchdrang. Verträumt starrte er aus dem Fenster und sie begriff, dass er das erst mal für sich selbst einordnen und in Ruhe darüber nachdenken musste.

Bald darauf hatte er jedoch mit seiner Freundin über dieses Thema gesprochen. Das wusste Anna, denn als Awa eines Abends an Annas Zimmer klopfte und schüchtern fragte, ob sie stören dürfte, war ihr klar, worum es gehen würde. Anna fasste sich ein Herz und erlaubte ihrer ehemaligen Erzfeindin einzutreten.

»Ist es auch wirklich okay?«, fragte sie und deutete mit dem Kinn auf den Laptop auf Annas Tisch.

»Quatsch, komm rein!«, erwiderte Anna, sie winkte Awa lässig herein, eine Geste, die sie sich von Alex abgeguckt hatte, und bemühte sich, dadurch einen entspannten Eindruck zu vermitteln. »Die Arbeit habe ich vor ein paar Tagen abgeschickt. Jetzt sind Ferien!«

Sie zog Awa den Schreibtischstuhl vor, die einzige Sitzgelegenheit in dem kleinen Zimmer außer dem Bett. Awa nahm das Angebot lächelnd an und wirkte sichtbar erleichtert. Anna musste schmunzeln, da Schüchternheit oder gar Zurückhaltung ihr sonst fremd zu sein schien und gar nicht zu der selbstbewussten jungen Frau passten, die Anna kannte.

Nun saß Awa auf dem Stuhl und Anna auf dem Bett. Aber keine von ihnen sagte etwas. Verlegen schwiegen sich die beiden jungen Frauen an. Anna schmunzelte. Awa, die sonst die größte Klappe von allen hatte, war verlegen. Sie beschloss jedoch, ihr Gegenüber nicht weiter zappeln zu lassen.

»Was ist lo...?« Und bevor Anna den Satz beenden konnte, sprudelte es aus Awa heraus: »Weißt du, ich liebe deinen Bruder wirklich, das musst du mir glauben!«

Anna glaubte ihr.

»Und ich bin echt total verletzt, dass er denkt, für mich würde es eine Rolle spielen, dass er ... Na ja, nicht so viel Geld hat wie ich. Wobei, vielmehr meine Eltern.«

Als Anna das hörte, konnte sie nicht anders, als Awas Redefluss zu unterbrechen. »Na ja, du musst schon zugeben, dass du dich lange Zeit anders verhalten hast und dir ganz schön was auf deine Herkunft und darauf, wohlsituiert zu sein, eingebildet hast.« Ihr musste doch klar sein, dass Anna sich Gedanken um ihren Bruder machte? Man konnte ja viel über ihn sagen, aber er war einer von den Guten und hatte es verdient, ebenso behandelt zu werden, fand Anna. Dass Awa seine Sicht nicht verstehen wollte, sondern vor allem von ihrer eigenen Verletzung sprach, störte Anna. Sie wollte nicht, dass sich Awa schlecht fühlte, aber genauso wollte sie eben auch nicht, dass ihr Bruder verletzt wurde. Und ja, irgendwie wollte sie ihn vor einer Enttäuschung beschützen - wie Geschwister es eben tun.

Zuerst sah Awa sie mit großen Augen an, dann nickte sie zerknirscht, und Anna bekam ein schlechtes Gewissen. Sie wollte nicht zu hart zu Awa sein, aber vielleicht war es gerade einfach mal nötig, der unangenehmen Wahrheit ins Gesicht zu blicken.

Sollte Awa peinlich berührt davon sein, dass Anna sie mit ihrem früheren Verhalten konfrontierte, so konnte man es ihr nicht anmerken, im Gegenteil – sie straffte die Schultern und setzte sich gerade auf. »Du hast recht«, gab sie zu Annas Verblüffung zu. »Ich habe viel von deinem Bruder gelernt und mein Verhalten reflektiert«, fuhr sie fort. »Ich wollte dich schon lange darauf ansprechen, aber ich habe mich nicht getraut.«

Anna lachte überrascht auf. »Du hast dich nicht getraut?«, wiederholte sie fast schon wütend darüber, dass es Awa fertigbrachte, sich zum Opfer dieser Situation zu erklären. Selbst wenn Awa es kaum bewusst gewesen sein mochte, aber sie machte sich hier ein altes Narrativ zu eigen, welches besagte, dass weiße Frauen nicht in der Lage wären, einem Konflikt angemessen zu begegnen und ihn zu klären. Stets wurde behauptet, dass sich hellhäutige Frauen wie Anna in erster Linie von ihren Emotionen, vor allem aber tiefsitzender Wut, leiten ließen und man, wie Awa jetzt, Angst vor dem Gefühlsausbruch jener Frauen haben müsste.

»Ja, ich meine, also ich wusste nicht, wie ich auf dich zugehen soll, und wie sagt man jemandem, dass man sich wie ein ignorantes Arschloch verhalten hat, nur weil man eifersüchtig war?«

»Awa, du willst mir doch nicht erzählen, dass du eifersüchtig auf mich warst? Ausgerechnet auf mich? Das ist doch totaler Quatsch!«, fuhr Anna sie an und verschränkte die Arme – nicht nur um ihre Ablehnung zu signalisieren, sondern vor allem, um sich selbst ein bisschen Halt zu geben. In ihr breitete sich eine tiefe Enttäuschung darüber aus, dass sie Awa so weit vertraut hatte, dass sie sich ihr geöffnet hatte. Und eine Wut auf sich selbst, es zugelassen zu haben, dass sie die rassistischen Worte Awas an sich heranließ.

Awa seufzte hörbar auf. »Ich glaube, du hast keine Ahnung, wie du auf Menschen wirkst. Mir ist nie jemand unseres Alters begegnet, die so eine Selbstsicherheit, Stärke und Mut ausstrahlt. Deine Selbstdisziplin und Klugheit sind total einschüchternd!«

Anna kam sich vor, als säße sie im falschen Film. Das hatte unmöglich Awas Ernst sein können.

»Du kannst die anderen fragen. Olu, Amadou, ja, sogar Alex sehen es genauso wie ich!«

»Ach so, ihr habt euch also alle darüber unterhalten, was für eine große Angst ihr vor mir habt? Das ist ja gut zu wissen, was ihr hinter meinem Rücken redet!« Sie spürte den Kloß im Hals und dass ihr Tränen in die Augen stiegen. Hätte sie Awa doch bloß gar nicht erst erlaubt, ihr Zimmer zu betreten.

»Anna? Du verstehst mich total falsch!«, versuchte Awa einzulenken, doch Anna war tief getroffen.

»Ich verstehe dich total falsch? Du sagtest, du hast dich *nicht getraut*, mit mir zu reden, und ich bin *total einschüchternd.* Was genau gibt es daran bitte falsch zu verstehen?! Und komm mir nicht mit Eifersucht. Wenn du doch so viel von meinem lieben Bruderherz gelernt hast, dann wüsstest du, dass es ein beschissenes Vorurteil über weiße Frauen ist, welches du hier von dir gibts!«

»Anna, ich meinte das als Kompliment. Wirklich!«, versuchte Awa es noch einmal vorsichtig. »Ich weiß, dass ihr weißen Frauen oft als wütend und unberechenbar bezeichnet werdet. Nichts liegt mir ferner, als zu sagen, dass du so bist. Ich wollte dir bloß erklären, dass ich manchmal gerne wie du wäre: stark und klug! Ich bewundere dich und das habe ich immer. Es war nur deshalb schwer für mich, weil mein Papa ganz offensichtlich mehr von dir hält als von seiner eigenen Tochter!«

Nun war Awa es, die den Tränen nahe zu sein schien. Anna hätte am liebsten ihrem ersten Impuls nachgegeben und dachte insgeheim über die Tränen schwarzer Frauen wie Awa nach, verwarf den Gedanken aber, sie musste sich eingestehen, dass das hier zu nichts führen würde. Awa versuchte bloß, aufrichtig zu ihr zu sein, und verstand nicht, was sie damit anrichtete.

Sie fasste sich erneut ein Herz und ging einen Schritt auf ihre ehemalige Rivalin zu. »Weißt du, für mich klingt es allein deshalb schon komplett fremd, weil ich, na ja, nicht verstehe, wie ausgerechnet du auf mich eifersüchtig sein könntest. Ich meine, sieh dich an: Du bist wunderschön, total beliebt, reich und na ja, musst dir keine Gedanken um deine Zukunft machen, weil du und deine Familie abgesichert seid. Ich würde alles dafür geben, zu wissen, dass meine Eltern versorgt sind und ich mir keinen Kopf darum machen muss, ob ich scheitere und damit meine ganze Familie nicht nur bloßstelle, sondern ihnen auch die Aussicht auf eine bessere Zukunft nehme.«

Awa nickte bedächtig. »Ich kann mir kaum vorstellen, wie schwer das für dich ist. Und deshalb möchte ich mich bei dir entschuldigen. Ich hätte meine eigene Unsicherheit nicht auf dich projizieren dürfen. Das tut mir leid!«

Nun war es Anna, die nickte. »Es ist so typisch für uns Frauen – statt einander zu unterstützen und zu zeigen, wie stolz wir auf die andere sind, machen wir uns gegenseitig runter. Als wäre diese patriarchale Welt nicht schon scheiße genug zu uns, bereiten wir uns gegenseitig auch noch die Hölle auf Erden!«

Dass diese Welt für sie um einiges schwerer war als für Awa, behielt Anna für sich und beschloss, heute nicht auch noch dieses Fass aufzumachen.

»Du hast recht und ich möchte mich dafür entschuldigen, dass ich aus Selbstschutz so abweisend zu dir war und dir gar nicht erst die Chance gegeben habe, auf mich zuzugehen!«

Die beiden jungen Frauen sahen einander, unsicher, ob sie sich jetzt umarmen sollten, an, als es laut an der Zimmertür klopfte, was zur Erleichterung beider die peinliche Stille unterbrach.

GOOD DAYS

»Alex und ich haben gekocht, kommt ihr zwei Diven?«

Sowohl Anna als auch Awa brachen in Gelächter aus. Der Gedanke an einen kochenden Alex erheiterte die beiden Frauen gleichermaßen. Befreit nahmen sie sich in die Arme und ließen Amadou, der ihnen perplex nachsah, hinter sich im Flur stehen.

Sie hatten noch den ganzen Abend miteinander verbracht und gemeinsam in der WG-Küche Spiele gespielt, gegessen, getrunken und gelacht. Anna hatte sich nicht daran erinnern können, wann sie sich das letzte Mal so leicht ums Herz gefühlt hatte. Seit jenem Abend waren nicht mehr nur Alex und Awa unzertrennlich, sondern die gesamte WG. Wenn sie nicht ihren diversen Verpflichtungen wie den Nebenjobs oder Elternbesuchen nachgingen, sahen sie zu, gemeinsam Zeit zu verbringen. Und irgendwie hatte es sich ergeben, dass Olu jetzt regelmäßig in der WG und bei Anna übernachtete, wenn sie nicht gerade arbeiten musste. Zusammen fuhren sie zum Badesee, verbrachten Stunden in der Sonne im Park und einmal luden sie sogar Frau Okyere auf einen Kaffee zu sich in die WG ein. Anna, Awa und Amadou beschlossen, Alex beim Lernen für die Abendschule zu unterstützen und mussten verblüfft feststellen, wie viel sie von dem Stoff, obwohl sie ja noch gar nicht so lange aus der Schule raus waren, vergessen hatten. Im Hinblick auf ihr Studium war es für Anna besonders überraschend, festzustellen, welche Inhalte im Geschichtsunterricht ihres Bruders behandelt wurden. Aber noch spannender war es für sie, dass Alex so viel mehr zu wissen schien, als sie vermutet hatte. Es bereitete ihr richtig Spaß, mit ihm den Unterrichtsstoff durchzugehen und diesen darauf zu prüfen, wie afrozentristisch er war.

Sie hätte nie gedacht, dass sich ihr Bruder und sie auf intellektueller Ebene einmal so nahestehen würden. Zuvor hatte er bei allen Dingen mit Desinteresse geglänzt, vor allem was Bildung betraf. Zumindest war das Annas Eindruck gewesen. Eventuell lag es daran, dass sie sich nicht eingestehen wollte, dass sie vielleicht die Ahnungslose von ihnen beiden war. Sie hatte immer gedacht, ihrem Bruder wäre es darum gegangen, Informationen ausschließlich so zu nutzen, dass sie seine Argumentation stützten, ein Opfer der schwarzen Mehrheitsgesellschaft zu sein. Im Austausch mit ihm hatte sie begriffen, dass er damit nicht ganz Unrecht hatte. Sie wuchs nicht nur an den Herausforderungen ihres Studiums, sondern auch an der Auseinandersetzung mit der seit Jahrhunderten bestehenden strukturellen Diskriminierung und durch Alex' Analysen. Dank ihm verstand Anna immer mehr die Parallelen zu ihrer heutigen Lebensrealität.

Nachdem die WG wieder einmal einen ganzen Vormittag gemeinsam über ihren Büchern verbracht hatte, schlug Amadou vor, am Abend auf eine Party zu gehen.

»Lasst uns mal den Kopf frei kriegen! Und ich würde da echt mega gerne hingehen, hab aber keinen Bock, da allein aufzulaufen.«

Alex grinste breit. »Klingt super, ich bin dabei. Was meinst du, Awa?«

Seine Freundin erwiderte sein Lächeln und legte zärtlich ihre Hand auf seinen Arm. »Klar, warum nicht? Es ist eine Weile her, dass wir richtig gefeiert haben. Ich bin dabei.«

Nun wandten sich die erwartungsvollen Blicke zu Anna. Anna war noch nie sonderlich für Partys zu begeistern gewesen. Selbst jetzt, in ihren Semesterferien, empfand sie es als Zeitverschwendung, den Abend mit wildfremden Menschen bei viel zu lauter Musik, zu viel Alkohol und stickiger Luft zu verbringen. Lieber verbrachte sie die Zeit mit einem guten Film auf der Couch oder einem spannenden Buch in ihrem Bett. Schon hier mit allen in der Küche abzuhängen, war ihr im Grunde ein wenig zu viel Trubel heute gewesen.

»Eigentlich ...«, begann sie vorsichtig, »hatte ich gedacht, wir könnten den Abend ruhig angehen lassen. Es gibt da diesen einen Film ...«

Amadou verzog das Gesicht und sah Anna mit einem schiefen Lächeln an. »Ach, komm schon! Das machen wir doch immer! Du kannst doch nicht den ganzen Abend vor der Glotze hängen. Das wird bestimmt eine klasse Party.«

»Es wird Spaß machen«, stimmte Awa zu. »Außerdem ist es doch nur für ein paar Stunden.«

Anna schaute zu Alex, der sie mit einem ermutigenden Lächeln ansah. »Wir können doch morgen noch einen Film gucken. Komm, lass uns ein bisschen Spaß haben.«

»Aber ... ich bin gar nicht zurechtgemacht und habe auch gar nichts zum Anziehen.« Zum Beweis ihrer Untauglichkeit breitete Anna ihre Hände auf dem Tisch aus und zeigte den anderen, dass sie es versäumt hatte, frischen Nagellack aufzutragen.

»Na, das lass mal unsere Sorge sein!« Amadou winkte lachend ab. Vielleicht war diese Geste nicht beabsichtigt, aber er zeigte damit seine perfekt manikürten Nägel.

Anna sah ein, dass es zur guten Stimmung beitragen würde, wenn sie nicht die Spielverderberin gab, sich dem Wunsch der anderen beugte und sich anschloss. Anna seufzte und spürte, wie der Widerstand in ihr langsam nachgab. »Ihr seid unverbesserlich. Aber okay, ich komme mit.«

Amadou kreischte begeistert auf und griff nach Annas Hand, um sie aus der Küche ins Bad zu führen.

»Lass uns Anna heute mal richtig schick machen!«, rief Awa freudig.

»Was bedeutet denn bitte *richtig* schick?«, fragte Anna skeptisch.

»Schick halt«, sagte Awa.

Ihr erster Impuls war, sich gegen den Plan der beiden aufgekratzten Freund*innen zu wehren, aber Anna hatte schnell eingesehen, dass es keinen Sinn ergab, und so ließ sie die Prozedur über sich ergehen. Sie saß auf dem geschlossenen Klodeckel und beobachtete, wie Amadou und Awa aufgeregt zwischen Tiegeln und Tuben herumwirbelten, die Cremes und Seren auf ihre empfindliche Haut schmierten und so taten, als wäre sie schon jetzt ein vollumfänglich veränderter Mensch.

Anna hatte sich nie geschminkt. Wirklich nie. Allein schon deshalb nicht, weil sie als Kind eine entzündliche Neurodermitis gehabt hatte und sie bis heute die schmerzhaften Ausbrüche nicht vergessen konnte.

»Was ist denn das?«, fragte Anna, als Amadou eine weitere Tube hervorkramte und etwas von der zähflüssigen Paste auf seine Fingerspitze nahm.

»Das ist ein Primer.« Vorsichtig betupfte er Annas Gesicht damit, zog einen kleinen Pinsel aus dem Glas, das auf dem Regal neben ihm stand, und begann die Creme sanft einzuarbeiten.

»Ein was?«, fragte Anna und verzog ihren Mund zu einem unsicheren Lächeln.

Awa und Amadou sahen einander an und lachten laut auf.

»Du hast dich echt noch nie geschminkt, oder? Na, ein Primer, der ist dazu da, damit das Make-up gut hält«, erklärte Awa immer noch lachend und stemmte die Arme in die Hüften, um ihr bisheriges Werk zu betrachten. Zufrieden nickte sie.

»Mein Gott, Girl, weißt du eigentlich, wie heiß du aussehen könntest, wenn du deine Augen nur mal anständig betonen würdest?«, sagte Amadou und zeichnete theatralisch mit dem Pinsel ein Herz in die Luft.

»Und diese Haut - wie Porzellan«, ergänzte Awa anerkennend.

Anna errötete, und die beiden hörten für einen kurzen Moment auf, an ihrem Gesicht rumzufuchteln, und sahen sie verwundert mit großen Augen an.

»Girl, das muss dir nicht peinlich sein! Nimm doch einfach mal ein Kompliment an«, versuchte Amadou sie zu beruhigen.

»Ich weiß nur nicht, was ich machen soll«, überlegte Awa, nachdem die Paste auf Annas Gesicht eingezogen war. Sie hielt zwei Flaschen Make-up in der Hand, beides verschiedene Brauntöne, aber nichts, was annähernd zu Annas Teint passen würde.

Amadou holte sein Contouring-Set hervor, aber selbst der Highlighter war zu dunkel für Annas Haut, sodass sie ihn nur für die Schattierungen benutzen konnten.

»Warum hast du denn kein eigenes Make-up?«, klagte Awa.

Als Anna antworten wollte, fiel ihr Amadou aufgeregt ins Wort: »Hast du schon mal so helles Make-up im Drogeriemarkt gesehen?«

»Puh, nie drauf geachtet, um ehrlich zu sein!« Awa zuckte mit den Schultern und drehte sich zum Waschbecken, um sich die Schminkreste von den Händen zu waschen.

»War so klar!«, erwiderte Amadou und verdrehte seine schönen dunklen Augen. »Du bist manchmal echt ignorant, Schätzchen: Weil es natürlich kein Make-up für Weiße im Drogeriemarkt gibt!«

Awas Gesichtsausdruck wechselte von Verwirrung zu einer Art stiller Erkenntnis. Kleinlaut wandte sie sich an Anna. »Stimmt das wirklich?«

»Amadou hat schon recht. Ich kann nicht einfach in die nächstgelegene Drogerie gehen und passende Sachen für mich kaufen. Es ist schon so, dass nur an Leute mit eurer Hautfarbe und Haarstruktur gedacht wird. Mich hat das aber nie gestört, weil ich mich eh nie geschminkt habe, Für mich ist das schon okay!«

»Nichts ist okay!«, warf Amadou wütend ein. »Es ist überhaupt nicht okay, sondern nur ein weiterer Baustein in einem diskriminierenden System!«

»Es ist schon nervig, dass es vielleicht gerade mal zwei oder drei Shampoos auf dem Markt gibt, die ich für meine Haare nutzen kann. Aber jetzt habe ich mein Produkt gefunden und es ist alles prima.« Anna lächelte, um zu beweisen, dass alles in Ordnung war. Sie wollte das Gespräch wieder in eine entspanntere Richtung lenken, zumal sie nicht gern im Mittelpunkt stand. »Außerdem liegt es nicht an den Produkten, sondern daran, was ich auf dem Kopf habe. Ich meine, was soll das sein? Stroh?« Sie zog eine lange Strähne ihres aschblonden Haares in die Luft, ein Versuch, die Stimmung wieder zu heben. »Egal, was ich mache. Egal, welches Styling-Produkt ich nutze, egal, was ich ausprobiere, es endet damit, dass ich entnervt aufgebe und mir einen Pferdeschwanz binde!«

»Wir haben extra nichts zu deinen Haaren gesagt, weil, ganz ehrlich, ich habe keine Ahnung, was man damit anfangen soll«, gab Amadou zu und kratzte sich verlegen am Hinterkopf. »Vielleicht flechten wir deine Haare? Vom Scheitel an?«

Anna lachte. »Einen Bauernzopf? Meine Mama hat sie mir als Kind immer geflochten, aber ich bin doch keine drei mehr!«

Nachdenklich nahm Awa einige von Annas Haarsträhnen in die Hand und legte sie mal nach links, mal nach rechts. »Wie wäre es, wenn wir den vorderen Teil hier zusammennehmen und zu einem Zopf hochstecken«, sagte sie und hielt einen Handspiegel seitlich hinter Annas Kopf, damit diese sich eine Vorstellung machen konnte. »Aber lasst uns dazu mal in mein Zimmer gehen, da habe ich mehr Platz und zaubere dir eine hübsche Frisur!«

In Awas Zimmer herrschte das pure Chaos. Kleidung lag über dem Boden verstreut, als hätte ein Tornado ihren Kleiderschrank durchwühlt und den Inhalt wahllos in alle Ecken geschleudert. Über einem Sessel hingen eine Decke und ein BH. Der Schreibtisch war ein Sammelsurium aus offenen Make-up-Paletten, verstreuten Pinseln und leeren Kaffeetassen. Zwischen den Stapeln von Modezeitschriften und zerknülltem Papier lagen Ohrringe aus glänzender Bronze und buntem Holz und gemusterte Seidentücher. Ein überquellender Wäschekorb stand am Fuße des Bettes, als würde er jeden Moment umkippen und seinen Inhalt auf den ohnehin schon überfüllten Teppich verteilen.

An den Wänden hingen Poster und Fotos, und eine Lichterkette blinkte unregelmäßig. Der Boden war kaum sichtbar unter den vielen Schuhen und Taschen. Auf dem Schminktisch standen noch mehr Parfumflaschen und Make-up, auf dem Spiegel darüber waren mit Lippenstift motivierende Sprüche geschrieben.

»Oh mein Gott, Awa, wie findest du hier überhaupt irgendwas?«, fragte Anna ungläubig, während sie vorsichtig über einen Stapel Zeitschriften stieg.

»Chaos ist mein zweiter Vorname«, antwortete Awa mit einem Lachen, während sie sich gekonnt durch den Raum bewegte und den Stuhl vor dem Schminktisch freiräumte. »Setz dich, ich finde schon irgendwo meine Bürste.«

Amadou, der von Awa eine neonpinke Federboa und einen Schal in die Hand gedrückt bekam, schüttelte den Kopf. »Ich liebe dich, Awa, aber du bist echt eine Katastrophe.«

Awa zuckte mit den Schultern und grinste. »Eine kreative Katastrophe, danke sehr.« Sie fand schließlich die Bürste unter einigen Kopftüchern auf dem Bett und drehte sich zu Anna um. »Okay, bereit für die Verwandlung?«

Anna traute sich kaum, zu nicken, aber sie setzte sich und Awa stellte sich hinter sie. Sie begann sorgfältig, Annas Haar zu kämmen, teilte es in mehrere Abschnitte und toupierte die Strähnen mit einem Kamm, bevor sie sie eingedreht hochsteckte. Mit geübten Händen flocht sie die vorderen Haarpartien zu einem lockeren Zopf, der elegant Annas Kopf entlang verlief und am Hinterkopf zusammenlief. Awa betrachtete ihr Werk im Spiegel.

»Yes, yes, yes - das slayt!«, jubelte Amadou. »Jetzt brauchst du nur noch etwas zum Anziehen.«

»Ich habe auch schon eine Idee!«, rief Awa und durchwühlte ihren Kleiderschrank, in dem noch erstaunlich viel drin war, obwohl bereits Berge von Klamotten im Zimmer lagen.

Anna nahm die Sachen entgegen und hielt sie skeptisch in die Luft. »Da passe ich niemals rein und der Rock ist mir echt zu kurz, Awa.«

Amadou nahm ihr ein Oberteil aus der Hand, rieb den Stoff prüfend zwischen seinen Fingern und sah sich das Etikett an. »Das ist Stretch, du passt da safe rein. Und bevor du dich wehrst, kannst du es ja wenigstens mal anprobieren.«

Anna gab sich geschlagen, verschwand kurz im Badezimmer und quälte sich in das enge Top. Erstaunt stellte sie fest, dass Amadou recht gehabt hatte. Das Material schmiegte sich wie angegossen an Annas Körper. Mit kleinen, unsicheren Schritten ging sie zu den anderen in Awas Zimmer.

»Oh mein Gott, yes, Girl!«, rief Awa begeistert, als Anna durch die Tür kam.

»Du siehst wirklich hinreißend aus!«, bestätigte Amadou und schnipste anerkennend mit den Fingern in die Luft.

Anna zog verlegen am Saum des kurzen Rocks. »Wohin geht es heute Abend überhaupt?«

»Ein *unfassbar* süßer Typ hat mich letztens angesprochen und auf diese Party im Club eingeladen!« Amadou hielt sich in der Erinnerung schwelgend die Hände vor die Brust.

»Du Bitch! Du hast das schon lange geplant und uns voll um den Finger gewickelt!« Awa lachte auf und selbst Anna, die kein Fan derartiger Fäkalsprache war, stimmte in das Lachen ein. »Erzähl uns gefälligst mehr von diesem *unfassbar* süßen Typen! Oder ich schlage dich mit meiner Bürste, bis du uns alles von alleine verrätst!«

Amadou, der sonst die Selbstsicherheit in Person gewesen war, war plötzlich ganz verschämt. Er trat nervös von einem Bein aufs andere. »Also ... ich habe ihn beim Einkaufen kennengelernt«, stammelte er. »Ich weiß, klingt total seltsam, aber wir standen nebeneinander am Supermarktregal bei den Duschgels und haben gleichzeitig nach demselben gegriffen. Es ist so *kitschig!*«, schrie er auf. »Wie auch immer, wir haben uns angelächelt, und oh mein Gott, hat er ein schönes Lächeln! Er hat mich dann gefragt, ob ich Lust hätte, was mit ihm zu trinken, und wir haben uns einfach noch zwei Flaschen Wasser geholt und in den Park um die Ecke gesetzt!«

»War das an dem Tag, wo du so spät kamst und wir alle hier schon auf heißen Kohlen saßen, weil das Klopapier aus war?«, wollte Awa wissen.

»Ja, sorry noch mal! Ich habe einfach die Zeit vergessen! Wir haben stundenlang gequatscht, und als wir uns verabschiedet haben, hat er mich für heute auf die Party eingeladen. Ich sterbe vor Aufregung!«

»Scheiß drauf«, sagte Awa, und Amadou starrte sie schockiert an.

»Ich meine aufs Klopapier, nicht auf dich«, lachte sie. Anna beobachte die beiden und nahm wahr, wie glücklich sie in letzter Zeit gewesen war. Mittlerweile kam ihr der Stress, den sie mit ihren Mitbewohner*innen gehabt hatte, wie eine ferne Erinnerung vor.

Die Tür wurde aufgestoßen und Alex kam hereingeplatzt. »Seid ihr langsam mal fertig?«

»Noch nie was von Anklopfen gehört?«, ermahnte ihn Amadou. »Aber yes, wir sind fertig, sieh dir mal an, wie heiß deine kleine Schwester aussieht.«

»Hoppla«, entfuhr es Alex begeistert. »Du siehst richtig gut aus, Anna!«

Anna errötete mal wieder. Von ihrem eigenen Bruder für das Aussehen gelobt zu werden, war absolut seltsam. »Okay, nervt mich jetzt nicht alle und lasst uns einfach losgehen«, versuchte sie die peinliche Situation hinter sich zu bringen. »Ich habe nicht vor, erst spät nachts hier wegzukommen. Ich will noch zu einer einigermaßen humanen Zeit ins Bett gehen.«

Als Anna den Club betrat, schlug ihr eine Welle heißer, feuchter Luft entgegen. Das dumpfe Dröhnen des Basses vibrierte. So fest, dass sie es durch die Gummisohle ihrer Espadrilles in den Füßen spürte. Überall blitzten bunte Lichter, tauchten das Gewusel der tanzenden Menschen in wechselnde Farben und ließen die Schatten tanzen.

Es war genau so, wie es Anna sich vorgestellt hatte: Die Luft war dicht und schwer, geschwängert vom Geruch von Schweiß, Parfüm, verschütteten Drinks und der rauchenden Nebelmaschine. Menschen drängten sich dicht an dicht, lachten laut oder unterhielten sich brüllend, um die ohrenbetäubende Musik zu übertönen.

Anna war überwältigt. Sie ließ sich von Awa durch die Menge schieben, touchierte gelegentliche fremde Arme und Schultern, während sie versuchte, sich einen Weg durch die Menge zu bahnen. Unter anderen Umständen hätte die Menschenmasse sie in Panik versetzt. Aber mit ihren Freund*innen an ihrer Seite fühlte sie sich sicher. Ja, es gefiel ihr sogar - was niemanden mehr überraschte als Anna selbst.

»Endlich.« Alex seufzte und ließ sich auf das Sofa plumpsen, nachdem sie eine leere Sitzecke ausfindig gemacht hatten. Awa setzte sich neben ihn und legte eine Hand auf sein Bein. Bevor Anna überhaupt Platz nehmen konnte, sprang Amadou wieder mit einem breiten Grinsen auf.

»Ich hol uns Getränke«, rief er über die laute Musik hinweg und verschwand in Richtung Bar. Nach einer Weile kam er mit bunten Drinks zurück, die im Licht des Clubs funkelten. Er balancierte die Gläser, in denen die Flüssigkeit gefährlich schwappte, und verteilte sie an alle.

»Prost!«, rief Awa und hob ihr Glas, während die anderen einstimmten. Das Klirren der Gläser ging im allgemeinen Lärm unter, aber das gemeinsame Lächeln verriet, dass der Moment ihnen gehörte.

Anna nahm einen Schluck von ihrem Drink, spürte die Wärme des Alkohols, die ihre Kehle herunterlief und sich angenehm in ihrer Brust ausbreitete. Und das anfängliche Unbehagen, welches sie noch beim Betreten des Clubs empfunden hatte, war einer befreienden Leichtigkeit gewichen.

»Kommt, lasst uns tanzen!«, drängte Awa, nachdem sie ihre Drinks geleert und die zweite Runde Cocktails hinter sich gebracht hatten, und zog Anna auf die Beine. Auch Alex und Amadou standen auf.

»Okay, warum nicht?«, sagte Anna, obwohl sie bei dem Gedanken daran vor Aufregung ein leichtes Herzrasen bekam.

Anna folgte Awa und beobachtete bewundernd, mit welchem Selbstbewusstsein sich diese durch die tanzende Menge bewegte, hier und da jemanden an der Schulter sanft zur Seite schob, um sich mitten im Getümmel Platz zu verschaffen. Als sie eine freie Fläche gefunden hatten, bildeten die vier einen Kreis und begannen zu tanzen.

»Leute, ich bin gleich wieder da!«, schrie Amadou. »Ich guck mal, ob ich mein Date schon irgendwo entdecke!« Dann tänzelte er mit lockerem Hüftschwung Richtung Bar.

»Bringst du uns noch einen Sekt auf Eis mit?«, schrie Awa ihm hinterher und Amadou, der ihnen schon den Rücken zugewandt hatte, hob seine zwei Daumen bestätigend in die bassgeschwängerte Luft.

Kurz darauf kam er mit den georderten Getränken zurück, blieb aber nicht bei ihnen, sondern drückte Awa und Anna die Sektflöten in die Hand und verschwand wieder.

Anna sah ihm kurz hinterher, aber die Menge hatte ihn bereits verschluckt. So ließ sie sich von der Musik einhüllen, schloss die Augen, vergaß ihren Alltag und ließ sich gehen.

»Du musst mir zuhause unbedingt beibringen, wie man sich so bewegt«, brüllte ihr Awa ins Ohr.

Verblüfft und etwas unbehaglich sah Anna zu Awa hoch, die sie anstrahlte. Anna spürte ein Ziehen in der Magengrube. Das konnte daran liegen, dass sie für gewöhnlich keinen Alkohol trank. Wenn sie aber ehrlich zu sich war, lag es daran, dass sie sonst peinlichst darauf bedacht war, in der Menge nicht aufzufallen, was sie heute ganz offensichtlich getan hatte. So, als ob sie vergessen hätte, wer und was sie war. Ihr Blick fiel auf Alex, der völlig ungeniert um Amadou und dessen Date herumtanzte. Ihr Bruder stach aus der Menge hervor, denn auch er tanzte besonders gut. Anders als ihr schien ihm das kein Kopfzerbrechen zu bereiten. Er genoss sogar die anerkennenden Blicke, die ihm immer wieder zugeworfen wurden.

Awa hatte sich zu ihr an den Rand der Tanzfläche gesellt und nickte in Alex' Richtung. »Ist er nicht heiß?«

»Ih! Ich bitte dich, Awa. Das ist immer noch mein Bruder«, verzog Anna angeekelt das Gesicht. »Du weißt, dass ich mich mittlerweile echt für euch beide freue, aber man muss ja nicht übertreiben!«

Awa stieß ihre Freundin in die Rippen. »Was heißt denn hier ‚mittlerweile', und überhaupt, findest du nicht, dass wir ein süßes Paar sind?«

»Ihr seid ein furchtbar süßes Paar!« Sie sog an ihrem Strohhalm. Die Eiswürfel hatten sich aufgelöst und den Sekt verwässert.

Awa lachte nur, gab ihr einen Kuss auf die Wange und ging zu Alex zurück auf die Tanzfläche, der sie mit einem breiten Lächeln in die Arme schloss.

Sie sah den beiden zu, wie sie eng aneinandergeschmiegt miteinander tanzten. Plötzlich wurde ihr leicht schwindlig. Uff, sie hatte wohl doch etwas zu viel getrunken. Anna beschloss, den Rest des Abends doch lieber bei Wasser zu bleiben. Ihr Magen rumorte unaufhörlich. Um sich abzulenken, fixierte Anna die Tanzfläche, weil es ihr das Gefühl gab, dass es besser sei, sich auf die Menge zu fokussieren, anstatt sich darauf zu konzentrieren, wie betrunken sie bereits war. Deshalb erschrak sie, als ihr plötzlich eine fremde Stimme ins Ohr brüllte. Oh Gott! Wie lange stand der Typ schon dort?

»Ob du einen Drink willst, habe ich gefragt«, schrie der Fremde erneut und beugte sich dabei näher zu ihr, sodass sein alkoholisierter Atem unangenehm warm an ihrem Ohr kitzelte.

Anna schüttelte den Kopf und hob ihr Glas in seine Richtung. »Danke, ich hab schon«, erwiderte sie und hoffte, der Typ würde einfach wieder Leine ziehen. Doch er rückte noch näher an sie ran, so dass er mit seinem verschwitzten Shirt ihren Oberarm berührte. Anna fuhr die Berührung wie ein Blitz durch den ganzen Körper und ein unangenehmer Schauer lief ihr über den Rücken.

»Hey, ich möchte nicht unhöflich sein, aber ich möchte wirklich nichts trinken«, brüllte sie fast schon verzweifelt gegen den Lärm der Bässe an. Danach wandte sie sich von ihm ab, um seinem Blick auszuweichen.

»Hey, kein Grund, so eingebildet zu sein, Mädchen! Kannst froh sein, dass so eine wie dich überhaupt mal jemand anspricht!«, rief der Typ verächtlich. Er ging um sie herum und baute sich vor ihr auf.

Jetzt erst nahm Anna wahr, wie groß und muskelbepackt er war. Er trug ein weißes Shirt mit V-Ausschnitt, das seinen Halsumfang und die Brustmuskulatur darunter betonte. Seine schwarzen, sehnigen Arme glänzten vor Schweiß und von dem Licht der Scheinwerfer. Annas Herz raste. Der Typ leckte sich demonstrativ über die braunen Lippen. Anna überkam Ekel, und dieses Mal war sie sicher, dass das nicht am Alkohol gelegen hatte.

»Ich spreche mit dir, du Schlampe!« Der Mann starrte sie aus glasigen, wütenden Augen an. Er trat einen weiteren Schritt auf sie zu.

»Woah, woah, woah - was ist denn hier los?«, hörte Anna Awas Stimme kreischen, noch bevor sie sie sah. Und auch Alex und Amadou mit seiner Begleitung kamen von der Tanzfläche auf sie zugestürmt.

Der Typ wandte sich endlich von Anna ab und richtete seine Wut nun gegen Awa. »Sag der weißen Nutte, dass sie nicht so heiß ist, wie sie denkt, und dass sie froh sein kann, wenn sie mal was anderes als so einen ekelhaften Käse-Schwanz zu spüren kriegt!« Er nickte Alex provokativ zu und spuckte Anna vor die Füße.

Awa sprang auf und schnellte mit erhobener Hand gefährlich nah auf ihn zu, bereit zum Schlag, als Alex und Amadou sie reflexhaft nach hinten rissen und damit versuchten, eine Eskalation der Situation zu verhindern.

Der Typ lachte höhnisch auf und ließ die Gruppe mit einem »Man sieht sich noch« hinter sich.

Anna zitterte am ganzen Leib. Und auch den anderen war die Partystimmung gründlich vergangen. Sie standen nun dicht gedrängt um Anna herum, die Sorge spiegelte sich in ihren Gesichtern wider, und die fröhliche Atmosphäre der Party schien plötzlich meilenweit entfernt.

Amadous Date, Eddy, ein zierlicher Junge mit feingeschnittenen Gesichtszügen, verschwand kurz in der Menge und kam mit einem Glas Wasser zurück, das Anna dankbar annahm. Sie spürte, wie sich die kalte Flüssigkeit beruhigend über ihre Kehle ergoss, und trotzdem konnte sie nicht anders, als sich bei ihren Freund*innen zu entschuldigen.

»Tut mir leid, dass ich euch mit reingezogen habe ... Ich habe aber gar nichts gemacht«, sagte sie, so als ob sie beweisen müsste, dass sie den Typen nicht provoziert hatte.

»Das wissen wir doch, Anna!«, versuchte Awa sie zu beruhigen. Nur Alex wollte überhaupt nicht mehr runterkommen und lief vollgepumpt mit Adrenalin auf und ab. Die Hände zu festen Fäusten geballt, sah er Anna an. »Ich hätte dich nicht hier alleine lassen dürfen«, fluchte er, und sie hatte den Eindruck, dass er fast wütender auf sich selbst als auf den Typen war.

»Kommt, lasst uns raus an die frische Luft. Kurz mal runterkommen, das wird uns allen guttun«, sagte Amadou und legte die Hände auf Annas und Alex' Schultern.

Alex jedoch schüttelte die Hand ab und stapfte, ohne auf die anderen zu warten, wütend voran die Treppe hinauf und raus aus dem Club. Awa, die ihm besorgt hinterherlief, konnte kaum Schritt halten. Sie ließen die erdrückende Hitze und den Lärm des Clubs hinter sich und traten auf die von Straßenlaternen beleuchtete und mit Dattelpalmen gesäumte Straße. Anna atmete die warme, von Blütenduft und feuchter Erde erfüllte Nachtluft tief ein. Hier draußen war es still. Nur das entfernte Rauschen der Autos, das Zirpen von Grillen und der Bass der Musik, der gedämpft durch die Türen dröhnte, war zu hören.

Anna legte ihre Arme um ihn, wollte ihn beruhigen, doch Alex drückte sie vorsichtig von sich. »Wenn ich das Arschloch erwische!«, schrie er und spuckte auf den Boden, bevor er wieder auf und ab lief.

Zum Glück blieben Amadou und Eddy, der ihr vorhin das Wasser gebracht hatte, bei ihr, und sie war froh, jemanden bei sich zu haben, der in dieser Situation ruhig blieb.

»Babe, es ist doch nicht deine Schuld«, versuchte nun auch Awa ihren Freund zu beschwichtigen.

»Doch, verdammt, das ist es!«, schrie er. »Es ist meine gottverdammte Schuld. Ich habe meinen Eltern versprochen, auf sie aufzupassen. Es ist meine Pflicht, sie als großer Bruder zu beschützen und sie nicht noch Gefahren auszusetzen!«

»Aber so was passiert einfach«, wandte Awa ein, und die anderen bestätigten sie nickend.

»Du verstehst es nicht«, blaffte Alex sie so heftig an, dass nicht nur Awa erschrak, sondern auch die anderen.

Es war das erste Mal, dass Anna mitbekommen hatte, wie Alex seine Freundin anschrie, und sie vermutete, dass es für

Awa auch das erste Mal gewesen war. So bedrückt, wie sie dreinschaute.

Anna hielt ihren Bruder am Ärmel seines zerschlissenen Shirts fest. »Hey, mir geht es gut! Mir ist nichts passiert und du hast mich beschützt! Du warst rechtzeitig da, okay?«

Alex drehte sich ruckartig zu ihr, als würde er ihr ins Gesicht brüllen wollen, dass eben nichts okay war.

»Bitte, Alex«, flehte sie. »Können wir jetzt bitte einfach nach Hause gehen und uns vor die Glotze schmeißen?«

»Da hat wohl jemand zu viel getrunken und braucht jetzt Kohlenhydrate gegen den drohenden Kater«, feixte Amadou. Seine fröhliche Haltung war so deplatziert, dass Alex' Ärger mit einem Mal verpuffte und er auflachte. Erleichtert stimmten alle mit ein.

Sie überlegten gerade, welchen Filmklassiker sie noch gemeinsam gucken wollten, als sie um die Straßenecke des Clubs bogen und dem Typen, der Anna belästigt hatte, und seinen Freunden entgegenliefen.

Wie Anna später erfahren würde, hatte die Gruppe sie dort bereits erwartet.

RUMBLE IN THE JUNGLE

Rückblickend betrachtet hatte Anna sich für die Entscheidung verflucht, diesen Abend doch im Club zu verbringen. Wären sie doch bloß zu Hause geblieben und hätten einen Film geguckt, gemeinsam ein paar Snacks genascht und einen entspannten Abend genossen! Wären sie doch einfach unter sich geblieben, dann wäre all das ihnen erspart geblieben. All das, was jetzt passierte, wäre nie geschehen und die Typen würden ihnen jetzt nicht wütend entgegenstapfen.

Noch bevor Anna richtig begriffen hatte, sah sie Amadou zu Boden gehen. Einer der Typen hockte auf dem Jungen und ließ seine Fäuste immer wieder auf sein Gesicht und seinen Oberkörper krachen, während sich zwei andere auf Alex stürzten und ihn zu Boden brachten, wo sie auf ihn eintraten.

Awa stürzte sich schreiend auf den Angreifer, der Anna vorhin im Club belästigt hatte und der nun auf Alex' Kopf zielte. Doch mit ihrem Gewicht konnte sie gegen den stämmigen Mann nichts ausrichten. Er schüttelte sie mit einem Stoß ab und auch sie fiel zu Boden. Eddy, der ebenfalls entschlossen war, seinem Freund zur Hilfe zu eilen, wurde von einem weiteren Angreifer aufgehalten. Mit einem eisernen Griff um Eddys Hals zog er ihn zurück.

»Hilfe!«, schrie Anna. »Oh Gott, Hilfe!« Aber niemand war auf der Straße, der ihre Schreie hätte hören können. Ihr Herz raste. Hektisch kramte sie in ihrer Handtasche nach ihrem Handy. Als sie es endlich gefunden hatte, wählte sie mit zitternden Fingern die Nummer der Polizei. Es klingelte genau sieben Mal, Anna hatte innerlich mitgezählt, um sich selbst zu beruhigen, bis jemand auf der anderen Seite der Leitung abhob.

»Wir sind überfallen worden. Bitte kommen Sie schnell, die schlagen wie wild auf meine Freund*innen ein. Ich habe Angst«, sprudelte es aus Anna heraus. »Meine Freundin liegt am Boden und rührt sich nicht mehr.«

Der Beamte am Telefon versuchte Anna zu beruhigen, sodass sie ihm den Standort nennen konnte. »Wir sind in der Patrice-Lumumba-Straße, Ecke Marsha-P.-Johnson-Straße. Nein, eine Hausnummer kann ich nicht erkennen, hier sind nur Straßenlaternen und der Rest ist nicht beleuchtet«, antwortete sie, und hätte sich am liebsten dafür geohrfeigt, dass sie vielleicht wertvolle Zeit damit verplempert hatte, unwichtige Details aufzuzählen.

Es fühlte sich wie eine Ewigkeit an, bis die Sirenen in der Ferne zu hören war. Als die Typen, die weiter auf ihre Freund*innen einschlugen, die sich nähernden Streifenwagen bemerkten, ließen sie von ihren Opfern ab und rannten in die Dunkelheit der Nacht.

Sofort eilte Anna zu ihrem Bruder rüber, der sich mühsam vom Boden erhob. Er wankte auf wackligen Beinen zur nächsten Straßenlaterne, an der er sich festhielt. Sein Gesicht war geschwollen und gezeichnet von blauen Flecken und Schnittwunden, Blut lief ihm aus einer klaffenden Wunde an seiner Augenbraue, die jetzt rot getränkt war.

»Anna, was hast du getan?«, keuchte er.

»Es tut mir so leid. Oh Gott, es tut mir so leid!«, flüsterte Anna, ohne zu begreifen, was er genau meinte.

Diese Worte würde Anna nie vergessen. Sie würde nie vergessen, wie Alex blutend vor ihr stand, während sich das flackernde Blaulicht in seinen angstgeweiteten Augen spiegelte. So sehr sie sich auch bemühen würde, die Bilder aus ihrem Kopf zu bekommen, würden diese sie immer wieder einholen.

Noch bevor sie die Türen der Streifenwagen ins Schloss knallen hörte, vernahm sie eine tiefe, autoritäre Stimme.

»Hände hoch«, wies sie die Gruppe Jugendlicher an.

Anna hob die Hände und drehte sich zu den Polizeibeamt*innen, es waren vier an der Zahl. Der vordere Polizist, groß und breit und mit Glatze, hatte seine Hand fest um den Griff seiner Pistole gelegt.

»Wieso sollten wir das tun?«, pampte Awa, die als Einzige nicht wie befohlen die Hände gehoben hatte, die Beamt*innen an.

»Wir haben Sie gerufen!«, rief Anna verzweifelt. Ihre Stimme zitterte vor Verwirrung. Aus den Augenwinkeln sah sie, wie Alex einen Schritt in Richtung der Polizist*innen machte.

»Hey, wir wollen keinen Ärger bereiten. Wir haben Sie gerufen, weil ein paar Typen uns zusammengeschlagen haben.« Wie zum Beweis zeigte er auf seine blutige Augenbraue und anschließend auf Amadou und Eddy, die ebenfalls stark mitgenommen aussahen. Der Ärmel von Eddys Hemd war zerrissen, Amadou hatte ein geschwollenes Auge und eine dicke Lippe.

»Stehen bleiben!«, schrie der Dicke mit der Glatze. Er klang viel zu bedrohlich für jemanden, der eigentlich hier war, um zu helfen.

Alex zuckte mit den Schultern. »Okay, ich mach doch gar ni...«

Noch bevor er den Satz beenden konnte, stürmten jetzt zwei der vier Polizeibeamt*innen auf ihn los und rissen ihn zu Boden.

Anna hatte ein Déjà-vu - sie hatte die Polizei doch deshalb gerufen, weil ihr Bruder vorhin hilflos am Boden gelegen hatte, während man auf ihn eintrat. Sie hatte sie gerufen, damit ihnen allen nicht noch Schlimmeres zustoßen würde. Und jetzt fand sie sich in derselben Situation wieder.

»Halt deine Fresse, du weißes Stück Scheiße«, hörte sie den Cop ihren Bruder anschreien.

I CAN'T BREATHE

»Er kann nicht atmen! Hören Sie auf damit! Er hat doch nichts gemacht! Er kann nicht atmen, sehen Sie das denn nicht?«, schrie Anna die beiden Polizisten an, die Alex mit ihrem ganzen Gewicht auf den dreckigen Asphalt drückten. Verzweifelt versuchte sich Anna von der Polizistin, die ihren Arm auf dem Rücken fixierte, loszureißen. Eine nie zuvor gefühlte Angst überkam sie. Ihr wurde übel, ihr Herz begann zu rasen. Ihr ganzer Körper befand sich im festen Griff der Panik, so wie ihr Bruder Alex sich im festen Griff dieser beiden Beamten befand.

»Anna, hilf mir!«, krächzte Alex mit schwacher Stimme.

Obwohl die Polizistin sie in einem schmerzhaften Griff hielt, drehte Anna ihren Kopf über die Schulter, um der Beamtin in die Augen sehen zu können. Sie dachte, dass wenn sie nur zu ihr durchdringen und ihr erklären könnte, dass es sich hier um ein Missverständnis handelte, würde sie ihre Kollegen zurückhalten und Alex vielleicht gehen lassen.

»Bitte, tun Sie ihm nicht weh!«, bettelte Anna, ahnend, dass es zu spät war. Die beiden Beamten drückten ihn erbarmungslos nieder.

Alles, woran Anna bisher geglaubt hatte, zerbrach in dem Moment, als sie Alex auf dem Asphalt liegen sah. Sie begriff, dass sie all die Jahre falsch gelegen und ihr großer Bruder Alexander all die Jahre recht gehabt hatte. Sie hatte sich für die Klügere der beiden gehalten, hatte geglaubt, Racial Profiling sei ziemlicher Quatsch. Wenn man sich höflich zeigte und der Polizei keinen Grund dazu gäbe, härter durchzugreifen, passierte einem auch nichts. Und nun musste sie sich eingestehen, dass sie es gewesen war, die ignorant und naiv war.

»Ich kriege keine Luft«, stöhnte Alex. Aus seinen weit aufgerissenen Augen sprach die pure Verzweiflung. Er hatte ihnen nichts getan, und dennoch sprach der unbändige Hass auf ihn aus ihren wutverzerrten Gesichtern, während sie ihn mit ihren Knien auf dem Asphalt fixierten. Mühsam verdrehten die Beamten Alex' Arme auf seinem Rücken.

Tränen liefen über Alex' schmerzverzerrtes Gesicht, und auch Anna begann zu weinen. Sie sah seine Kraft endgültig schwinden. Nichts von dem großen, lustigen und starken Bruder war noch in ihm.

Irgendjemand von den Schaulustigen rief: »Lasst ihn doch!« Ein anderer entgegnete: »Der wird's schon verdient haben. Die wissen, was sie tun!« Es folgten noch mehr Rufe, aber Anna hörte sie nicht mehr.

Auch Alex schien nichts mehr von dem, was um ihn herum geschah, wahrzunehmen. »Ich kann nicht atmen«, flüsterte er ein letztes Mal, als würde er es selbst nicht glauben können, wie dieser Abend für ihn endete. Aus seinen Augen sprach nun nicht mehr die Verzweiflung, sondern die Gewissheit, dass er es nicht schaffen würde, seine blauverfärbten Lippen formten ein letztes Mal die Worte »Ich hab dich lieb«.

»Ich liebe dich auch«, flüsterte Anna, aber da hatten sich seine Lider bereits zum letzten Mal in seinem Leben geschlossen.

HURT

Sie alle, bis auf Alex, fanden sich auf den Rücksitzen der Einsatzwagen wieder, die zur Verstärkung gerufen worden waren. Amadou und Eddy wurden, ebenso wie Awa und Anna, jeweils zu zweit abgeführt und in die Autos gesetzt.

Während Awa unaufhörlich schrie und fluchte, weinte Anna tonlos. Sie zitterte am ganzen Leib und fühlte sich so taub, dass sie nicht spürte, wie die Handschellen ihr ins Fleisch schnitten. Sie war von dem Schwindel eingenommen und eine schwere Übelkeit überkam sie.

»Ruhe jetzt dahinten!«, brüllte die Beamtin auf dem Beifahrersitz.

Anna zuckte zusammen, presste die Lippen aufeinander, um keinen Mucks von sich zugeben. *Bitte sei ruhig,* bat Anna im Stillen, da sie Angst hatte, dass sie für ihren Ungehorsam bestraft würden. Aber Awa hörte nicht auf zu schreien, sodass Anna begann, leise zu schluchzen.

Mit jeder Bodenwelle, die das Fahrzeug erschütterte, stieg die Übelkeit in ihr auf und sie musste mehrfach hart aufstoßen. Die Magensäure stieg ihr säuerlich in den Hals. Anna musste würgen.

»Oh Mann, die Weiße sieht ganz schön grün um die Nase aus«, sagte die Polizistin zu ihrem Kollegen.

»Sind bestimmt die Drogen! Solche wie die sind entweder auf Drogen oder verkaufen sie«, behauptete dieser.

»Oder schaffen an!«, ergänzte die Polizistin glucksend und klang unangemessen erheitert über ihr Gerede.

Anna wollte sich empört gegen die rassistischen Aussagen der Beamt*innen wehren, aber ihr fehlte die Kraft und zu allem Überfluss krampfte ihr Magen sich jetzt wieder mit einem heftigen Ziehen zusammen. Sie konnte nicht mehr an sich halten und erbrach sich. Ihr Mageninhalt landete auf ihrem Schoß und lief warm zwischen ihren Beinen auf den Sitz des Einsatzwagens.

»Ach du Scheiße!«, schrie der Cop angeekelt.

Angewidert sah die Polizistin Anna an. »Das wird teuer für dich! Das und die Ausnüchterungszelle werden verdammt teuer für dich!«

Sie öffnete die Fenster des Fords einen Spalt und befahl Awa, jetzt endlich die Klappe zu halten, damit sie wenigstens etwas Luft ins Auto lassen konnten. Und tatsächlich hatte Awa aufgehört zu schreien. Sie wimmerte nur noch, kaum hörbar, vor sich hin.

Als sie endlich das Präsidium betraten, sah Anna, wie Amadou und Eddy bereits dort angekommen waren und gerade von den Beamt*innen aus dem Flur geführt wurden. Die beiden wirkten angespannt, ihre Gesichter ernst. Amadou hielt Eddys Hand fest, als ob er ihm damit zusätzlichen Halt geben wollte. Die bedrückende Schwere dieses kargen, grauen Gebäudes war kaum auszuhalten.

Als sie an den Empfang vorbeischritt, spürte Anna die Blicke der Polizist*innen hinter dem Tresen auf sich. Die Männer und Frauen in ihren Uniformen starrten sie an, und Anna konnte nicht anders, als sich Gedanken darüber zu machen, wie sie auf die Beamt*innen wirkte. Ja, selbst im Moment der tiefsten Verzweiflung, die sie je gespürt hatte, war sie besorgt darum, nicht negativ aufzufallen. Sie konnte die Absurdität ihres Gedankengangs nicht erfassen. Sie konnte nichts mehr verarbeiten. Alles in ihr schrie. Ihr Puls hämmerte in ihren Schläfen. Ihre Augen huschten hin und her auf der Suche nach Alex, ihrem geliebten großen Bruder. Aber sie konnte ihn nirgends entdecken.

»In welche Zelle?«, fragte die Polizistin, die Anna am Arm abführte, und wandte sich ihren Kolleg*innen im Vorbeigehen zu, während sie Anna vor sich herschob, die jetzt erst begriff, dass sie nicht als Zeugin hierher gebracht wurde, sondern verhaftet war.

»In die vier«, rief ihr ein großgewachsener, streng dreinblickender Polizist in Zivil hinterher.

»Dann ab!«, sagte diese zu Anna und versetzte ihr einen Stoß in Richtung des Flurendes. Sie schob Anna durch eine große doppelflügelige Stahltür, und ihr Kollege, der die beiden begleitete, hielt eine Schlüsselkarte vor das Schloss, welches sich laut piepsend öffnete. Vor ihnen tat sich ein weiterer, mit Neonlampen hell ausgeleuchteter Flur auf.

»Da rein!«, befahl die Beamtin harsch und zeigte mit ihrer Hand, an der sie einen Einmalhandschuh trug, auf die Zellentür, auf der ein Schild mit der Nummer 4 angebracht war und die ihr Kollege mit einem großen Schlüssel aufgeschlossen hatte. Schnappend sprang das Schloss auf und der Polizist öffnete die Tür mit Schwung, sodass sie gegen die Betonwand knallte.

»Meine Güte, du stinkst«, warf die Polizistin ihr vor, während sie Anna die Handschellen abnahm, mit denen man ihr die Hände auf dem Rücken fixiert hatte.

»Holst du die Kleidung?«, fragte sie ihren Kollegen, der sich hinter ihr in der Tür aufgebaut hatte. Der Polizist mit dem Schnauzbart starrte kalt auf Anna herab und nickte seiner Kollegin kurz zu.

»Du hast die im Griff?«

Die Polizistin grinste ihn hämisch an. »Aber so was von.«

Er stapfte in den Flur und kam mit einem Paket gefalteter Sachen zurück, die er seiner Kollegin reichte. »Ich warte vor der Tür«, beschloss er und verließ den spärlichen Raum wieder.

Die Polizistin zog einen Einmal-Waschlappen aus dem Paket und legte die Wechselwäsche zur Seite. »Säubern«, befahl sie, und Anna zog sich aus und begann sich, zitternd vor Scham, vor der Beamtin zu reinigen.

Ihr war bitterkalt. Anna war überzeugt davon, dass sie nie wieder aufhören würde zu frieren. Kein Wort verließ währenddessen ihre blutleeren Lippen. Vor den Augen der Beamtin zog sich Anna die Kleidung an, die man ihr gegeben hatte, doch sie hörte immer noch nicht auf zu zittern. Der Stoff kratzte auf der Haut und roch nach Mottenkugeln. Anna schauderte erneut. Obwohl sie Angst davor hatte, alleine in der Zelle bleiben zu müssen, war sie froh, als die Beamtin hinausging.

Als die Tür krachend zufiel, zuckte Anna zusammen. Aber es war das Geräusch des sich schließenden Schlosses, das ihr Gänsehaut bereitete. Anna zählte drei Umdrehungen. Und bei jeder neuen Umdrehung hallte es in der Zelle nach wie knallende Schüsse, die aus einer Waffe abgefeuert wurden.

Nun war Anna allein in der Gefängniszelle. Der Raum war klein und düster, und wie der Flur strahlte auch er ungemütliches Neonlicht von der Decke, sodass Annas vom Weinen empfindliche Augen keine Ruhe finden würden. Die Wände aus grauem Beton, auf dem sich ein paar ihrer Vorgänger*innen mit Kritzeleien verewigt hatten. Ein schmales Fenster hoch oben ließ spärliches Licht durch ein Gitter herein. Der Geruch von Desinfektionsmittel über Urin und Schweiß und feuchten Wänden lag schwer in der Luft.

Anna wollte sich keinesfalls auf die Pritsche legen. Sie ekelte sich vor dem Gedanken, wer dort schon alles gelegen haben musste, und welche Körperflüssigkeiten auf dieser zerschlissenen Matratze ausgeschieden worden waren. Also setzte sie sich auf den kalten Boden in der hintersten Ecke neben das Bett, zog die Beine dicht an ihre Brust heran und begann hemmungslos zu weinen.

Sie musste eingeschlafen sein, denn das Krachen des Schlosses, drei schwere, laute Umdrehungen, hatte sie aus dem traumlosen Schlaf gerissen. Anna hatte keine Ahnung, wie viele Stunden sie darauf gewartet hatte, bis jemand kam und sie endlich erfahren würde, wie es den anderen, vor allem aber Alex ging. Noch bevor sie aufstehen konnte, um ihre so drängende Frage zu stellen, riss die Beamtin sie am Arm nach oben und schob Anna zur Tür.

Anna wollte erneut zu einer Frage ansetzen, aber die Polizistin unterbrach sie mit einem »Geh schon«, und drängte sie durch die Stahltür. Sie führte Anna durch den Flur. Stoisch starrte Anna auf den hellgrau-weiß gesprenkelten Linoleumboden und zählte zur Ablenkung die Schlieren und Macken, die den Weg zu einem Raum säumten, auf dem an einem Schild das Wort »Vernehmung« angebracht war. Die Beamtin klopfte, und nur wenige Sekunden später wurde die Tür schwungvoll aufgerissen.

FUCK THA POLICE

»Vernehmung durch Polizeimeister Ricketts und Polizeiobermeister Leroy, am 25.05.2020, Süden.«

Anna hörte ihre Namen zum ersten Mal und wusste, sie würde diese nie wieder vergessen. Nie würde sie vergessen, was sie ihr und ihrem Bruder angetan hatten.

Annas Blick huschte nervös durch den kahlen Raum und dessen weiß gestrichene Raufasertapete. Die irrationale Angst überkam sie, dass der Gilb der Wände auf sie abfärben und sich schwer auf ihre Seele und ihr Herz absetzen würde. Sie wollte sich zusammenkauern, aber sie war mit Handschellen an den Tisch gefesselt.

Wie können die hier so ruhig sitzen? So als ob nichts passiert wäre?, fragte sie sich aufgewühlt. Einer der Beamten füllte sich seelenruhig Cola aus der Flasche in ein Glas. Anna bot man keine Erfrischung an, warum sollte man auch.

Polizeimeister Ricketts räusperte sich und riss sie aus ihren Gedanken. »Erhebung der Personalien. Bevor ich Sie jetzt weiter befrage, belehre ich Sie als Beschuldigte.«

»Beschuldigte?« Anna zuckte zusammen und das Metall rieb an ihrem ohnehin schon wunden Handgelenk. Wieso war sie eine Beschuldigte? Sie und ihre Freund*innen wurden doch angegriffen. Das war alles falsch!

Der dickere Beamte, der offenbar Leroy hieß und ekelhaft nach kaltem Rauch stank, stellte forsch klar: »Sie haben gleich noch genug Gelegenheit, sich zu äußern, bis dahin beantworten Sie ausschließlich unsere Fragen und halten darüber hinaus den Mund, verstanden?«

Anna nickte ergeben.

»Na, geht doch!«, sagte Leroy und zwinkerte ihr hämisch zu. »Name?«

»Anna Heinrich.«

»Wohnhaft?«

»Wangari-Maathai-Straße 108, 073591 Süden«, antwortete Anna mit belegter Stimme.

»Geboren?«

»Am 13.12.1999.«

»Beruf?«

»Studentin und Aushilfe in einem Café.«

Der dicke schwarze Polizeimeister schaltete das Gerät kurz ab und raunte seinem Kollegen verschwörerisch zu: »Wer's glaubt!«

»Was das wohl für ein Café ist?«, fragte Ricketts mit zweideutigem Unterton. Sein Kollege freute sich dreckig über diese Vorlage.

»Na, eins, wo man Frauen anstelle eines Drinks serviert bekommt!« Danach brach ein widerliches Lachen zwischen den beiden aus.

Anna rutsche nervös auf dem harten Holzstuhl hin und her. Polizeimeister Ricketts schien sich gefangen zu haben, schaltete das Aufnahmegerät wieder ein und fuhr fort, als ob nichts vorgefallen wäre. »Belehrung: Frau Heinrich, ich belehre Sie jetzt als Beschuldigte. Ihnen wird vorgeworfen, eine Straftat begangen zu haben: Sie sollen am 25.05.2020 gegen 3:30 Uhr den Club ‚Ebony' mit den gemeinsamen Beschuldigten Alexander Heinrich, Amadou Gibba, Eddy Tesfai und Frau Awa Malinda verlassen haben, nachdem sie dort einen Streit mit einer noch unbekannten Person angefangen haben. Ihnen, Frau Heinrich, wird vorgeworfen, unter dem Einfluss von Alkohol und Drogen gestanden zu haben, als Sie von den eintreffenden Beamt*innen in der Patrice-Lumumba-Straße gestellt wurden.«

Anna sah die beiden Beamten ungläubig an und konnte nicht fassen, was sie hörte. Sie war verwirrt und verstand nicht, warum sie plötzlich als Beschuldigte behandelt wurde. Noch vor wenigen Stunden war sie das Opfer eines brutalen Überfalls gewesen, und nun saß sie hier, mit Handschellen an den Tisch gefesselt. Die Gedanken rauschten ihr durch den vor Schmerzen hämmernden Kopf, während sie realisierte, dass sie sich nicht nur um ihren verletzten Bruder sorgen musste, sondern auch um ihre eigene Lage.

Was, wenn sie vor Gericht musste und sich der Fall nicht aufklärte? Würde sie dann im Gefängnis bleiben müssen? Oh Gott, was wäre mit Mama und Papa? Wie sollte sie ihnen erklären, was passiert war? Was, wenn Alex schwer verletzt war? So verzweifelt sie auch nach Antworten suchte, sie fand einfach keine Lösung. Anna überkam Panik, sich erneut übergeben zu müssen, und kalter Schweiß trat ihr auf die Stirn.

»Gemeinsam mit Ihrem Bruder, Herrn Alexander Heinrich, griffen Sie die Einsatzkräfte an und brachten diese in Gefahr um Leib und Leben«, fuhr der Beamte fort.

»Nach dem Gesetz steht es Ihnen frei, sich zu den Vorwürfen zu äußern oder zur Sache nicht auszusagen. Sie können jederzeit, auch schon vor Ihrer Vernehmung, einen von Ihnen zu wählenden Verteidiger befragen. Außerdem können Sie zu Ihrer Entlastung einzelne Beweiserhebungen beantragen und in einem Fall der notwendigen Verteidigung gemäß den §§ 140, 141 der Strafprozessordnung, insbesondere wegen der schwerwiegenden Tatvorwürfe, die Bestellung eines Pflichtverteidigers beanspruchen, Frau Heinrich.«

Ihre Gedanken rasten, während sie versuchte, die Situation zu erfassen und sich darauf einzustellen, was als Nächstes passieren würde. Aber es gelang ihr einfach nicht.

Polizeimeister Ricketts schaltete das Aufnahmegerät erneut ab: »Wetten, die hat kein einziges Wort verstanden? Von wegen Studentin!«, feixte er und gab seinem Kollegen einen verschwörerischen Stoß mit dem Ellbogen.

»Die Wette gehe ich mit«, erwiderte Leroy und lachte wieder seine tiefe Raucherlache. Dieses Mal schaltete er das Gerät wieder an. »Wie haben Sie sich entschieden?«

Anna starrte ihn ratlos an.

»Wir können Ihre Entscheidung auch noch abwarten und fahren schon mal mit den Schilderungen des Tatgeschehens fort«, beschloss Leroy, nahm sein Glas Cola vom Tisch und hob es an seine wulstigen Lippen.

Erst jetzt bemerkte Anna, dass sie seit Stunden nichts mehr getrunken hatte. Das letzte Mal war ein Glas Wasser im Club gewesen, das Eddy ihr besorgt hatte. Ihre ganze Mundhöhle und ihr Hals fühlten sich wund an, als wäre sie einmal mit Schleifpapier dort durchgegangen.

Leroy rülpste laut und stellte die Cola weg. »Ich möchte von Ihnen wissen, was geschehen ist. Um alles zu erfahren und richtig einschätzen zu können, verwende ich eine Methode, bei der wir uns zunächst über ein Thema unterhalten, das nichts mit dem Geschehen am 25.05.2020 zu tun hat. Soweit verstanden?«

Anna wollte bereits wieder nicken, als sie von einem lauten Klopfen unterbrochen wurden. Die Tür flog schwungvoll auf und ein großgewachsener, schwarzer Mann mittleren Alters, der Anna seltsam bekannt vorkam, stürmte ins Vernehmungszimmer.

»Sie können da nicht rein!«, schrie die Beamtin, die Anna vorhin abgeführt hatte, und folgte ihm mit raschen Schritten.

Leroy sprang so schnell von seinem Stuhl auf, dass er krachend zu Boden fiel.

»Meine Mandantin verweigert die Aussage. Darüber hinaus ist ihre Freilassung, mit sofortiger Wirkung durch den Beschluss der ehrenwerten Richterin Frau Jackson, umzusetzen!«

Meine was?, dachte Anna perplex.

Er trat an Annas Seite und legte ihr, wie um ihr zu beweisen, dass er real und kein Wunschtraum ihrerseits war, sanft seine große schwarze Hand auf die Schulter.

»Sie können hier doch nicht einfach reinplatzen«, brüllte Polizeimeister Leroy den Anwalt an und nun erhob sich auch sein Kollege, der das Geschehen bisher ruhig beobachtet hatte, langsam von seinem Stuhl und baute sich bedrohlich vor dem Anwalt auf.

»Sie haben meinen Kollegen gehört: Sie können hier nicht einfach rein und uns bei unserer Arbeit stören!«

»Dieser Beschluss sagt, dass ich das kann«, erwiderte der Anwalt und knallte ein Blatt Papier auf den Tisch.

Ricketts griff danach und beide begannen zu lesen. Nachdem sie das Schriftstück überflogen hatten, wandten sie sich zu ihrer Kollegin, die nur hilflos mit den Schultern zuckte.

»Er hat recht. Wir müssen sie gehen lassen«, sagte sie und Anna konnte ihrer Stimme ein Bedauern entnehmen.

»Das ist doch Bullshit!«, schrie Leroy seine Kollegin an und ging einen Schritt auf den Anwalt zu, als Ricketts ihm am Ärmel packte und ihn zurückhielt.

»Lass gut sein!«, riet er ihm beschwichtigend, aber Leroy wollte sich nicht so schnell geschlagen geben.

»Scheiße, nein, wir können die doch nicht hier einfach rausspazieren lassen!«, brüllte er, und Anna sah, wie seine Halsschlagader dick anschwoll.

Die Beamtin sah ihre beiden Kollegen mit festem Blick an. »Es reicht!«, herrschte sie und wandte sich dem Anwalt zu und wies auf die geöffnete Tür. »Sie können gehen.«

Wie in Trance ließ Anna sich von der Beamtin die Handschellen abnehmen. Sie bekam nicht mit, dass der Rechtsanwalt sie beim Verlassen des Zimmers beim Gehen stützte. Sie bekam nicht mit, dass Amadou und Eddy bereits im Vorraum des Präsidiums auf sie warteten und aufgeregt auf sie einredeten. Sie bekam auch nicht mit, dass weder Awa noch Alexander dort auf sie warteten.

HEARTBEAT

Anna wachte von leisem, aber alles durchdringendem Weinen auf. Für einen Moment war sie orientierungslos, bis sie realisierte, dass sie auf der Couch ihrer Eltern lag. Sie wandte ihren Kopf zur Lehne und erkannte den bräunlichen Fleck, der von einem Filzstift stammte, der ihr als Kind einmal ausgelaufen war, und den ihre Mama, trotz aller Hausmittel und Tricks, die sie als Reinigungsfachkraft selbstverständlich kannte, nie herausbekommen hatte.

Ihr Kopf hämmerte vor Schmerz und trotz der hohen Außentemperaturen und den dicken Decken, unter denen sie lag, fror sie noch immer. Nach und nach konnte sie zuordnen, dass das Weinen von ihrer Mutter stammte. Es kam aus der Küche.

Langsam versuchte Anna sich aufzusetzen, aber der Schwindel, der sie überkam, raubte ihr kurz den Atem. Sie versuchte das Wasserglas auf dem Beistelltisch zu fixieren. Das Glas auf dem Tisch löste etwas in Anna aus, das sie schon lange vergessen hatte. Sie erinnerte sich nun daran, wie ihr Bruder Alex und sie als Kinder gemeinsam in ihrem Zimmer, das sie sich miteinander teilen mussten, Restaurant gespielt hatten.

»Was darf ich Ihnen zu Trinken bringen, junge Dame?«, hörte Anna ihren Bruder im Geiste fragen. Sie schloss die Augen und sah ihn bildlich vor sich stehen: kurze rote Hose, helles Poloshirt und ein Geschirrtuch über den kleinen Arm gehängt, sah der kleine Alex sie geschäftig an.

Sie öffnete die Augen und sah dasselbe Glas, das ihr ihr Bruder gerade noch in der Erinnerung mit Wasser gefüllt hatte, erneut an. Als sie es anhob, rutschte es ihr aus den schweißnassen Händen und fiel krachend auf den Fliesenboden. Das Klirren der berstenden Scherben hallte laut in ihren empfindlichen Ohren. Von dem Krach aufgeschreckt eilten ihre Eltern zu ihr.

Ihre Mutter, die wie sie alle im Vergleich zur schwarzen Mehrheitsgesellschaft grundsätzlich blass wirkte, sah nun aus, als wäre auch das letzte bisschen Farbe aus ihrem Gesicht gewichen. Und auch ihr Vater sah beängstigend mitgenommen aus. Sein Gesicht war grau und seine Stirn hatte tiefe Sorgenfalten. Er sah seine Tochter mit verweinten, blutunterlaufenen Augen an. So besorgt und erschöpft hatte Anna die beiden noch nie zuvor gesehen.

Annas Mutter brach erneut in lautes Wehklagen aus und sank vor Anna in die Knie. Die Scherben knirschten unter ihrem Gewicht, aber sie schien es nicht mal zu bemerken. Anna wollte ihre Mutter hochziehen – ihre Mutter sollte nicht am Boden sein –, aber schon diese leichte Bewegung ihres Oberkörpers löste erneut Schwindel und starke Übelkeit in ihr aus.

Annas Mutter wollte ihr etwas mitteilen, aber Anna verstand es nicht, weil sie immer wieder von heftigen Weinkrämpfen geschüttelt wurde. Hilflos suchte Anna im Blick ihres Vaters nach Antworten und das, was sie in seinen verweinten Augen gelesen hatte, riss ihr, wie ihrer knienden Mutter, den Boden unter den Füßen weg. Und jetzt, ja, jetzt verstand sie, was ihre Mutter ihr die ganze Zeit unter den Schmerzlauten sagen wollte.

Anna hatte es die ganze Zeit gewusst. Das, was ihre Mutter schrie, hatte sie schon in der Nacht gewusst. Als sie Alex unter dem Polizisten liegen sah, hatte sie es geahnt. Als ihr Bruder erst die Augen verdreht und dann geschlossen hatte, hatte Anna gewusst, dass er die Augen nicht mehr öffnen würde. Sie hatte es nur nicht verstanden. Sie hatte es nicht verstehen wollen. Ihr Bewusstsein hatte sich geweigert, die Information zu verarbeiten und als unumstößlichen Fakt hinzunehmen.

»Mein Kind ist tot!«, schrie ihre Mutter. »Mein geliebtes Kind ist tot!« Und Anna hasste sich dafür, dass sie nichts tun konnte, um ihrer Mutter den Schmerz zu nehmen.

Anna begann wieder so heftig zu zittern, wie sie es auf der Rückbank des Streifenwagens getan hatte. Sie versuchte dagegen anzukämpfen. Bei Gott, sie befahl ihren Muskeln endlich still zu sein. Aber dann brach auch sie in Tränen aus. Gemeinsam weinten und schrien sie, bis ihre Tränen versiegten und die Stimmen brachen. Gebrochen waren auch ihre Herzen.

Anna erwachte in dem Bett ihrer Eltern neben ihrer Mutter, die sie fest umklammert in den Armen hielt. Sie bemühte sich, leise zu weinen, um ihre Mutter nicht zu wecken. Diese hatte aber die sanften Erschütterungen des bebenden Körpers ihres nun noch einzigen lebenden Kindes gespürt und streichelte ihm die klebrigen Haarsträhnen aus der kalten, schweißigen Stirn.

»Gut, dass du wach geworden bist«, flüsterte sie mit schwacher Stimme.

Anna schwieg. Sie traute sich nicht, etwas zu sagen.

»Dein Anwalt ist vor ein paar Stunden gekommen und wartet mit deinem Papa im Wohnzimmer auf uns«, fuhr sie fort.

Annas Herz begann wild zu klopfen, als ihr bewusst wurde, dass das alles, Alex' Tod, nicht bloß ein Albtraum, sondern harte, bittere Realität war.

Ihre Mutter streichelte ihr noch einmal über den Kopf. »Anna, es ist wichtig, dass du jetzt mit ihm sprichst. Ich begleite dich zu ihm.«

Anna versuchte ihrer Mutter zu antworten, aber es fiel ihr so unendlich schwer. Sie presste die Worte aus ihrem Mund, was sich so anfühlte, als müsste sie Nähte durchbrechen, die ihre Lippen verschlossen. »Mama? Mama, es ist meine Schuld!«, rief sie verzweifelt und brach wieder in heftiges Weinen aus.

Ihre Mama sah sie traurig an und schüttelte langsam den Kopf, während sie die Hände wie zu einem Gebet vor der Brust faltete.

»Kind, was redest du denn da? Was meinst du mit, dass es deine Schuld ist?«

Anna verbarg ihr Gesicht hinter ihren Händen und wimmerte.

»Komm Schatz, ich helfe dir auf«, ihre Mutter stieg aus dem Bett und reichte Anna die Hand, die sie dankend annahm. Aber auch das bereitete ihr ein schlechtes Gewissen, denn ihre deutlich kleinere Mutter sah plötzlich so gebrechlich und um Jahre gealtert aus.

Der Schmerz hatte sie gebrochen. Dessen war Anna sich gewiss. *Meine Eltern werden Alex' Tod nie verkraften – und ich ebenso wenig!* Sie hätte ihre Mutter gerne umarmt, wünschte sich, dass es andersherum wäre und sie ihr Halt und Trost spenden würde, denn sie sah ihrer Mama an, dass auch sie am Ende ihrer Kraft war, aber so sehr sie sich auch bemühte sich zusammenzureißen, sie schaffte es nicht, so stark zu sein.

Hand in Hand gingen sie in das kleine Wohnzimmer, in dem ihr Vater und der Anwalt saßen. Sofort sprang der Vater von dem verblichenen Sessel auf, als er die beiden kommen sah. Auch der Rechtsanwalt stand von der durchgelegenen Couch auf. Ihr Vater ging seiner Frau entgegen und half ihr dabei, Anna zur Couch zu führen.

Der großgewachsene schwarze Mann reichte Anna seine Hand. »Mein herzliches Beileid, Frau Heinrich.« Der Anwalt trug einen dunkelblauen Anzug und eine modische Brille mit einem dünnen Metallrahmen, die sein Gesicht betonte. Die schwarzen Augen dahinter kamen Anna so bekannt vor. Er hatte eine ruhige Ausstrahlung und sprach mit einer klaren, festen Stimme, die Vertrauen und Kompetenz ausstrahlte.

Anna nickte vorsichtig, und ihre Mutter wies sie an, sich hinzusetzen. Anna gehorchte, und auch der Jurist setzte sich wieder an seinen Platz auf der Couch.

Fragend sah Anna zwischen ihren Eltern und dem Juristen hin und her, der mit seinem eleganten Erscheinungsbild völlig deplatziert in der ärmlichen Wohnung ihrer Eltern wirkte.

»Frau Heinrich, mein Name ist Noah Okyere«, stellte er sich vor, und Anna fiel es wie Schuppen von den Augen. Sie kannte den Mann! Wobei »kennen« übertrieben war. Sie kannte ein Foto von ihm und hatte von ihrer mütterlichen Freundin Frau Okyere, der Empfangsdame des Archivs, viele Geschichten über ihn gehört.

»Wir haben Frau Okyere sofort angerufen, nachdem mich Awas Vater informiert hat, dass ihr verhaftet worden seid«, erklärte ihr Vater. »Awa hat ihren Vater dazu gedrängt, mir unbedingt auszurichten, dass ich eine Frau Okyere anrufen und ihr sagen solle, dass du Probleme hast und einen Anwalt brauchst.«

»Aber wie konnte Awa das alles tun? Weshalb war Awa denn schon zu Hause?«, sprach sie ihre Gedanken laut aus. Und als sie ihre Frage selbst hörte, erahnte sie bereits die Antwort.

»Sie wurde von ihrem Vater und dessen Anwalt umgehend da rausgeholt. Wir haben Herrn Okyere nicht gleich erreicht, und deshalb hat es etwas gedauert, bis er dir und den Jungs helfen konnte«, antwortete ihre Mutter und bestätigte, was Anna dachte.

Jetzt griff Noah Okyere nach Annas Hand. Etwas, das Anna unter anderen Umständen als unpassend und unangenehm empfunden hätte. Aber seit letzter Nacht war nichts mehr, wie es war, und so fühlte sich die kleine Geste ganz richtig, nach Sicherheit an. Sein Lächeln warm und ermunternd, während er mit einem verständnisvollen Blick sprach, bei dem sie sofort Vertrauen fasste. »Meine Mutter hält viel von Ihnen, Frau Heinrich.«

»Anna. Bitte nennen Sie mich Anna«, sagte sie zu ihm und sah ihn an. Jetzt erkannte sie, weshalb er ihr im Präsidium bereits bekannt vorgekommen war: In seinen Augen lag dieselbe Klugheit und Wärme wie die seiner Mutter. Auch die zarten Lachfalten, die sein Gesicht zierten, verliehen ihm die freundliche Ausstrahlung der Frau, zu der Anna eine Freundschaft aufgebaut hatte.

»Gerne, Anna! Ich bin Noah. Sie sind meiner Mutter ans Herz gewachsen, und sie hat mir schon vorher viel von Ihnen erzählt. Von dem Studium. Ihren Eltern, und ja, auch von dem Nachmittag in der WG, mit ... mit Alex.«

Anna brach in Tränen aus. Verbarg ihr Gesicht hinter ihren Händen. Sie wollte nicht schon wieder weinen müssen und vor allem nicht vor einem ihr fremden Mann.

Anna spürte seine warme Hand auf ihrer Schulter. Leise sprach er auf sie ein: »Anna, es ist vollkommen verständlich, dass Sie in einer emotionalen Ausnahmesituation sind.« Seine Stimme klang sanft und ruhig. »Das alles ist sehr schwer für Sie, dennoch ist es wirklich wichtig, dass Sie mir alles sagen, damit ich Ihnen helfen kann.« Freundlich, aber bestimmt fuhr er fort: »Bitte erzählen Sie mir von Anfang an, was in der Nacht, in der Ihr Bruder verstarb, passiert ist.«

Anna blickte zu Boden, legte die Arme um ihre Brust und begann vor und zurück zu wippen, während sie die Erinnerung an den Beginn des Abends heraufbeschwor. Ihre Gedanken waren noch immer schwer greifbar und schlecht in Worte zu fassen, doch sie wusste, dass ihr keine andere Möglichkeit blieb, als die schmerzlichen Geschehnisse noch einmal zu durchleben ... Mit zittriger, brüchiger Stimme begann sie zu erzählen.

Der Anwalt unterbrach sie nicht ein einziges Mal und auch ihre Eltern hörten Anna aufmerksam zu, denn sie wussten nicht, weshalb ihr Sohn verstorben war. Bisher hatten sie nur die Information der polizeilichen Seelsorgerin, die ihnen mitgeteilt hatte, dass ihr Sohn bedauerlicherweise ums Leben gekommen sei. Allen Rückfragen der fassungslosen Eltern war sie jedoch ausgewichen und hatte darauf verwiesen, dass zu der Todesursache noch ermittelt würde.

Erst jetzt erfuhren sie durch Anna, dass ihr Sohn von den zur Hilfe gerufenen Polizisten ermordet worden war. Anna sah, wie ihre Mutter die letzten Kräfte verließen und ihr die Farbe aus dem Gesicht wich. Ohnmächtig sackte sie zusammen. Anna wollte ihrer Mutter zur Hilfe eilen, aber sie stand so unter Schock, dass ihr Vater ihr zuvorkam, panisch aus seinem Sessel sprang und zu seiner am Boden liegenden Frau rannte.

Während Anna wie angewurzelt sitzen blieb, schrie ihr Vater: »Holt mir ein Tuch und Wasser!«, und Noah Okyere stürmte in die Küche. Anna vernahm irgendwo in ihrem Unterbewusstsein dumpf das Scheppern des Geschirrschranks und den laufenden Wasserhahn. Eilig kam er mit einem Geschirrtuch und einem Glas Leitungswasser zurück, beugte sich zu Annas Eltern und reichte ihrem Vater das, wonach er verlangt hatte.

Liebevoll tupfte Annas Vater die Stirn seiner Frau ab. Anna hatte das Gefühl, ihr Herz würde gleich aus der Brust springen, so fest schlug es. Und obwohl ihre Mutter in einer Notlage am Boden lag, kreisten Annas Gedanken um die Information, die der Anwalt ihnen gerade eröffnet hatte.

»Sie haben ihn ermordet?«, flüsterte sie ungläubig. Aber niemand hatte sie gehört, weshalb sie sich laut wiederholte:

»Die haben Alex umgebracht«, schrie sie jetzt fast, und beide Männern richteten den Blick von der Mutter ab und sahen Anna, die in ihrer Verzweiflung gar nicht bemerkt hatte, wie laut sie gewesen war, an.

Annas Vater schüttelte den Kopf, so als ob auch er erst jetzt begriffen hatte, was an dem Abend geschehen sein musste. Er holte aus. Mit voller Wucht schleuderte er sein Wasserglas an die Wand. Noch nie in ihrem Leben hatte Anna ihren Vater so aufgebracht erlebt, dass sich seine Wut derart entlud. Sie zog ihre Beine an die Brust, schlang ihre Arme um sie und wiegte sich hin und her. Eine tiefe Verzweiflung darüber, ihre Eltern so leiden zu sehen, machte sich in ihr breit und die Erkenntnis verfestigte sich in ihr:

»Es tut mir leid, es ist meine Schuld!«, wiederholte sie immer wieder.

Noah packte den wütenden Vater an den Schultern und blickte ihm tief und durchdringend in die Augen und sagte mit Entschlossenheit: »Ihre Frau braucht Sie jetzt! Hören Sie, Herr Heinrich? Sie müssen jetzt für Ihre Frau da sein!«

Anna, die bisher nur wie eine Unbeteiligte am Rand des Geschehens gesessen hatte, rutschte kraftlos vom Sofa auf den Boden und krabbelte behutsam zu ihrem Vater rüber, der auf den Knien vor seiner Frau saß, und schloss ihn in ihre Arme. »Papa, du musst dich jetzt um Mama kümmern«, flüsterte sie ihm beschwichtigend ins Ohr. Vorsichtig streichelte sie ihm über den Arm. »Hast du verstanden, Papa? Du musst jetzt für sie stark sein. Ich flehe dich an, beruhige dich und hilf Mama, bitte!«

Annas Vater verstummte und ließ die Worte seiner Tochter auf sich wirken, dann straffte er seine Schultern und nickte kurz. Mit tränenverschleierten Augen blickte er auf seine Frau, die nichts von dem lautstarken Zusammenbruch ihres geliebten Mannes mitbekommen hatte und erst jetzt zögerlich zu Bewusstsein kam.

Vorsichtig richteten die drei Annas Mutter auf. Anna beobachtete, wie ihr Vater seiner Frau liebevoll über die Wange strich, sie umarmte und ihr in ruhigem Ton gut zusprach. Behutsam half er ihr vom Boden auf. Als sie schwankte, griff ihr auch Anna unter die Arme und stützte sie. Als sie nach einer Weile einen stabileren Stand hatte, räusperte sich Herr Heinrich einmal kräftig.

»Ab hier kommen wir alleine zurecht, oder Liebes?«

Annas Mutter nickte kaum merklich.

»Danke euch beiden!«, sagte der Vater, tat einen Schritt auf Anna zu, gab ihr einen trockenen Kuss auf die Stirn und führte seine Frau behutsam, mit untergeklemmtem Arm, aus dem Wohnzimmer ins Schlafzimmer zurück und schloss leise die Tür hinter sich.

Wortlos setzte sich Anna zurück auf die Couch und wippte wieder mit dem Oberkörper hin und her. »Das ist alles meine Schuld!«, wiederholte sie. Die Bilder von ihrem am Boden liegenden Bruder wechselten sich in ihrem Kopf mit denen von ihrer am Boden liegenden Mama ab. Sie hörte zwar, dass der Anwalt ihren Namen sagte, sah sich aber außerstande zu reagieren.

»Anna?«, fragte er wieder, drang aber nicht zu ihr durch.

Er verließ kurz den Raum, was die traumatisierte Anna gar nicht bemerkt hatte. Alles, was um sie herum geschah, fühlte sich an, als wäre sie in einem Film. Seine warme Stimme klang aus dem Flur der elterlichen Wohnung zu ihr herüber. Kurz danach folgte das Geräusch eines sprudelnden Wasserkochers und erneutes Auf- und Zuklappen der Küchenschranktüren.

Als er zurückkam, begleitete ihn ein angenehmer Duft von Jasmin-Tee.

Sie spürte seine warme Hand an der Schulter und bemerkte, wie sich der Geruch seines holzigen Parfüms mit dem Duft der Teeblüten vermischte. Sie brauchte eine Weile, bis sie die Sinneseindrücke verarbeiten konnte.

»Anna ... hörst du mich?«, hörte sie die Stimme erneut fragen und dieses Mal drang sie tiefer zu ihr durch.

Langsam hörte sie auf, mit dem Oberkörper zu schaukeln. Die Umrisse ihrer Umgebung gewannen wieder an Klarheit. Sie betrachtete den Filzstift-Fleck auf der alten, geblümten Couch ihrer Eltern und begann zaghaft mit dem Finger darüber zu streichen.

»Du siehst so aus, als könntest du den gerade gut gebrauchen«, sagte Noah und stellte den Tee auf dem kleinen Beistelltisch ab. Sichtlich erschöpft, unter seinen Augen hatten sich dunkle Schatten gebildet, setzte er sich auf die Couch und ließ sich zurückfallen. Er öffnete seine Krawatte und atmete schwer aus.

Der verführerische Duft des Tees bewog Anna dazu, sich endlich aufzuraffen und die schier unmenschliche Kraft aufzubringen, nach der heißen Tasse zu greifen. Vorsichtig pustete sie in die Tasse und heißer Dampf stieg ihr ins Gesicht. Langsam trank sie einen Schluck, doch die Hitze des Getränks konnte die Kälte, welche sich in ihrem Inneren ausgebreitet hatte, nicht vertreiben.

Anna wusste nicht mehr, wie lange sie und der Anwalt schweigend nebeneinander auf der Couch gesessen hatten, als es plötzlich an der Tür klingelte. *Sie kommen mich holen! Die Polizei ist gekommen, um mich wieder abzuführen!* Kalter Schweiß trat ihr auf die Stirn, und sie begann am ganzen Leib zu zittern. Sie wollte den Anwalt davon abhalten, die Tür zu öffnen, doch dieser war so abrupt aufgestanden und zum Flur geeilt, dass sie seinen Arm verfehlt und in die Luft gegriffen hatte.

Anna begann zu hyperventilieren. Verzweifelt presste sie ihre Lippen fest zusammen, damit sie ihren Atem etwas bremsen konnte. Aber es half nicht. Sie spürte, wie ihr der Schweiß von der Stirn in die weit aufgerissenen Augen tropfte.

Gleich sind sie da. Gleich sind sie oben angekommen, dachte sie, als sie das Stapfen von Schuhen auf den Stufen der Flurtreppen in die Wohnung hallen hörte.

In ihren Ohren rauschte es laut. Plötzlich vernahm sie eine Stimme, die beruhigend auf sie einredete, und realisierte, dass es die von Frau Okyere war.

Völlig erschöpft sank Anna in sich zusammen und fühlte den vorsichtigen Griff des Anwalts um ihre Fußfesseln, als er ihre Beine anhob und sie sanft auf die Couch bettete. Anna legte den Kopf zurück auf das Kissen und drehte sich zur Seite.

»Noah, Anna braucht dringend Schlaf, sie hatte eine Panikattacke. Lass sie sich etwas ausruhen«, war das Letzte, was Anna hörte, bevor sie unter dem beruhigenden Kopfstreicheln von Frau Okyere einschlief.

Als sie am nächsten Tag erwachte, waren Frau Okyere und ihr Sohn Noah fort. Anna und ihre Eltern waren nun zu dritt. Dies würden sie fortan für immer sein. *Nur wir sind übriggeblieben,* dachte Anna traurig. *Wir werden nie wieder vollständig mit Alex sein!* Eine bittere Erkenntnis, die für Anna nun zur unbarmherzigen Realität wurde.

Die nächsten Tage verbrachte sie gemeinsam mit ihren Eltern. Sie wimmelten alle besorgten Anrufer*innen und neugierigen Nachfragen ab. Als das Klingeln nicht mehr aufhörte, zogen sie den Stecker des Haustelefons und stellten ihre Smartphones so um, dass nur ausgewählte Nummern aus der

Favoritenliste durchkamen. Anna hatte für ihren Mail-Account eine Abwesenheitsnotiz mit Autoresponder eingestellt und sich selbst auferlegt, ihre E-Mails auf keinen Fall abzurufen. Einzig Noah und Frau Okyere ließ sie in ihrer Trauer an sich heran und tauschte sich mit ihnen in langen Gesprächen aus. Die Heinrichs folgten dem Rat des Anwalts und konzentrierten sich ausschließlich auf sich selbst und die Verarbeitung des schweren Verlusts. Sie verbrachten die Zeit gemeinsam in der elterlichen Wohnung, sichteten am alten Küchentisch kistenweise Fotos von Alex, sahen sich Videoaufnahmen von ihm an, lachten über den kleinen Kerl auf dem Bildschirm, der mit aufgemalten Schnauzbart fröhlich seine kichernde jüngere Schwester jagte, und lagen sich weinend in den Armen, als der Film endete und sie begriffen, dass sie dieses Lachen des Jungen, der ihr Sohn und Bruder gewesen war, nie wieder hören würden.

Es verging nicht ein Tag, ohne dass Anna weinte. Es verging nicht eine Nacht, in der sie nicht schweißgebadet aus einem Albtraum schreckte. Alles, was ihr Halt gab, war die Nähe zu ihren Eltern, und sie konnte den Gedanken daran, dass eine*r von ihnen ihren Kreis verlassen könnte, und sei es nur für eine kurze Erledigung, nicht ertragen, ohne wieder in eine schreckliche Panikattacke zu verfallen. Die Familie ging nicht einmal einkaufen, denn auch das hatten Okyeres in weiser Voraussicht für sie übernommen und brachten immer wieder gekochtes Essen vorbei. Anna war froh darüber, dass ihre neue Freundin ihre Eltern mit dieser Geste entlastete, auch wenn sie selbst keinen Appetit verspürte.

Die Anrufe wurden weniger. Irgendwann mussten die Leute begriffen haben, dass niemand aus der Familie telefonisch erreichbar war, und so begannen sie vor der Tür zu stehen und ständig zu klingeln, bis der Vater eines Tages wutentbrannt die Gegensprechanlage aus der Wand im Flur riss. Wütend brüllte er: »Diese Schweine haben keinen Anstand. Die sollen meine Tochter in Ruhe lassen!«, stapfte ins Schlafzimmer und knallte laut die Tür hinter sich zu. Annas Mutter sah ihm traurig hinterher und folgte ihm nach einer Weile. Anna hörte beide noch eine Weile weinen, während sie verzweifelt in der Küche saß und in ihr Glas Wasser starrte. Endlich konnte sie niemand mehr von der Presse, oder andere neugierige Leute, belästigen. Sie sprachen nicht weiter über den Vorfall, aber obwohl Annas Eltern und Okyeres bemüht waren, all das, was um den Tod Alex' von der Öffentlichkeit angeregt diskutiert wurde, von ihr fernzuhalten, ahnte Anna dennoch, was vor sich ging. Sie wusste, dass ihr nur wenig Zeit gewährt würde, um den Tod, die Ermordung ihres Bruders zu betrauern. Sie wusste, dass sie sich bald mit den Vorwürfen, die ihr die Polizeibeamten machten, auseinandersetzen musste. Sie wusste, dass sie sich nicht lange verstecken konnte und die Ermordung ihres Bruders nicht das Einzige war, was ihr Leben für immer verändern würde.

CHANGES

Irgendwann wurde Anna die bedrückende Stimmung in ihrem Elternhaus zu viel. Das lag nicht an den trauernden Eltern an sich, sondern daran, dass Anna es nicht mehr ertrug, die Verzweiflung in ihren Gesichtern zu sehen. Sie gab sich selbst die Schuld dafür, dass die Eltern ihren einzigen Sohn verloren hatten: Schließlich war sie es gewesen, die die Polizei überhaupt erst gerufen hatte! Dieses Gefühl, die Scham und die unendliche Wut auf sich selbst, hatte ihr niemand nehmen können.

Anna wollte damit alleine sein, aber vor allem wollte sie niemandem zusätzlich zur Last fallen. Die ständigen Nachfragen danach, wie es ihr ging, stressten sie. Der Gedanke daran, dass ihre Eltern befürchten könnten, dass Alex etwas falsch gemacht und die Polizisten vielleicht damit provoziert haben könnte, machte sie wütend. Sie wurde wütend, wenn sie nur darüber nachdachte, dass alle glauben würden, dass Alex den Tod verdient hätte. All das versuchte Anna emotional zu verarbeiten, während sie hilflos mitansehen musste, wie ihre Eltern in tiefe Verzweiflung stürzten. Um ihnen und sich selbst Raum für die Trauer zu geben, beschloss Anna, das Angebot von Frau Okyere anzunehmen und vorübergehend zu ihr zu ziehen.

Hier in dem kleinen und gemütlichen Haus fand sie die Ruhe und Sicherheit, die sie jetzt brauchte. Ihre Gastgeberin besaß so viel Mitgefühl, um zu wissen, wann Anna Gesellschaft benötigte und wann sie ihr Ruhe gewähren sollte. Die ersten beiden Tage hatte sich Frau Okyere im Archiv beurlauben lassen. Erst als sie sicher war, dass Anna alleine klarkam, entschloss sie sich ihrem geregelten Tagesablauf nachzugehen. Hin und wieder besuchte Noah die beiden Frauen, und bei dieser Gelegenheit erfuhr Anna, dass Awa ihren Vater davon überzeugt hatte, die Kosten für die Verfahren ihrer drei Freund*innen zu übernehmen. Erst wollte dieser zwar, dass ihr Familienanwalt die Mandate übernimmt, doch Awa hatte darauf bestanden, den Wunsch der drei zu respektieren, die sich alle von Noah Okyere vertreten lassen wollten. Dass Awa derart hinter ihr stand und sich in ihrer uneingeschränkten Loyalität sogar gegen ihren Vater durchsetzte, imponierte Anna und bedeutete ihr viel. Ihre Zuneigung zu Awa wuchs dadurch noch mehr.

Die Tage verstrichen, und Anna verlor das Zeitgefühl. Sie verbrachte ihre Zeit im Gästezimmer und kam nur zum gemeinsamen Essen mit Frau Okyere heraus. Anna war so beschäftigt gewesen, dass sie gar keinen Gedanken daran verschwendete, dass sie ihrem Umfeld durch die Abkapslung große Sorgen bereitete. Erst als ihre Mutter beim täglichen Telefonat erwähnte, dass sie mit ihrer neuen Therapeutin über Anna gesprochen hatte, dämmerte ihr, dass ihre Liebsten gedacht haben mussten, sie sei in eine Depression verfallen. Anna lehnte das Angebot der Mutter ab, sich doch auch einmal mit der Therapeutin zu unterhalten.

Schon der Gedanke daran, mit einer schwarzen Frau über die Auswirkungen der Diskriminierung, die Anna erfahren hatte, zu sprechen, bereitete ihr Unbehagen. Sie wusste auch, dass es so gut wie keine weißen Therapeut*innen gab und sie, wenn doch, völlig überrannt waren. Und ja, sie war traurig - unendlich traurig, aber sie war nicht depressiv. Eine Erkenntnis, die sie zwang, sich aus ihrer Lethargie zu erheben. Es war in einem solchen Moment der Selbstbesinnung, als sie beschloss, Olu, ihre treue Freundin und die Einzige, die nicht in den Fall verwickelt war, um Gesellschaft zu bitten. Doch auch ihre anderen Freund*innen fehlten Anna sehr.

Lange hatte sie zu viel Angst vor einer Konfrontation und der gemeinsamen Erinnerung an die Schicksalsnacht gehabt.

Weshalb auch Olu die einzige Freundin war, mit der sie bis dahin gesprochen hatte. Sie war es, die sich angeboten hatte, im Café und bei der Universität alle Formalitäten für Anna zu klären. Olu hatte gemerkt, dass Anna nicht über ihren Bruder oder dessen Tod sprechen wollte. Gemeinsam hatten sie und Frau Okyere Anna auf ganz praktische Art und Weise Unterstützung geboten und Anna wusste das sehr zu schätzen. Sie musste weder sich noch ihre Gefühle erklären. Vor allem in Hinblick darauf, dass sie sich bald sehr ausführlich würde erklären müssen, war sie den beiden dankbar für ihre Rücksichtnahme.

Sie quälten jedoch Schuldgefühle, ihren Lieben so viel aufzubürden, und so bat sie Olu, die ihr wieder einmal einen Berg an Lernmaterial aus der Universität vorbeigebracht hatte, und Anna es unangenehm gewesen war, dass ihre Freundin sich dafür Zeit und den weiten Weg auf sich genommen hatte, zu einem Gespräch. Anna hatte Olus Lieblingsessen gekocht und jetzt saßen sie beide über den vollen Schüsseln mit Jollof Reis und Huhn.

Olu wedelte mit schaufelnden Bewegungen den duftenden Dampf des Gerichts in ihr Gesicht und plusterte die Nasenflügel genüsslich weit auf. »Anna, das riecht fantastisch! Ich wusste gar nicht, dass du das draufhast!« Sie nahm den Reis in die

Hand, pustete sanft und schob sich eine kleine Menge davon in den Mund. »Mmh, göttlich!«, nuschelte sie kauend.

»Danke für das Kompliment, Liebes!« Anna grinste und legte ihre Hand auf Olus linke. »Eigentlich kann ich das auch gar nicht, aber Frau Okyere war so lieb, mir ihr Rezept zu geben, damit ich für dich kochen kann.«

»Für mich?« Olu sah von ihrem Essen auf und erst jetzt schien sie zu bemerken, dass Anna bisher noch nicht zugegriffen hatte. »Isst du nichts?«

Anna schob ihre Schüssel ein kleines Stück von sich weg und in Richtung Mitte des Tisches. »Ich habe ehrlich gesagt nur für dich gekocht. Ich habe gar keinen Hunger.«

Olu lehnte sich im Stuhl zurück und betrachtete ihre Freundin aufmerksam, die begann nervös auf ihrer Lippe herumzukauen. »Anna, was ist los? Du musst doch wenigstens mal probieren? Du hast dir doch nicht ernsthaft die ganze Mühe nur meinetwegen gemacht, oder?«, fragte sie und in ihrer hellen Stimme lag eine große Besorgnis.

Anna stiegen Tränen in die Augen. »Ich wollte dir nur einmal was zurückgeben! Ich weiß einfach nicht, wie ich dir das, was du alles für mich tust, jemals zurückgeben soll.«

Olus Stuhl quietschte laut, als sie aufsprang. Sie lief um den Tisch herum und schloss Anna fest in ihre Arme. Anna beugte sich seitwärts über ihren Stuhl und legte den Kopf an Olus Brust. Jetzt konnte sie die Tränen nicht mehr halten und sie kullerten über ihre Wangen. Sie spürte, wie Olus warme, zierliche Hand ihr über das Haar streichelte und sich eine Strähne aus der Klammer löste. Behutsam öffnete Olu Annas Spange und band ihr das Haar wieder zusammen.

»Schatz, du bist meine beste Freundin. Freundinnen tun so etwas, sie kümmern sich umeinander und es gibt nichts, was du mir schulden würdest. Ich weiß, du würdest das und noch so vieles mehr für mich tun, wenn ich in deiner Lage wäre!«

Anna weinte noch eine Weile in Olus Armen, bis sie sich besser fühlte. Gemeinsam aßen die Freundinnen den Jollof Reis auf, der mittleerweile kalt geworden war, aber erstaunlicherweise trotzdem noch hervorragend schmeckte.

Der Nachmittag mit Olu hatte Anna bestärkt, auch zu ihren anderen Freund*innen wieder Kontakt aufzunehmen. Sie war zuerst unsicher, ob es sich mit ihnen auch so erleichternd anfühlen würde, oder es ihre Schuldgefühle noch mehr verstärken würde. Als sie sich später Frau Okyere anvertraute, versprach ihr diese, bei dem ersten Treffen dabei zu sein und sie damit nicht allein zu lassen, woraufhin Anna ihrer Sehnsucht nach einem Wiedersehen nachgab.

Eines Nachmittags fasste sie sich ein Herz und schrieb Awa. Als ihr Handy anzeigte, dass Awa die Nachricht gelesen hatte, konnte sie die innere Anspannung kaum aushalten. So groß war ihre Angst, zurückgewiesen zu werden. Doch statt der erwarteten Absage antwortete ihre ehemalige Mitbewohnerin, dass sie sofort losfahren und in dreißig Minuten da sein würde. Awa, die sonst grundsätzlich immer und überall, egal wie wichtig der Anlass war, zu spät kam, stand pünktlich eine halbe Stunde später vor dem kleinen Haus von Frau Okyere. Anna öffnete ihr die Tür und die beiden fielen sich tränenüberströmt in die Arme.

Die Gegenwart von Frau Okyere war gar nicht notwendig und die Freundinnen zogen sich in das Gästezimmer zurück, in dem Anna jetzt wohnte. Interessiert sah sich Awa um.

»Schön hast du es hier! Ich kann verstehen, dass du dich hier wohlfühlst!« Sie ging zum Fenster und blickte auf einen Baum hinaus, während sie an der Gardine nestelte. Anna drapierte ein paar Zierkissen auf der Couch und bat ihrer Freundin einen Sitzplatz an, den sie dankend annahm.

»Möchtest du etwas trinken?«, fragte Anna und bemerkte, dass ihre Stimme sich leicht vor Nervosität überschlagen hatte.

»Gerade nicht!«, lehnte Awa ab, und auch Anna setzte sich auf die kleine beige Couch. Sie machte es sich im Schneidersitz gemütlich und legte sich eines der Kissen auf den Schoß.

»Magst du mir erzählen, wie es dir ergangen ist? Wie kommst du zurecht?«, fragte sie ihre Freundin und klang dabei schon nicht mehr ganz so nervös wie zuvor.

Awa nahm Annas Hand in ihre und hielt sie fest. Ihre Augen füllten sich mit Tränen und stockend begann sie zu erzählen, wie auch sie schwer um Alex getrauert und sich von der Außenwelt zurückgezogen hatte. »Mein Herz ist gebrochen, und ich glaube, ich werde nie wieder jemanden so lieben können, wie ich deinen Bruder geliebt habe, Anna!«

Die Offenheit und Wärme, die Awa ihr entgegenbrachte, gaben Anna neue Hoffnung, um weiterzumachen. Anna wiederum erzählte Awa davon, dass die Beerdigung nun endlich geplant werden konnte, da die Obduktion an dem Leichnam ihres Bruders abgeschlossen war. Sie erzählte auch, wie schlecht es ihren Eltern ging, und Awa bestätigte ihr dies, da sie von ihrem Vater wusste, dass Annas Vater sehr schlecht aussähe und man ihm den schweren Verlust deutlich anmerken würde. Anna nickte bestätigend und eröffnete ihrer Freundin, wie sehr sie ihre Schuldgefühle belasteten.

»Ich weiß nicht, wie ich damit leben soll«, versuchte sie ihrer Freundin zu erklären. »Alex hat es mir immer gesagt: ‚Vertraue niemals den Cops', und ich habe ihn einfach nicht ernst genommen! Ich habe gedacht, dass das nur anderen passiert! Ich habe nicht geglaubt, dass uns das zustoßen könnte!«

Awa nahm ihre Hand und hielt sie fest. »Niemand von uns hat das geglaubt! Wir alle haben doch immer nur davon gehört und gedacht, dass die Polizei sich, wenn überhaupt, nur wehrt!«

Anna zog plötzlich ihre Hand weg. »Ihr müsst das auch nicht. Ihr hattet keinen Grund, Alex ernst zu nehmen, weil es euch nicht betrifft. Aber ich, ich hätte ihm glauben, es besser wissen müssen! Ich bin selbst weiß und habe lieber daran geglaubt, dass man sich auf die Polizei und deren Hilfe verlassen kann, als auf meinen Bruder zu vertrauen!« Wieder brach sie in Tränen aus.

Awa ließ sich nicht von Annas emotionalem Ausbruch abhalten, erneut ihre Hand in ihre zu legen.

»Ich verstehe, wie du dazu kommst, so zu denken, aber glaube mir, es ist nicht so einfach, und genauso wenig trägst du die Verantwortung dafür, dass dieses kaputte System euch unterdrückt und, wie im Fall deines Bruders, sogar tötet. Und es tut mir leid, wenn ich dir damit jetzt zu nahe trete, ich weiß, als Schwarze steht es mir eigentlich nicht zu, dir das zu sagen, aber jemand muss es tun, Anna: Du bist die Einzige, die das ändern und Gerechtigkeit für deinen Bruder einfordern kann!«

Anna schluckte hart. Awas Worte hatten sie tief getroffen, doch Awa schien darauf keine Rücksicht nehmen zu wollen, im Gegenteil. Sie sah Anna unverwandt und durchdringend an. »Anna, die Wut, die du auf dich, oder auch vielleicht jetzt gerade auf mich verspürst, verstehe ich. Ich verstehe sie wirklich! Aber es ist an dir zu verstehen, dass diese Wut weder dir noch mir, sondern den Mördern deines Bruders gewidmet werden muss!«

Awa hat recht, dachte Anna traurig und spürte, wie ihr Herz sich zuzog. *Aber ich bin einfach so müde, so erschöpft, wie soll ich das schaffen?*

Sie verstand, dass sie jetzt allein sein musste, um in Ruhe über das zwar wohltuende, aber auch emotional anstrengende Gespräch nachzudenken. Auch Awa wirkte müde: Ihr Make-up war verschmiert und der Mascara war in dicken Linien über ihre Wangen verlaufen. So verabschiedeten sich die beiden mit einer festen Umarmung, bevor sich Awa auf den Heimweg machte. So glücklich Anna der Besuch und die Aussprache mit ihrer Freundin gemacht hatte, verspürte sie dennoch eine große Erleichterung darüber, jetzt etwas Zeit für sich und die Gedanken, die das Gespräch in ihr ausgelöst hatten, zu haben.

Am Abend beim gemeinsamen Essen sprach Anna kaum und konnte Frau Okyere gegenüber nicht verheimlichen, dass der Besuch ihrer Freundin sie stark mitgenommen hatte. Frau Okyere hatte ihr dann auch noch eröffnet, dass Noah ihr am Vormittag erzählt hätte, dass das Gerichtsverfahren bald stattfinden werde. Anna war von dieser Information so überfordert, dass sie wortlos vom Tisch aufstand und sich in ihrem Zimmer einschloss. Wieder waren alle Dämme gebrochen und Anna fragte sich, wie viel ein Mensch weinen konnte.

Sie lag die ganze Nacht schlaflos in ihrem Bett und wiederholte im Kopf immer wieder die Worte ihrer Freundin.

Du kannst Gerechtigkeit für deinen Bruder fordern!

»Was soll ich schon gegen das rassistische System ausrichten können? Ausgerechnet ich? Ich bin ein Niemand! Ich habe doch überhaupt keine Macht! Wie soll ich das alleine schaffen?«

Als Anna merkte, dass sich ihre Fragen im Kreis drehten und sie zu keiner befriedigenden Lösung kam, beschloss sie das zu tun, was ihr am nächsten lag. Sie setzte sich mit ihrem Laptop ins Bett und begann zu Fällen von Polizeigewalt zu recherchieren. Überraschenderweise empfand sie die Recherchen sogar als hilfreich für die Trauerbewältigung. Nachdem Anna Frau Okyere davon erzählt hatte, meinte diese, dass das wohl eine Art Resilienz sei. Menschen seien unterschiedlich und ihre Trauer unterscheide sich ebenso. Und vielleicht müsste Anna das Chaos in ihrem Herzen auf diese Weise ordnen.

Anna gab ihr recht. Frau Okyere bot Anna an, sie bei ihren Nachforschungen zu unterstützen und für sie Material aus dem Archiv mitzubringen. Anna freute sich riesig über die Unterstützung und nahm sie dankend an.

UNITED IN GRIEF

Anna war erleichtert, als man ihnen mitteilte, dass Alex nun endlich, nach Wochen des Wartens, beerdigt werden durfte. Ein Anlass, der bei den meisten Menschen wohl kaum für ein derartiges Gefühl gesorgt, sondern sie tiefer in die Spirale der Verzweiflung gezogen hätte. Alex' Tod war für die Familie nicht abgeschlossen, aber seine Beerdigung ein Schritt, um loslassen zu können. Dass sie den Verlust erst dann akzeptieren konnten, wenn das Gerichtsverfahren abgeschlossen und die Mörder verurteilt sein würden, war ihnen schmerzhaft bewusst.

Als Anna und ihre Eltern mit der Planung der Trauerfeier begonnen, erfuhren sie von dem großherzigen Engagement der Freund*innen. Diese hatten eine Spendenkampagne ins Leben gerufen und mit überwältigender Anteilnahme war eine so große Summe zusammengekommen, dass die Kosten vollständig getragen werden konnten. Amadou hatte Anna verbotenerweise verraten, dass Awas Papa, der sich nämlich keinesfalls als Black-Savior aufspielen wollte, eine große Summe gespendet hatte. Und das, obwohl er ja schon die Kosten für die Verteidigung der drei übernommen hatte. Amadou fand trotzdem, dass Anna es wissen sollte, vor allem, weil er den Gedankengang von Awas Vater als so abwegig empfunden hatte, worin Anna ihm zustimmte. Sie wusste die Geste richtig einzuschätzen und war dem Chef ihres Vaters sehr dankbar für seine Unterstützung. So schlimm es war, das eigene Kind, den Bruder und Freund zu begraben, so schön war es auch, dies gemeinsam zu tun und einander Halt zu geben. Es war eine schöne Beerdigung.

Anna hatte Amadou und Eddy seit der Verhaftung nun zum ersten Mal wiedergesehen und sie konnten gar nicht mehr aufhören, einander fest zu umarmen. Sie sahen gut aus, in ihren schwarzen Anzügen, mit grauen Hemden und schwarzen Krawatten.

»Schick seht ihr aus – das steht euch sehr!«, versuchte Anna ihre trauernden Freunde aufzumuntern und war sich nicht sicher, ob das Kompliment nicht unpassend war. Doch erleichtert sah sie, wie beide zaghaft lächelten.

»Danke Anna, wirklich!«, sagte Amadou und hakte sich stolz bei Eddy unter, um gemeinsam mit ihm und Anna zur Grabstelle zu gehen.

Auf dem kleinen Platz hatten sich ausschließlich Menschen versammelt, die Alex nahegestanden hatten. Sie alle hatten sich für den Anlass zurechtgemacht und sich an die Bitte in der Einladung, eine weiße Rose für den Abschied mitzubringen, gehalten. Sie hielt ein wenig Abstand zu der kleinen Traube an Gäst*innen, um sie in Ruhe gerührt betrachten zu können. Dann gesellte sie sich zu ihren Eltern, die sie in ihre Mitte nahmen. So überwältigend die Traurigkeit auch war, hier, an der Seite ihrer Eltern und im Kreis all ihrer Freund*innen, fühlte sich Anna zum ersten Mal seit langem sicher.

Auch ihren Eltern konnte sie ansehen, dass es auch ihnen sehr viel bedeutete, zu sehen, dass Alex von seinen Freund*innen so geliebt worden war. Die Entscheidung, die Beerdigung so klein und privat wie möglich zu gestalten, stellte sich als richtig heraus. Außer den Eltern und Alex' Freund*innen hatten nur noch Frau Okyere und ihr Sohn Noah an den Feierlichkeiten teilgenommen. Am Ende der Trauerrede traten sie alle einzeln nacheinander zum Grab vor und legten ihre weißen Rosen auf den Sarg, der aus heller Eiche gefertigt worden war. Erst ganz zum Schluss, nachdem alle Gäst*innen Abschied genommen hatten, gingen Anna und ihre Eltern zum Sarg.

»Ich liebe dich, mein Sohn«, sagte der Vater mit rauer, leiser Stimme. »Mama wird immer bei dir sein!«, fügte die Mutter leise hinzu und klang dabei sehr geschwächt. Anna konnte nichts mehr sagen, weil sie keine Worte mehr fand. Sie küsste die Rose, beugte sich zu dem Sarg herab und legte weinend ihre Blume auf ihm ab. Ihre Tränen tropften auf das Blütenmeer im Sarg ihres großen Bruders Alex.

Sie hatten bei der Planung entschlossen, dass sie zum gemeinsamen Ausklang der Beerdigung anstelle ins Restaurant sich lieber bei Frau Okyere zusammenfanden. Diese hatte mit Anna und ihrer Freundin bereits einige Tage zuvor ein vielfältiges Buffet für den Nachmittag mit den Trauergäst*innen vorbereitet. So seltsam es vielleicht sein mochte, Anna hatte die Vorbereitungen für den heutigen Tag sehr genossen. Die gemeinsamen Einkäufe, die Planung und Gespräche, die darum kreisten, allen den Abschied von Alex so würdevoll und warmherzig wie möglich zu gestalten, halfen ihr, die tiefe Traurigkeit für einen Moment zu vergessen. Sie hatte sogar zwischendurch scherzen und lachen können. Etwas, das sie seit Wochen nicht mehr getan hatte und von dem sie dachte, dass es ihr nie wieder gelingen würde.

Die Besitzer des Cafés, in dem Anna vor dem Mord gearbeitet hatte, brachten höchstpersönlich Kuchen und Desserts als Beitrag für die Trauerfeier vorbei. Anna war ihnen zutiefst dankbar für ihre Anteilnahme und verspürte seit langer Zeit das Gefühl von Appetit beim Anblick der Köstlichkeiten. Sie alle nutzten den Tag, um über Alex zu sprechen und sich gegenseitig Anekdoten über ihn zu erzählen. Anna bat ihre Mutter um die Kisten mit den Fotos und den Alben, um sie sich von ihr auszuleihen. Und gemeinsam sahen sie sich Fotos aus der Kindheit und Videos aus den letzten Lebensjahren an. Sie lachten über Dinge, die typisch für ihn gewesen waren und sein Umfeld so manches Mal zur Verzweiflung brachten. Sie weinten auch viel miteinander, doch dieses Weinen war anders, als es die Wochen zuvor gewesen war. Die Tränen des Schocks wichen den Tränen des Abschieds.

Ihre Liebe zu Alex verband sie alle, auch über seinen Tod hinaus.

Es gab jedoch etwas, worüber sie schwiegen. Etwas, worüber sie an dem Tag nicht sprachen: Sie vermieden die Tatsache, dass Alex ermordet worden war, zu erwähnen. Sie alle wussten, dass der Zeitpunkt der schmerzhaften Konfrontation noch kommen würde, und hatten unausgesprochen beschlossen, dass dieser Moment, dieser Tag, nur Alex und nicht seinen Mördern gehörte.

THE SURE SHOT

Nach der Trauerfeier drohte Anna die Decke auf den Kopf zu fallen. Sie überfiel eine Rastlosigkeit, die sich auch auf ihr Umfeld übertrug.

»Anna, was machst du denn da?«, fragte Frau Okyere irritiert, als sie Anna dabei erwischte, wie diese die Bücher ihrer Gastgeberin im Wohnzimmer nach Thema, Größe und Farbe sortierte.

Anna lachte verlegen und kratzte sich am Kopf. Sie stand vor einem Berg Bücher, die sie auf dem Boden zu ihren Füßen aufgetürmt hatte. »Na ja, ich muss irgendwie was tun«, antwortete sie, fischte ein Buch mit gelbem Cover aus der Menge, um es genau zu prüfen. Dann stellte sie es zwischen zwei weitere gelbe Bücher auf dem Regalbrett, überlegte es sich anders und murmelte: »Nee, eins weiter!« Nachdem sie es richtig positioniert hatte, klatschte sie in die Hände. »So!«, sagte sie und klang zufrieden mit sich.

Frau Okyere stemmte lachend ihre Arme in die Hüfte. »Anna, das ist ja furchtbar lieb, aber ...«

»Sieht das nicht gut aus?«, unterbrach Anna begeistert und ihre Stimme überschlug sich leicht vor Aufregung.

Frau Okyere legte den Kopf schief. »Ja, es sieht super aus, aber was ich sagen wollte, ist: Wie wäre es, wenn du mit den Sachen vom Studium weitermachst?«

Anna hielt inne und wandte sich vom Regal ab und blickte über ihre Schulter, um Frau Okyere anzusehen. Ihre Freundin trug eine schicke kurze Leinenhose und ein weißes, sportlich geschnittenes T-Shirt und lächelte sie gut gelaunt an. »Da gibt es leider nicht mehr viel zu tun«, antwortete Anna, und ein Bedauern schwang in ihrer Stimme mit. »Ich weiß gerade echt nichts mit meiner Zeit anzufangen! Die letzte Hausarbeit habe ich ja auch zurückbekommen. Erinnerst du dich? Ich habe dir doch erzählt, dass ich eine 1,3 bekommen habe!«

Die alte Dame nickte. »Natürlich erinnere ich mich!«, sagte diese und warf Anna einen Seitenblick zu, der ihre gespielte Empörung unterstrich. »Ich erinnere mich sogar daran, dass dein Professor so begeistert von deiner Arbeit war, dass er dir vorgeschlagen hat, ein Buch zu schreiben, und ich weiß, du wolltest mir mit dem Sortieren einen Gefallen tun, aber ich würde mich mehr darüber freuen, wenn wir dein Werk hier reinstellen würden!« Lachend schritt sie an Annas Seite und gab ihr einen freundschaftlichen Knuff in den Oberarm.

»Los, setz dich ran!«

Westen, 28. August 1955
Hermann

Er nässte sich auf der Stelle ein. Hermann war schon lange aus dem Alter, in dem ihm so was passierte, aber er konnte seine Blase nicht mehr halten. Seine dünnen, langen Beine schlugen zitternd an den Knien aneinander. Seine Mutter würde mit ihm schimpfen, wenn sie sah, dass Hermann seine Hose ruiniert hatte. Es tat ihm unendlich leid, aber er hatte auch Angst, dass ihm seine Mutter eine gehörige Tracht Prügel verpasste. Wobei das wahrscheinlich viel besser für ihn ausgehen würde als die Schläge, die ihm von den schwarzen Männern drohte.

»Bist du nicht der kleine Bastard, der mit seinen Freunden bei Frau Simone vor dem Laden rumgelungert hat?«, spuckte ihm ein bärtiger Mann entgegen.

Hermann kannte den Mann. Er hieß Jones und war stadtbekannt für seine Wutausbrüche. Das ist auch der Grund, wieso sich Herrmann sofort eingenässt hatte, als Jones mit dem Finger auf ihn gezeigt und »Da ist einer von ihnen« geschrien hatte. Er hatte furchtbare Angst vor Jones und den anderen Männern, die als Gruppe für die tägliche Patrouille eingeteilt worden waren. Dass die Ordnungshüter ihrer Stadt auf der Jagd nach Weißen waren und dabei auf der Seite des Rechts und Gesetzes standen, wussten alle - und dass das, wenn die Schwarzen es wollten, in letzter Konsequenz unter Umständen ihren Tod bedeuten konnte. Also ging man ihnen aus dem Weg, wenn man klug war. Aber Hermann war nicht klug, sondern dumm.

»Bitte, bitte tut mir nichts!«, stammelte der kleine Junge aufgelöst.

»Bitte, bitte tut mir nichts«, äffte der Rädelsführer ihn nach.

Hermanns Gedanken rasten, während die Männer geschlossen auf ihn zutraten. Sein Herz hämmerte so heftig, dass er es laut in seinem Kopf hörte. Fieberhaft suchte er nach einem Fluchtweg, irgendeinem rettenden Ausgang aus dieser bedrohlichen Situation. Seine Beine schienen ihm den Gehorsam zu verweigern, trotz seiner verzweifelten Befehle, mit dem Zittern aufzuhören. Stattdessen zitterte er weiter wie Espenlaub in einem stürmischen Wind.

»Was bringt man euch Schweinen eigentlich bei?«, schrie der Mann.

»Ja, was bringt man euch Schweinen bei?«, wiederholte einer seiner Gefährten.

Hermann stammelte nervös: »Nichts, mein Herr!«

»Ganz genau, nichts bringt man euch Schweinen bei! Ihr lungert bei Frau Simone vor dem Laden herum und belästigt eine ehrwürdige Frau!«

»Nein, das stimmt nicht! Wirklich nicht, mein Herr! Ich, ich meine, wir haben nichts gemacht! Wir haben Frau Simone nichts getan!« Sie hatten vorhin nur gespielt, er und die anderen Kinder. Erst Fangen, und dann hatten sie in den Staub der Straße Springkästchen gezeichnet und waren darin herumgehüpft, bis Frau Simone genervt aus dem Laden gekommen war und sie verscheucht hatte.

Die Spucke landete vor seinen von Staub verschmutzen Füßen, und Hermann wich ein kleines Stück zurück, was die Männer des Rechts und Gesetzes veranlasste, noch näher auf ihn zuzugehen. Sie würden ihn gleich packen und verhaften. Aber in seiner Angst stand an erster Stelle die Angst um seine Mutter. Wie sollte er es ihr erklären?

Hermann fasste sich ein Herz. Blitzschnell drehte er sich um und rannte los. Er rannte, so schnell ihn seine langen, dünnen Beine tragen konnten. Er hörte die Männer, die fluchend hinter ihm herliefen. Hermann war erstaunt, wie schwerfällig sie im Vergleich zu ihm waren.

Ich bin schneller als sie!, dachte er euphorisch.

Während er rannte, blickte er sich immer wieder um. Jetzt fiel ihm auf, dass er gar nicht überlegt hatte, wohin er lief. Er war einfach losgerannt, ohne ein Ziel vor Augen zu haben.

Er lief um die Ecke des Gemeindehauses, an den Veranden und Hintergärten vorbei und in den kleinen Wald, der am Rand der Stadt lag. Er schaute noch einmal über die Schulter und musste feststellen, dass seine Verfolger zu ihm aufgeholt hatten. Seine Lunge brannte. Die Füße und Muskeln des kleinen Jungen schmerzten.

Hoffentlich kann ich mich im Wald verstecken, dachte Hermann. Die Bäume am Rand des Weges schienen ihn zu rufen, die dichten Büsche zwischen ihnen boten Schutz. Plötzlich durchfuhr ihn ein Schock der Kälte, der ihn wie ein elektrischer Schlag paralysierte. Erst als er die Feuchtigkeit spürte, begriff er, dass er den Bach vor Panik übersehen hatte. Dem Gedanken an die Kälte wich ein unbegreiflicher Schmerz. Aber nur kurz. Danach war alle Kälte und aller Schmerz für immer gewichen, und Hermann an seiner Kopfverletzung, die er sich beim Sturz auf den spitzen Stein im Bach zugezogen hatte, verblutet.

Anna begriff, dass die Wurzeln des Polizeisystems bis heute – bis zum Tod ihres eigenen Bruders – wirkten. Im Gegensatz zu ihrer bisherigen Annahme, die Polizei sei gegründet worden, um allen Menschen gleichermaßen zu helfen, stellte sich heraus, dass sie ihren Ursprung aus Patrouillen hatte, die ausschließlich aus schwarzen Bürgern bestanden und das Ziel hatten, Jagd auf Weiße zu machen.

Wochenlang hatte Anna sich selbst schwere Vorwürfe gemacht und die Schuld an den Geschehnissen auf sich geladen. Doch nun stieg eine unerbittliche Wut in ihr auf.

Je mehr Informationen sie sammelte, desto größer wurde ihr Zorn auf ein System, das zuließ, dass weißen Menschen vor dem Gesetz und in ihrem ganzen Dasein weniger Wert und Schutz zugesprochen wurden. Diese Erkenntnis brannte in ihr und ließ ihre Trauer in glühende Wut umschlagen. Ihre Veränderung blieb auch ihrem Umfeld nicht verborgen; die einst von Selbstvorwürfen geprägte Anna emanzipierte sich zu einer kämpferischen Frau, die sich selbst ermächtigt hatte.

Das war auch der ausschlaggebende Grund für ihren Rechtsanwalt, Noah Okyere, Anna schonend über die Ereignisse, die sich rund um die Ermordung ihres Bruders zugetragen hatten, noch detaillierter aufzuklären, als er es bisher getan hatte. Anna war zuerst so sehr damit beschäftigt gewesen, den ersten Schock zu verarbeiten, dann mit der Trauerbewältigung und der Beerdigung, dem folgend mit ihren Nachforschungen zur Polizeigewalt, dass sie alles Weitere weit von sich weggeschoben hatte. Sie hatte nicht einmal bemerkt, dass ihr Umfeld jegliche Neuigkeiten aus der Öffentlichkeit von ihr fernhielt. Sie hatte nicht mitbekommen, dass der Fall ihres Bruders in Nachrichtenformaten und auf Social Media kurzweilig diskutiert worden war.

Noch an seinem Todestag war Alex auf diversen Online-Plattformen getrendet und als Attentäter dargestellt worden, dessen Angriff auf die Polizeibeamten nur durch seine Eliminierung zu stoppen gewesen wäre. Das alles brachte ihr Noah so schonend wie möglich bei. Und wäre Anna noch vor Wochen an diesen Informationen zerbrochen, bestärkte es sie jetzt nur in ihrer tiefen Wut.

Es war aber nicht nur Annas Wesensveränderung, die Noah dazu bewegt hatte, sie zu konfrontieren, denn der Termin für das Gerichtsverfahren gegen sie und ihre beiden Freunde rückte immer näher. Der Anwalt besprach ausführlich seine Strategie mit ihr und den anderen Beschuldigten. Anna hatte vermutet, dass sie auf keinen fairen Prozess hoffen konnte und wollte dennoch ihren Anwalt über ihren Plan in Kenntnis setzen.

Anna saß in ihrem schummrigen Zimmer, der Geruch von frisch aufgebrühtem Tee erfüllte den Raum. Ihre Finger flogen über die Tastatur, entschlossen, die Ungerechtigkeiten aufzudecken, die sich hinter den Fassaden der Ordnungsmacht verbargen. Die Seiten ihres Manuskripts wuchsen stetig, jeder Satz trug das Gewicht ihrer Entschlossenheit und ihrer persönlichen Tragödie in sich. In diesem Moment war das Schreiben ihre Zuflucht, ihr Kampfmittel gegen die Ungerechtigkeit, die ihrem Bruder das Leben gekostet hatte.

Plötzlich klopfte es sanft an die Tür, und Frau Okyere trat ein. »Anna, Noah ist da. Er möchte mit dir sprechen.«

Anna klappte ihren Laptop zu, ihr Herz schlug schneller, als sie die Bedeutung dieser Ankündigung verarbeitete. Heute würden sie sich auf die Gerichtsverhandlung vorbereiten.

Er holte sein Tablet hervor und hielt das Tablet so, dass Anna es sehen konnte, bevor er begann, durch verschiedene Seiten zu scrollen. Ihre Augen weiteten sich, als sie die Schlagzeilen und Kommentare las. »Gewalttätiger Jugendlicher bei Auseinandersetzung getötet« und »Problemkind auf Abwegen – das wahre Gesicht Alexanders« stachen ihr ins Auge. Das Blut rauschte in ihren Ohren, als sie die Beiträge durchging.

Da war ein Video, das Alex in einem Streit zeigte, herausgerissen aus dem Kontext, verzerrt und manipuliert. Ein Kommentar unter dem Video lautete: »Dieser Junge war eine Bedrohung für die Gemeinschaft. Kein Wunder, dass es so enden musste.« Ein anderer Beitrag, der Tausende von Likes gesammelt hatte, enthielt eine Bildmontage von Alex mit düsterer Musik unterlegt und einer Schlagzeile, die ihn als »unberechenbar und gefährlich« betitelte.

Anna spürte, wie eine glühende Welle der Empörung in ihr aufstieg. Ihr Bruder, den sie in liebevoller Erinnerung hielt, wurde in diesen bösartigen Kommentaren entmenschlicht und verurteilt. Die schmerzhaften Bilder und Worte brannten sich in ihr Gedächtnis ein und entfachten eine Wut, die sie bis in ihre Knochen spürte.

Noah beobachtete sie aufmerksam, bereit einzugreifen, wenn es zu viel wurde, doch Anna atmete tief durch. Sie hatte genug Selbstvorwürfe durchlebt, genug schlaflose Nächte mit Grübeleien verbracht. Jetzt war die Zeit gekommen, ihre Entschlossenheit in die Tat umzusetzen.

»Danke, dass du mir das gezeigt hast«, sagte sie mit fester Stimme. Es tat weh, das zu sehen, aber es bestärkte sie nur in ihrem Vorhaben.

Sie räusperte sich, setzte sich gerade auf. »Ich werde die Männer, die meinen Bruder getötet haben, anzeigen«, erklärte sie entschlossen.

Noah nickte langsam. »Bist du dir sicher, Anna? Weißt du, was da auf dich zukommt?«, fragte er. »Ich möchte nicht, dass du erneut enttäuscht wirst.«

Anna schwieg kurz, bevor sie ebenfalls nickte, und sah ihm fest in die Augen: »Ich bin mir absolut sicher!«

JUDGEMENT DAY

Aus dem Protokoll des Gerichtsverfahrens
»Geschlossene Sitzung der 13. großen Strafkammer
des Landgerichts Süden

Geschäftsnummer:	245/2020 Süden
Gegenwärtig:	als Vorsitzende Richterin am Landgericht, Frau May Ayim

Strafsache gegen:	
Angeklagter zu 1.):	Anna Heinrich, geboren am 13.12.1999 wohnhaft: Wangari-Maathai-Straße 108, 073591 Süden
Angeklagter zu 2.):	Amadou Dramé, geboren am 08.08.2003 wohnhaft: Wangari-Maathai-Straße 108, 073591 Süden
Angeklagter zu 3.):	Eddy Simone, geboren am 23.09.2000 wohnhaft: Ruby-Bridges-Straße 6, 071960 Süden«

Anna trat durch die schweren Türen in den Gerichtssaal, der mit grauen, schweren Tischen ausgestattet war, die in einem U-förmigen Arrangement vor der Richterbank aufgestellt waren, und setzte sich auf die linke Seite zu ihrem Anwalt und den anderen Angeklagten. Nervös sah Anna sich in dem fast schon unangenehm heruntergekühlten, kahlen Raum um. Ausgehend von ihrer Kopfhaut bis herunter zu ihren Beinen breitete sich eine Gänsehaut aus.

Sie blickte sich unsicher um und fragte sich, wie in diesem trostlosen Umfeld die Ermordung ihres Bruders verhandelt werden sollte, und fing Amadous Blick auf, dessen große Angst sich in seinen Augen spiegelte. Auch Eddy wirkte zurückhaltend und ernst. Die beiden Männer waren dem Anlass entsprechend zurückhaltend gekleidet und auch sie trug nur eine einfache, unauffällige Bluse und eine Jeanshose, deren Stoff an der Gänsehaut auf ihren Beinen rieb. Sie hatte das Outfit morgens gemeinsam mit Frau Okyere zusammengestellt, da sie unsicher darüber gewesen war, was sie tragen sollte.

Anna atmete tief ein und versuchte ihr aufgeregt schlagendes Herz zu beruhigen. Sie versuchte, sich auf die Tischplatte vor ihr zu konzentrieren, um den Blick auf die andere Seite des Saals zu vermeiden. *Wie viele Menschen hier wohl schon gesessen haben?,* blitzte ein Gedanke in ihr auf. »Du schaffst das!«, sprach sie sich selbst Mut zu. Sie atmete noch einmal tief ein, zählte innerlich bis drei, hob den Kopf und sah in die Sitzreihe ihr gegenüber.

Dort hatte die Gegenseite ihren Platz eingenommen, die Blicke voller Anspannung und Widerwillen. Anna entdeckte, dass der Polizist Leroy sie mit schmal zusammengepressten Lippen anstarrte.

Anna war überrascht: »Er macht mir gar keine Angst. Er macht mich wütend!« Kurz musste sie bei dem Gedanken schmunzeln und ein kleines, zaghaftes Lächeln huschte über ihre Lippen.

»Er hat keine Macht über mich. Ich werde für dich kämpfen, Alex!«, beschwor sie. Der Saal füllte sich seitlich der Bänke mit gedämpftem Geflüster. In den Zuschauerreihen, dicht besetzt

mit neugierigen Gesichtern, saßen Journalist*innen, die ungeduldig Notizen machten, und Angehörige, deren Mienen zwischen Hoffnung und Besorgnis schwankten.

Eine Journalistin, von der Anna wusste, dass sie für ein einschlägig bekanntes Boulevard-Blatt schrieb, rutschte nervös auf der Bank herum. Ihre Blicke huschten sensationsgierig zwischen den Angeklagten und der Staatsanwaltschaft hin und her. Anna erinnerte sich dunkel daran, dass ihr Noah erzählt hatte, dass die Journalistin ihn mehrfach mit Anrufen und Mails belästigt hatte, um ein Interview von ihr zu bekommen. Laut Noah war sie unangenehm penetrant gewesen, und Anna fand, dass sie das auch ausstrahlte. Während ihre Kolleg*innen eine gewisse Abgeklärtheit demonstrierten, so wie sie konzentriert auf Laptops und Notizzettel starrten, schien diese Frau nichts verpassen zu wollen.

Anna war es schleierhaft, wie dieses Verfahren wie jede andere Gerichtsverhandlung im Land oder in diesem Gericht sein sollte. Mit zitternden Händen griff sie nach dem Glas stillen Wasser, das auf ihrem Platz stand, um ihren trockenen Hals zu befeuchten. Doch das raue Gefühl blieb.

Die Richterin, Frau Sarbo, die auf der offenen Seite saß und in ihrer dunkelblauen Robe mit goldenen Akzenten eine gravitätischere Autorität ausstrahlte, schaltete das Aufnahmegerät ein. »Die Vorsitzende stellt fest, dass die Beklagten zur Urteilsverkündung erschienen sind.« Streng richtete sie ihren Blick in den Saal. »Ich erkläre die Verhandlungen hiermit als eröffnet.«

Neben ihr saß eine Protokollantin, die kaum von ihrem Laptop aufsah und im höchsten Maße konzentriert die Tasten fliegen ließ.

Annas Blick fiel wieder auf die Gegenseite. Dort saßen sie, die Polizist*innen, ohne jegliches Schamgefühl, in ihren schwarzen

Uniformen, so wie jene, die sie in der Nacht von Alex' Ermordung getragen hatten. Zu sehen, wie die Beamt*innen ihre kalte Unverfrorenheit selbstbewusst, so dunkelschwarz wie ihre Montur, vor sich hertrugen, machte sie rasend.

»Diese Schweine!«, zischte Anna leise zwischen zusammengepressten Zähnen hervor. »Wie können sie nur so unberührt dasitzen, als wären sie im Recht?« Sie drehte sich zu Amadou und Eddy, erwartete, dass die beiden ihr zustimmten, aber sie schwiegen betreten.

Anna überlegte, ob die beiden wohl durch die Präsenz der Mörder*innen eingeschüchtert waren. So sank sie zurück in den Sitz und öffnete ihre geballten Fäuste. Sie war zwar aufgewühlt und wütend, aber ihre Freund*innen waren ihr wichtiger, und sie wollte für sie da sein. Sie wusste es ja selbst: Ihrer Wut freien Lauf zu lassen, ihren Gefühlen jetzt den Raum zu geben und sich ihren Emotionen hinzugeben, würde alles nur noch schlimmer machen.

Vor ihrem inneren Auge sah sie sich selbst aufspringen, zu den angeklagten Polizist*innen hinüberrennen und schreiend mit ihren Fäusten auf sie einschlagen.

Anna atmete tief aus. Alles, was sie tun konnte, hatte sie getan, und diese Rassist*innen, die ihren großen Bruder auf dem Gewissen hatten, angezeigt.

»Du hast das einzig Richtige getan!«, flüsterte Noah ihr zu, so als ob er ihre Gedanken gelesen hätte.

Die Richterin las mit sonorer Stimme vor: »Eine sofortige Entscheidung ist gemäß der Verhandlung getroffen, und es ergeht folgende gerichtliche Anordnung der Vorsitzenden: Die Beschuldigten sind im Sinne des § 113 Widerstand gegen die Staatsgewalt/Vollstreckungsbeamte schuldig. Berücksichtigt wird hier, dass die Beschuldigten keine Vorstrafen vorweisen, so dass von einer Haftstrafe abgesehen wird.«

Noah stieß Annas Schulter mit seiner an. Auch er schien erleichtert über das Urteil. Anna sah Amadou und Eddy an, die sich erleichtert umarmt hatten. Nur sie selbst verspürte keinerlei Hoffnung wegen der getroffenen Entscheidung. Ihr Anwalt war so vorausschauend gewesen, das Band des Notrufs als Beweismittel anzumelden und die Anhörung dessen zu fordern.

Noah hatte Anna und ihren Mitangeklagten zwar empfohlen, sich nicht zu äußern, aber sie hatte darauf bestanden, etwas zu den Vorkommnissen zu sagen. Niemand sollte ihr das nehmen dürfen, erst recht nicht ihre eigene unsagbar große Angst vor den arrogant dreinblickenden Polizisten Leroy und Ricketts.

Als Richterin Sarbo Anna aufrief, sah Anna, wie sich sowohl Leroy und Ricketts als auch die anderen Beamt*innen auf der Zuschauerbank strafften. Anna schloss kurz die Augen, dachte an jene Nacht zurück, die hier heute vor dem Gericht Detail für Detail besprochen worden war, atmete langsam durch die Nase ein und ebenso bewusst langsam durch den Mund wieder aus. Sie spürte die Luft in ihren Lungen, ihr Herz, das für einen Moment aussetzte, bevor es wie wild zu hämmern begann. Anna wischte sich ihre vom Angstschweiß nassen Hände an der Hose ab und begann zaghaft mit brüchiger Stimme zu sprechen. »Ich ... ich habe mein Leben lang geglaubt –«

Die Richterin unterbrach sie kühl: »Frau Heinrich, bitte sprechen Sie lauter!«

Anna wurde nun noch nervöser, fasste sich jedoch ein Herz und räusperte sich: »Mein Leben lang habe ich geglaubt, dass mich die Polizei vor Verbrechern beschützen würde!«, fuhr sie mit so kräftiger Stimme fort, dass sie selbst ganz überrascht davon war. »Doch es war mein Bruder, den man vor der verbrecherischen Polizei hätte schützen müssen!«

Anna machte eine kleine Pause, um ihre Worte wirken zu lassen. Ihre Eltern hatten es abgelehnt, die Verhandlung zu besuchen, zu tief saß der Schmerz für sie, sonst hätte Anna jetzt nach ihren Blicken in den Reihen der Zuschauer*innen gesucht. So sah sie Frau Okyere an, die in einer der hinteren Reihen saß und ihr aufmunternd zunickte, damit Anna fortfuhr. Frau Okyere zog ihr dunkelgrünes Jackett zurecht und setzte sich gerade auf. Anna nickte kurz zurück, die kleine Geste der älteren Frau hatte ihr neuen Mut gegeben.

Anna streckte ihre rechte Hand aus und zeigte mit dem Finger auf die beiden Polizisten, die ihren Bruder Alex ermordet hatten. »Das sind die Verbrecher, vor denen man uns schützen muss!«, schrie sie in den Saal, in dem jetzt tumultartige Unruhe ausbrach.

Der Anwalt griff vorsichtig nach Annas Hand und zog sie sanft auf ihren Platz zurück. Mit zitternden Beinen setzte Anna sich.

Richterin Sarbo wartete einige Sekunden ab, um festzustellen, ob der Zuschauerraum sich von selbst beruhigte, dann bat sie mit scharfem Unterton um Ruhe. »Die Hauptverhandlung wird entsprechend § 73 Abs. 2 StPO beendet«, schloss sie, nachdem sich die Menge wieder gefangen und auch die Reihe der Beamt*innen sich wieder ruhig auf ihre Plätze gesetzt hatte.

Anna, die ihr Leben lang darum bemüht gewesen war, sich an die Regeln zu halten, keine Fehler zu machen und ein anständiges Mitglied der Gesellschaft zu sein, war nun vorbestraft, obwohl nicht sie, sondern die, die für Recht und Ordnung sorgen sollten, die Täter waren.

SAVIOR

Nachdem Anna endlich die Täter angezeigt hatte, war sie voller Tatendrang: Sie kündigte im Café, was sie lange vor sich hergeschoben hatte und was längst überfällig gewesen war. Frau Okyere hatte sie erfolgreich für einen Nebenjob im Archiv vorgeschlagen, und so arbeitete Anna dort aushilfsweise für ein paar Stunden in der Woche. Sie nahm auch all ihren Mut zusammen und vereinbarte einen Termin bei Professor Batista, um nach dem Urlaubssemester wieder voll einsteigen zu können. Die Universität hatte trotz der hohen Fehlzeiten und der hinzugekommenen Vorstrafe kulant reagiert, und Anna die Fortsetzung des Studiums ermöglicht. Sie hatten sogar zugestimmt, dass sie ihr Studienfach um ein weiteres ergänzen durfte. Nun belegte sie nicht nur Geschichte, sondern auch postkoloniale Studien. Für Anna war das nur der logische Schluss aus den vorangegangenen persönlichen Erfahrungen, aber auch aus ihrem neuen Interessensgebiet.

Obwohl Anna jetzt wieder studierte und im Archiv arbeitete, nutzte sie jede Gelegenheit, sich mit Olu zu treffen, die in der schweren Zeit immer für sie da gewesen war und sich um die Formalien wegen der Uni und Annas Job gekümmert hatte, als sie es nicht konnte.

Heute trafen sie sich wieder in ihrer Stamm-Smoothie-Bar, und Anna lud Olu auf ihr Lieblingsgetränk ein. Während Anna von der Uni hergehetzt war, sah Olu geradezu tiefenentspannt aus, als sie ihre Freundin mit breitem Lächeln in die Arme schloss. Olus gute Laune war ansteckend, und Anna freute sich unheimlich, ihre Freundin wiederzusehen.

»Lass dich ansehen!«, sagte Olu und trat einen Schritt zurück. »Schön wie immer, aber auch verdammt müde siehst du aus, mein Herz!«

Die Freundinnen setzten sich auf die Bistrostühle, deren Lehnen und Sitzflächen aus schwarz-weißem Bast geflochten waren und so ein hübsches Schachbrettmuster bildeten.

»Du siehst so schön aus!«, strahlte Anna ihre Freundin an.

Olu zwinkerte konspirativ. »Verliebtsein steht mir also?«

»Und wie!«, rief Anna bestätigend. »Aber erzähl mal!«

Da trat die Kellnerin mit den Smoothies an ihren Tisch, um den Frauen ihre Getränke hinzustellen. Als sie Anna den grünen Smoothie geben wollte, kräuselte diese unbewusst die Nase. »Oh nein, der ist selbst mir zu gesund.« Die Frauen lachten.

»Das ist meiner!« Olu legte ihre flache Hand unter ihr schmales Kinn. »Ich pflege eben auch meine innere Schönheit!«

Gespielt verdrehte Anna die Augen und nahm dankbar den Mango-Smoothie entgegen, den ihr die Kellnerin reichte.

»Ihr seid lange nicht mehr hier gewesen. Schön, dass ihr uns endlich wieder mit eurer Anwesenheit beglückt«, sagte die Kellnerin und zwinkerte den beiden Freundinnen zu, bevor sie wieder Richtung Theke verschwand.

»Erzähl, wie läuft es mit der neuen Liebe!«, forderte Anna Olu auf, sie auf den neusten Stand in ihrem Privatleben zu bringen.

»Ach, da gibt es nicht viel zu berichten. Das alles ist ja noch sehr frisch, aber ich bin sehr happy. Das liegt aber nicht nur am Verliebtsein!«, führte die Freundin mit betont lässiger Stimme fort, wodurch sich Annas Neugier nur noch steigerte.

»What? Du hast noch mehr Neuigkeiten für mich? Sag schon, was ist passiert?!«

»Ich habe jetzt ein Business!« Olu tippte mit den Nägeln auf die Tischplatte, so dass sie ein wohlig klackerndes Geräusch von sich gaben. »Ich verkaufe jetzt meine Nail-Designs online!«, platzte sie stolz heraus. Olu machte eine wegwerfende Handbewegung und Anna bewunderte wie immer ein außergewöhnlich schönes Nageldesign ihrer Freundin. Sie trug die Nägel mehrere Millimeter lang, bunt lackiert und mit gold-glitzernden Charmes verziert.

»Guck mal, ich habe extra einen Instagram-Account angelegt, wo ich meine Arbeiten präsentiere. Das läuft richtig gut!«, sagte Olu und schob Anna ihr Smartphone zu.

Staunend bewunderte Anna Olus Werke, die sich vor ihr auf dem Handybildschirm offenbarten. »Wow, das ist ja fantastisch!«, rief sie fast schon etwas zu laut und blickte sich schnell verstohlen um, ob sie jemandes Aufmerksamkeit mit ihrer Euphorie geweckt hatte. Aber die anderen Café-Besucher*innen schienen zum Glück selbst in angeregte Gespräche verwickelt zu sein, oder saßen konzentriert an ihren Laptops, um zu arbeiten. »Olu, ich freue mich riesig für dich! Damit kannst du richtig gut was dazuverdienen!«

Olu schüttelte den Kopf. »Ich glaube, ich möchte das hauptberuflich machen, aber ich warte erst mal ab, wie es auf längere Sicht läuft. Und was sind deine Pläne jetzt? Wie läuft das Studium? Hast du gut wieder reingefunden?«

Anna überlegte kurz, bevor sie antwortete. »Ich habe mir vorgenommen, mich noch intensiver mit dem Thema Rassismus auseinanderzusetzen und möchte es wissenschaftlich aufarbeiten.« Sie senkte die Stimme, so als ob sie etwas gesagt hätte, wofür sie sich schämen müsste, oder was unangenehm sein könnte.

»Hast du denn nicht genug von diesem Thema? Du hast doch schon in einer Hausarbeit darüber geschrieben.«

»Aber das ist was anderes! Ich habe über die Wurzeln der Diskriminierung weißer Menschen des Südens und Westens sowie das darauf aufgebaute kapitalistische System geschrieben. Ich möchte aber, dass die Welt versteht, welche Auswirkungen die Ungleichbehandlung weißer Menschen noch heute hat und wer davon profitiert, dass dieses System aufrechterhalten wird. Wenn ich schon nichts an der Ungerechtigkeit ändern kann, dann kann ich wenigstens über sie aufklären!«

Olu lehnte sich in den Stuhl zurück und trank von dem viel zu grünen Smoothie. »Was sagen deine Eltern dazu?«

»Sie sagen zwar, dass sie es gut finden, aber insgeheim glaube ich, dass sie sich Sorgen machen.« Während Frau Okyere und ihr Sohn Anna in ihrem Tatendrang bestärkt hatten, waren ihre eigenen Eltern nicht unbedingt begeistert über die Veränderungen in Annas Leben gewesen. Anna wusste aber, dass diese sich einfach nur Sorgen machten, dass sich Anna zu viel zumutete. Doch das Gegenteil war der Fall: Anna blühte richtig auf.

»Dann ist doch alles super, oder?«

»Und wie.« Anna grinste selbstbewusst. Dann fiel ihr Blick auf ihre Uhr. Sie hatte gar nicht gemerkt, dass sie schon seit Stunden mit Olu quatschte. Jetzt ergab es auch Sinn, dass die Bedienung so oft vorbeigekommen war und gefragt hatte, ob sie noch etwas bestellen wollten.

»Was ist los? Musst du noch irgendwohin?«, frage Olu und saugte mit dem Strohhalm die geschmolzenen Eiswürfelreste auf.

»Ja, seit neustem bin ich in einer Gruppe, die sich für die Aufklärung gegen die Diskriminierung weißer Menschen einsetzt.« Sie trafen sich regelmäßig in einem kleinen Büro und besprachen neue Fälle von weißen Menschen, die sich wegen ihrer Diskriminierungserfahrungen hilfesuchend an sie gewendet hatten. Die Gruppe von zwölf jungen Menschen engagierte sich darüber hinaus auch aufklärerisch. Sie hielten Vorträge in Schulen, organisierten Auftritte von Anti-Diskriminierungsaktivist*innen, nahmen an Demonstrationen teil oder veranstalteten Lesungen von bekannten weißen Schriftsteller*innen. Anna selbst hatte keinem von ihnen offenbart, wer sie, vielmehr was ihre Geschichte war. Sie wollte keine unnötige Aufmerksamkeit erregen, sondern einfach helfen. Das tat sie, indem sie sich ihrer Fähigkeiten bediente und Vorträge über den strukturellen Rassismus der Vergangenheit und Gegenwart hielt.

Eines Tages lag auf dem Küchentisch ein Brief. Frau Okyere musste ihn für Anna dort hingelegt haben. Sie erkannte schon an dem Umschlag, dass es ein Brief vom Amtsgericht war. Dies musste die Antwort auf ihre Anzeige sein.

Mit fahrigen Händen zog Anna die Besteckschublade auf und holte ein Buttermesser heraus, um den Brief aufzuschneiden. Das Papier fühlte sich kühl und glatt an, als sie den Brief herauszog. Ihre Augen huschten über den Text, und der erste Satz traf sie wie ein Schlag: »Sehr geehrte Frau Heinrich, wir bedauern, Ihnen mitteilen zu müssen ...«

Anna musste sich erst mal setzen, bevor sie den Rest des Briefes las. Als Begründung hatte man darauf verwiesen, dass Alex laut Obduktionsbericht an plötzlichem Herzversagen gestorben sei. Anna stürmte in den Flur und riss ihre Handtasche von der Garderobe, um ihr Handy herauszufischen. Sie rief sofort ihre Eltern an.

Es klingelte fünfmal, bevor ihr Vater abhob.

»Papa?«, fragte Anna mit brüchiger Stimme, »habt ihr auch den Brief bekommen?« Anna liefen die Tränen über die Wangen und sie wischte sie gestresst mit der flachen Hand vom Gesicht. Ihr Vater schwieg. »Papa?«, fragte Anna jetzt drängender. Am anderen Ende des Hörers hörte sie, wie ihr Vater sich leise räusperte. »Ja, haben wir. Aber hör zu, Anna, Mama liegt im Bett, sie hatte einen Nervenzusammenbruch und der Arzt ist gekommen, um ihr ein Beruhigungsmittel zu spritzen.« Anna erschrak: »Ich komme vorbei! Ich helfe euch!«, antwortete sie ihm und ihre Stimme überschlug sich leicht. »Nein!«, entgegnete der Vater so deutlich, dass Anna kurz zusammenzuckte. Ganz so, als ob Herr Heinrich seine Tochter am anderen Ende des Hörers hätte sehen können, schob er nun, mit sanfter Stimme, nach: »Alles ist gut, Schatz. Mama muss sich nur ausruhen und es ist für sie das Beste, wenn wir nicht über den Brief reden. Wenn du jetzt kommst, macht sie sich nur Vorwürfe, dass sie dir zusätzliche Sorgen bereitet. Es ist lieb, dass du uns helfen willst, aber eigentlich sollte es so sein, dass wir dich unterstützen und nicht andersherum!« Anna war, als würde sie ihren Vater leise schluchzen hören, wollte aber lieber nicht nachfragen, ob er weinte. Sie wollte keinesfalls, dass er sich vor ihr unwohl fühlte. Und deshalb verstand sie auch, weshalb ihr Vater das Gespräch abrupt abbrach. »Schatz, sei mir nicht böse, aber ich muss zu deiner Mutter. Es tut mir leid, dass ich im Moment nicht für dich da sein kann«, sagte er mit immer noch schwach klingender Stimme und legte auf.

Anna nahm ihren Eltern die Abwesenheit nicht übel. Sie hatte selbst, seit der Ermordung von Alex, vermieden mit ihnen über ihre Gefühle zu sprechen, da diese so stark mitgenommen waren, dass sie sie darüber hinaus nicht noch mehr belasten wollte.

Nachdem sie aufgelegt hatte, stand sie noch eine Weile regungslos in der Küche. »Ein unentdeckter Herzfehler«, hatte man ihren Eltern erklärt. Und dass durch die Belastung der Herzstillstand ausgelöst worden sei.

Die Tatsache, dass die Mörder ihres Bruders nicht bestraft werden würden und damit Alex die Gerechtigkeit verwehrt wurde, setzte Anna mehr zu als die Tatsache, dass sie nun eine zu Unrecht verurteilte Straftäterin war. Nachts quälten sie Albträume und sie durchlebte die Bilder der Ermordung immer wieder. Auch die Gesichter der beiden Polizisten Leroy und Ricketts tauchten immer wieder vor ihr auf, wie sie sie im Gerichtssaal aus hasserfüllten Augen angestarrt hatten. So, als ob weder sie, noch Alex, es wert waren, dass man ihnen Mitgefühl entgegenbrachte. Sie wollte sich mit jemandem austauschen, aber sie wusste nicht, mit wem. Sie hatte ohnehin schon das Gefühl, alles auf Frau Okyere abzuladen. Aber jetzt plötzlich bei ihren Freund*innen anzurufen, kam ihr auch seltsam vor. Der Kontakt war seit der Urteilsverkündung unstetig geworden. Amadou hatte beschlossen, sich mit seinem Partner ein neues Leben aufzubauen - weit weg von den Erinnerungen an die Schicksalsnacht. Anna konnte es sehr gut nachvollziehen. Sie war bei Frau Okyere geblieben, da alles an der WG sie an Alex und die letzte gemeinsame Zeit dort erinnerte. Nachdem Amadou und Anna aus der Wohngemeinschaft gezogen waren, hatte auch Awa beschlossen, wieder zu ihren Eltern zu gehen, und hatte die WG aufgelöst. Es war offensichtlich, dass sie alle den Abstand brauchten, um ihre Leben unabhängig voneinander wieder in geregelte Bahnen lenken zu können.

Anna fand Trost darin, ihre Tage mit Recherchearbeiten und ihrem Schreiben im gemütlichen Gästezimmers oder bei Frau Okyere im Archiv zu verbringen. Manchmal traf sie sich mit Olu, um gemeinsam im Café oder Park zu sitzen und sich zu unterhalten, manchmal besuchte sie ihre Eltern, wobei es immer angespannt war, weil ihre Eltern sich zu sehr um ihr einziges Kind sorgten. Die Tage rauschten an ihr vorbei, ohne dass Anna sie bewusst erlebte. Sie lernte, sie las in ihrer Freizeit Sachbücher, sie bildete sich fort, sie schrieb. Vor allem war sie allein.

JUMP

Anna war für das Treffen im Büro der »Humanity International« ans andere Ende der Stadt gehetzt und wegen der überfüllten Bahnen und des Ersatzverkehrs etwas zu spät gekommen. Das Büro hatte zuvor viele Jahre leer gestanden, und die Gruppe durfte es für einen geringen Betrag nutzen.

Daher gab es vor allem verschlissene Möbel, was jedoch nicht weiter schlimm war, da unzählige Poster und Bücher von den sonst tristen Räumlichkeiten ablenkten. Der Vorraum besaß ein großes Fenster, wie es für Ladenlokale üblich war, und flutete das Büro mit hellem Tageslicht. In der Mitte des Vorraums stand ein großer Konferenztisch, auf dem Flyer ausgelegt waren, damit Besucher*innen sich diese mitnehmen konnten.

Wie üblich, wenn jemand aus der Gruppe etwas verpasst hatte, fasste Lena, die diese Treffen leitete, Anna die Neuigkeiten zusammen. Sie war es auch gewesen, die damals die Gruppe »Humanity International« gegründet hatte, nachdem sie selbst einer Fahrscheinkontrolle zum Opfer gefallen war und der Kontrolleur sie trotz gültiger Tickets gewaltsam aus der Bahn gezerrt hatte. Es war ein typisches Racial Profiling gewesen. Denn Lena war biracial, da ihr Vater weiß und ihre Mutter schwarz war. Ihre Haut war zwar dunkler als Annas, aber immer noch viel heller als die der Mehrheitsgesellschaft. Sie hatte hellbraune, schulterlange Locken, haselnussbraune Augen und war ungefähr zwei Köpfe kleiner als Anna. Wie immer war sie ausschließlich in schwarz gekleidet – schwarzes Shirt, schwarze Baggy und schwarze Sneaker.

»Anna, das ist Awa«, stellte sie ihr den Neuzugang vor. »Awa ist ein Ally! Seit ihr Freund vor einem halben Jahr von Cops ermordet wurde, engagiert sie sich gegen Polizeigewalt und Diskriminierung.«

»Ich kenne Awa«, gestand Anna kaum hörbar. Denn das war genau die Situation, vor der sie sich lange Zeit gefürchtet hatte.

Lena zog erstaunt die Augenbrauen hoch. »Du weißt also, was ihr Furchtbares zugestoßen ist?«

Anna zögerte, weil sie nicht wusste, wie sie reagieren sollte. Bisher hatte sie verschwiegen, dass sie eine der Personen von dem berühmten Fall war. Sie tauschte einen Blick mit Awa aus, die für sie die Antwort übernahm.

»Anna war dabei«, sagte Awa leise.

»Wo dabei?«, fragte Jürgen und schob seine Brille zurecht. Jürgen war ein dürrer 20-jähriger weißer Mann mit kantigen Ellenbogen und Knien, der wegen schlechter Empfehlungen damaliger Lehrer*innen auf die Hauptschule musste und nicht studieren konnte. Er hatte zwei Nebenjobs und versuchte das Abitur nachzuholen.

»Alex ist mein Bruder ... Alex *war* mein Bruder«, korrigierte sie sich traurig.

Anna hatte die sonst so lebhafte Gruppe nie so still erlebt. Zwölf Augenpaare huschten fragend zwischen ihr und Awa umher.

Die Offenbarung, das Bloßstellen ihrer Verwundbarkeit, hätte Anna noch vor wenigen Monaten veranlasst, vor Scham aus dem Raum zu rennen und nie wieder hierherzukommen. Stattdessen stand Anna langsam auf und ging um den Tisch zu Awa hinüber, die ebenfalls aufgestanden war. Sie schloss ihre Freundin fest in ihre Arme und spürte, wie Awa zitterte. Anna spürte, wie ihr Herz vor Freude aus der Brust zu springen schien, als Awa ihre Umarmung erwiderte.

»Es tut gut, dich hier an meiner Seite zu haben«, flüsterte Anna ihrer aufgelösten Freundin zu.

Warme Tränen tropften auf Annas Schulter, als sich Awa an sie klammerte. Anna hielt sie fest und drückte sie sanft, während sie spürte, wie die Anspannung von Awas Körper nachließ und sie leise schluchzte. Es war ein Moment der Verbundenheit und des Trostes zwischen den beiden Freundinnen, in dem keine Worte nötig waren, um zu verstehen, was sie beide durchgemacht hatten.

Lena erklärte indessen das heutige Treffen für beendet und verließ mit den anderen Aktivist*innen das Büro, um den beiden jungen Frauen die Privatsphäre zu gewähren, die der Anlass benötigte. Anna war ihr dankbar dafür, dass sie so empathisch war und ihnen den Raum ließ.

Fortan waren Anna und Awa unzertrennlich. Zu erfahren, dass sie nicht alleine mit ihrem Schmerz, der Wut und Ohnmacht über den Tod eines geliebten Menschen waren, half den beiden Freundinnen dabei, den Umgang der Öffentlichkeit mit Alex' Ermordung zu verarbeiten. Es war für beide nicht leicht, dass die Medien ihn als Gewalttäter darstellten, der es angeblich selbst provoziert hätte, dass die Cops ihn ermordet hatten. Auf der anderen Seite gab es Menschen, die den Tod ihres Bruders für ihre eigenen Belange, die Selbstdarstellung als Allys, ohne Rücksicht auf die Hinterbliebenen instrumentalisierten. Aber Anna spürte, dass die Auseinandersetzung für sie auf noch ganz anderer Ebene große Wirkung hatte: Sie erkämpfte sich über das Aufbegehren gegen die Diskriminierung eine Selbstermächtigung gegen diese.

Aber genauso wichtig war es ihr, es nicht anderen zu überlassen, Alex' Geschichte zu erzählen. Sie war lange mit dem Gedanken daran, diese Aufgabe selbst zu übernehmen, schwanger gegangen, hatte sich mit ihrem Team der »Humanity International«, ihren Freund*innen und ihren Eltern dazu besprochen. Sie alle kannten Anna gut genug, um einschätzen zu können, was der Schritt nach vorne und die Offenbarung ihr emotional abfordern würden. Herr und Frau Heinrich waren erst dagegen gewesen, dass Anna sich einem Publikum stellte und von der Schicksalsnacht erzählen würde, weil sie in Sorge um ihre Tochter waren. Als sie jedoch merkten, wie wichtig es Anna war, hatten sie ihr ihren Segen gegeben, und Anna beschloss die Anfrage einer städtischen Schule für einen Vortrag anzunehmen, bei dem es nicht, wie bei den Vorträgen zuvor, um die wissenschaftliche Einordnung von rassistischer Diskriminierung, sondern um die Frage nach einem persönlichen Erfahrungsbericht ging.

Schon bei den vorangegangenen Workshops sprach Erstaunen und Erschütterung aus den Augen ihrer Zuhörer*innen. Manchmal stieß sie auch auf Ignoranz und Ablehnung. Doch damit, was sie in der Schule erwarten würde, hatte sie, trotz der Erfahrungen, nicht gerechnet. Gemeinsam mit Awa erzählte sie der Klasse von dem Mord durch die beiden Polizisten an ihrem Bruder Alex.

Anna fiel es schwer, sich den fremden Jugendlichen zu öffnen, und war ihrer Freundin unendlich dankbar für deren Beistand. Immer wenn diese merkte, dass Anna emotional aufgewühlt war, dass sie ins Stocken geriet, übernahm sie wie selbstverständlich die Sprecherinnenrolle und führte Annas Gedanken zu Ende. Dann konnte Anna die Zeit nutzen und sich kurz sammeln, während sie ihren Blick über die gebannt zuhörenden Schüler*innen schweifen ließ. Sie verspürte fast so etwas wie Erleichterung, als sie ihren Vortrag nach fünfundvierzig Minuten beendet hatte, und nach der Pause die Fragerunde anstand.

Sie blieb mit Awa und der Lehrerin, die den Besuch der Aktivistinnen initiiert hatte, im stickigen Klassenzimmer zurück, um sich mit ihrer ebenso erschöpft wirkenden Freundin über den Vortrag auszutauschen, während die Lehrkraft geschäftig Notizen auf eine Folie übertrug.

»Das ist doch wirklich ganz gut gelaufen«, sagte ihre Freundin und nahm Anna, die die Nervosität noch immer nicht hatte abschütteln können und an ihrem Nagel kaute, in die Arme.

»Findest du?«, fragte Anna zerknirscht.

»Ja, auf jeden Fall!«, bestätigte diese und streichelte Anna sanft über den Arm. »Du hast das richtig gut gemacht.«

Anna lächelte ihre Freundin zaghaft an. »Du auch.«

Die Tür wurde aufgerissen und die Schüler*innen stürmten lautstark vergnügt zurück ins Klassenzimmer. Von dem Tumult unterbrochen sahen die Freund*innen zur Lehrerin, die ihre Klasse aufforderte, sich schnell und leise wieder an ihre Plätze zu setzen.

Anna fiel auf, dass niemand die Anweisung ernst zu nehmen schien, und erinnerte sich daran, wie sie selbst als Schülerin stets sofort reagiert hatte, wenn ihre Lehrer*innen zur Mäßigung aufgerufen hatten. Hier passierte das Gegenteil: Den Hinweis auf die hohe Lautstärke ignorierend, gingen die Schüler*innen völlig unbeeindruckt von der Autorität der Lehrerin und in aller Seelenruhe zu ihren Plätzen zurück.

Vielleicht lag es an der Generationenfrage, dass niemand hörte, aber Anna glaubte, dass es mit Sicherheit auch daran lag, dass in dieser Klasse keine einzige rassifizierte Person saß, die das Gesamtbild veränderte und wie sie damals, in Sorge vor Ärger, alles tun würde, was die Lehrkraft von ihr verlangte.

Erst jetzt, eine Viertelstunde nach der Pause, war endlich Ruhe eingekehrt, so dass Anna und Awa mit ihrem nächsten Programmpunkt fortführen konnten. Wie zuvor miteinander und der Lehrerin Frau Makeba besprochen, leiteten sie die Fragerunde ein. Etwas, das Anna schon im Vorfeld Kopfzerbrechen bereitet hatte. *Wie weit werden die Fragen gehen und was bin ich bereit zu teilen?*, hatte sie sich selbst gefragt. Doch nun lief es unerwartet gut und die Fragen waren nachvollziehbar und umsichtig formuliert.

»Wie geht es Ihnen damit, über den Tod Ihres Freundes und Bruders zu sprechen?«, fragte ein Schüler.

Weil sie sich selbst noch keine Gedanken darüber gemacht hatte, wie es ihr mit der Situation ging, und sie auch viel zu konzentriert darauf gewesen war, alles richtig zu machen, schwieg Anna und überließ es Awa zu antworten.

»Ich glaube, ich kann für uns beide sprechen, wenn ich sage, dass es uns nicht leichtfällt. Aber das Thema, Alex, ist zu wichtig, um es nicht zu tun.«

Anna nickte zustimmend und die Klasse spendete angemessen verhaltenen Beifall für die Antwort. Als Nächster meldete sich ein anderer, schlanker und großgewachsener Junge, dem schon ein leichter Bart über der Lippe wuchs und der die anderen Schüler*innen bereits im Sitzen einen halben Kopf überragte.

»Ja, Dennis«, rief Frau Makeba den Schüler auf und zeigte auf ihn.

Dennis ließ sich lässig in den Stuhl zurücksinken und streckte provokativ das Kinn nach vorne in Annas Richtung. »Ist dein Bruder nicht der gewesen, der auf die Cops losgegangen ist? Ich meine, die haben im Grunde ja nur ihren Job gemacht und viele euresgleichen sind nun mal Kriminelle!«

Schlagartig war es still im Klassenzimmer. So still, dass Anna glaubte, das Pochen ihres Herzens würde durch den Raum hallen. Sie griff nach Awas Hand, als sie im Blickwinkel wahrnahm, dass diese einen schnellen Schritt zum Tisch des Jungen gegangen war. Als sie Awas Hand erwischte, spürte sie, wie fest diese zudrückte, wollte aber nichts sagen, sondern den Schmerz über sich ergehen lassen. Dieser Schmerz in ihren Handknochen war ihr nämlich sehr viel lieber als der, der gerade versuchte, sich mit aller Macht in ihr Herz zu drängen.

Im ersten Moment war Anna vor Zorn auf den Jungen errötet, der sich jetzt betont cool auf seinem Stuhl fläzte, und wäre am liebsten, so wie ihre Freundin es gerade fast getan hätte, auf ihn losgegangen. Stattdessen besann sie sich darauf, kalt und in der Hoffnung, souverän zu wirken, zu antworten: »Das entspricht weder den Tatsachen, noch würde es, wenn es doch so wäre, den Tod meines Bruders rechtfertigen.«

Als er nachlegen wollte, unterbrach sie ihn und fiel ihm, jetzt schon deutlich selbstsicherer, ins Wort: »Ich würde es auch nicht als gerechtfertigt empfinden, wenn du eine solche Behandlung durch Polizist*innen erfahren würdest. Vollkommen unabhängig davon, ob du kriminell bist. Niemand, nicht du, nicht mein Bruder, sollte durch die Polizei ermordet werden.«

»Ich würde gerne noch ein paar von den anderen drannehmen und ihnen die Möglichkeit geben, noch Fragen zu stellen. Wir haben nämlich nur noch fünf Minuten Zeit, bis wir uns von den beiden Damen verabschieden müssen«, schaltete sich Frau Makeba ein.

Anna fühlte, dass Awas Griff um ihre Hand sich etwas entspannt hatte und sich ihr Herzschlag wieder beruhigte und die Anspannung von ihr abfiel.

Auf dem gemeinsamen Heimweg sprachen die Freundinnen nicht viel über das Erlebnis in der Schule. Sie waren emotional zu erschöpft, um sich aufzuregen.

»Lass uns einfach auf das Gute konzentrieren und darauf, dass wir zumindest einzelne Schüler*innen heute erreicht haben«, bat Anna ihre Freundin. Was sollte es schon groß bringen, sich auf die zu fokussieren, die den Hass und die Vorurteile aufrechterhalten wollten? Nur weil sie sich verändert hatte, hatte sich die Welt, in der sie lebten, nicht verändert!

Die Erkenntnis traf sie nun selbst doch härter als erwartet. Tagelang hatte sie darüber nachgedacht, was sie noch tun könnte, um noch mehr Menschen zu erreichen und ihren Beitrag für eine diskriminierungssensiblere Gesellschaft zu leisten.

COPS SHOT THE KID

In Shirt und Pyjamahosen saß Anna auf der Couch im Wohnzimmer und aß ein Sandwich. Irgendwie stand ihr heute nicht der Sinn danach, etwas Aufwendiges zu kochen. Frau Okyere war im Archiv beschäftigt, und in ihrer Abwesenheit fühlte sich Anna besonders während der Mahlzeiten einsam, weshalb sie den Fernseher im Hintergrund hatte leise laufen lassen.

Gedankenverloren zappte sie durch die Programme, als sie plötzlich innehielt. Sie stellte das Gerät lauter. Auf dem Bildschirm wurde das Foto eines Unfallorts gezeigt, während die Nachrichtensprecherin mit ernster Miene über die Details berichtete. Anna sah, wie die Kamera auf einen völlig zerstörten Blechhaufen hielt, der wohl mal ein Motorrad oder Roller gewesen sein musste. Auf dem Boden lagen Sägespäne oder Sand. Anna konnte nicht ausmachen, um was genau es sich handelte, das sich mit Blut vollgesogen hatte.

»In einem Vorort im Süden kam es zu einem tödlichen Vorfall nach einer Verkehrskontrolle. Ein 19-jähriger Jugendlicher erlag seinen Verletzungen, nachdem ein Polizeibeamter auf ihn geschossen hatte. Videoaufnahmen des Vorfalls befeuern die Wut und Empörung über mutmaßlich diskriminierende Polizeigewalt. Nach Angaben der Justizministerin hatte der weiße

Jugendliche versucht, sich der Polizeikontrolle zu entziehen, und ist mit einem motorisierten Roller ohne Kennzeichen geflüchtet. Zudem trug er keinen Helm, was die Aufmerksamkeit der Beamt*innen auf ihn gezogen hatte.«

Anna hielt gebannt den Atem an. In ihr tobten die Erinnerungen an Alex und die Polizist*innen, die sein Leben auf dem Gewissen hatten. Schweiß bildete sich auf ihrer Stirn und sie wischte sich mit einer unbewussten Bewegung die feuchten Handflächen an ihrer Pyjamahose ab.

»Infolge der Verfolgungsjagd rammte einer der hinzugerufenen Streifenwagen den Roller, woraufhin der Fahrer schwer stürzte. Als der Jugendliche versuchte wieder aufzustehen und den Roller aufheben wollte, wahrscheinlich, um die Flucht fortzusetzen, hat eine*r der Beamt*innen auf ihn geschossen und traf den jungen Fahrer unglücklicherweise in die Brust.«

Schockiert hielt Anna sich mit der Hand den Mund zu, aus Sorge davor, laut aufschreien zu müssen. Tränen liefen ihr über die geröteten Wangen. *Nicht schon wieder!,* schoss es ihr durch den Kopf. *Nicht ein weiteres Todesopfer, das auf das Konto der Polizei geht. Wie viele von uns müssen noch sterben, bis das endlich aufhört?*

Anna wurde von der durchdringenden Stimme der Nachrichtenmoderatorin gewaltsam aus ihren Gedanken gerissen. »Die Justizministerin verspricht ausführliche Ermittlungen zum Tod des Jugendlichen und bittet die Öffentlichkeit, Ruhe zu bewahren und keine voreiligen Schlüsse zu ziehen, die zu Krawallen führen könnten.«

Ihr ganzer Magen verkrampfte sich, obwohl die Nachrichtensprecherin diese Fakten kühl vortrug, konnte sie deren Bedeutung nicht mehr ertragen. Sie rannte ins Bad und übergab sich heftig ins Klo. Sie würgte und ihr traten Tränen in die Augen. Nachdem sie alles aus sich herausgelassen hatte, zog sie erschöpft das Erbrochene ab. Sie schloss den Klodeckel, ging zum Waschbecken und spülte sich den Mund und das Gesicht mit kaltem Wasser ab.

Ihr Blick fiel auf den Badezimmerspiegel, und ein Schreck durchfuhr sie angesichts dessen, was sie darin sah. Statt ihr eigenes Gesicht sah sie das von Alex, der sie aus traurigen Augen anblickte. Anna rieb sich verstört die Augen und Alex, ihr Bruder, war wieder verschwunden.

»Was willst du von mir?«, sprach sie ihr Spiegelbild laut an, doch es antwortete ihr nicht. Krampfhaft klammerte sie sich mit beiden Händen an den Waschbeckenrand. »Was willst du von mir?«, schrie sie jetzt den Spiegel an und erkannte, dass ihr Gesicht sich zu einer schmerzhaften Fratze verzogen hatte. Erschöpft begann sie zu wimmern. »Es hätte mich treffen sollen, nicht dich, Alex«, flüsterte sie leise und wandte sich von dem Spiegel ab.

Anna schleppte sich in ihr Zimmer. Die Umgebung um sie herum verschwamm hinter einer undurchdringlichen Wand aus Tränen und Erschöpfung. Schließlich fiel sie schweißgebadet in ihr Bett. Sie kniff die Augen zusammen, in der Hoffnung, zu vergessen. Doch nun spielten sich die Bilder vor ihrem inneren Auge ab. Sie fühlte sich wie gefangen in einer endlosen Schleife der Erinnerungen und konnte nichts dagegen tun.

Anna sah Alex, wie er durch das Gewicht der Polizisten auf den Boden der Straße gedrückt wurde. Sie sah seinen aussichtslosen Kampf ums Überleben, und wie er ihr zum letzten Mal in die Augen gesehen hatte, bevor er diese zum letzten Mal schloss. Sie griff sich verzweifelt in die Haare, wollte den Schmerz in ihrem Kopf erleichtern, doch die Bilder schlugen weiter auf sie ein wie eine unerbittliche Welle, die unaufhörlich auf sie zukam und sie überrollte.

Das Vibrieren ihres Smartphones riss sie aus ihrem Strudel. Anna tastete nach dem Handy, das neben ihr lag. Eigentlich hatte sie nicht vorgehabt, den Anruf anzunehmen, weil sie in diesem Zustand keine anderen Menschen ertragen würde, doch als sie Awas Namen auf dem Display sah, entschied sie sich doch dafür.

»Hast du die Nachrichten gehört?«, schluchzte Awa.

»Ja ...« Annas Stimme kam brüchig über die Lippen, sodass sie nicht weitersprechen konnte. Doch sie beschwor sich insgeheim, stark zu bleiben. Für sie beide.

Sie schwiegen. Ganz so, als hätten sie gemeinsam unausgesprochen beschlossen, einander in ihrer Trauer nicht allein zu lassen, aber so viel Raum zu gewähren, dass sie die Gefühle verarbeiten konnten. Nur das schwere Atmen und ein gelegentliches Schluchzen hallte in der Leitung nach.

Es war Anna, die nach einer Weile die Stille unterbrach.

»Awa?«, fragte sie vorsichtig. »Möchtest du mich ins Büro begleiten? Ich glaube, es wäre gut, wenn wir uns mit den anderen dort treffen würden und gemeinsam überlegen, was wir tun können.«

Sie hörte ihre Freundin am anderen Ende tief einatmen. »Okay«, sagte Awa. »Das ist wahrscheinlich wirklich das Beste.«

Im Büro der Humanity International angekommen, stürmte Lena aufgebracht auf sie zu. »Gott sei Dank seid ihr hier!«, rief sie ihnen auf halbem Weg entgegen, bevor sie sich einander in die Arme fielen.

Nun eilte auch Jürgen zu den beiden Neuankömmlingen. Anders als Lena, die ihr typisches Schwarz trug, sah er aus, als hätte er die nächstbesten Kleidungsstücke gegriffen und so einen wilden Stilmix zusammengestellt. *Die Farbwahl seiner Kleidung könnte glatt aus einem Basquiat entsprungen sein,* dachte Anna bei seinem Anblick. Hellblaues T-Shirt, kurze rote Hose, unterschiedlich farbige Socken, schwarz und grau, sowie orangene Sneaker hoben sich kräftig leuchtend von seiner hellen Haut ab. Nervös schob er seine Brille zurück auf die Nase. »Kommt bitte schnell rein, die anderen sind auch schon hinten. Wir besprechen uns gerade.«

Awa und Anna staunten nicht schlecht. Obwohl sie alle unter Schock standen, versuchten sie schnellstmöglich Strukturen aufzustellen, um in der Situation angemessene Aufklärung leisten, aber auch retraumatisierte Betroffene auffangen zu können. Geschäftig und diskutierend hatten alle ihre Arbeit aufgenommen und Krisenintervention betrieben. Ein Großteil der Arbeit bestand jetzt daraus, die Social-Media-Kanäle zu betreuen. Sie erreichten viele Anfragen, vor allem von Betroffenen, die der Mord an dem Jungen zutiefst erschüttert hatte.

»Denkt aber bitte auch daran, dass uns viel Hate erwarten wird«, betonte Ella, als sie die beiden um sie stehenden Kolleg*innen einwies. Gestresst rieb Ella sich über ihre frisch rasierte Glatze. »Wir kennen das ja leider schon: Es wird viel Wut, Trauer und Anteilnahme geben, aber genauso werden sich jetzt die Rassist*innen genötigt sehen, unsere, aber auch die Kommentarspalten von Betroffenen zu fluten.« Sie zog an ihrem grauen Band-T-Shirt und fächerte sich Luft zu. »Ist die Klimaanlage an?«, fragte sie mit Blick hinter sich über die Schulter. Jedoch bekam sie keine Antwort, da alle mit sich selbst und ihren Aufgaben so beschäftigt waren, dass sie ihre Frage nicht mitbekommen hatten. »Egal!«, fuhr sie fort. »Jedenfalls ist es wichtig, dass wir da ein Auge drauf haben, um schnellstmöglich zu reagieren und Kommentare zu löschen oder Accounts zu blockieren. Im schlimmsten Fall machen wir die Kommentare dicht, okay?«, fragte sie ihre beiden Kolleg*innen, die mit ihr auf den Bildschirm des PCs starrten. Jürgen formte die Hände vor seinen Mund und rief in den Raum: »Denkt bitte daran, die Nummern von den Seelsorger*innen und Krisenberatungsstellen zu teilen!«

Die Telefone klingelten und die Postfächer liefen seit der Veröffentlichung der Neuigkeiten über, und viele Jugendliche, die selbst rassifiziert waren, machten ihrer Trauer und Wut Luft, da sie wussten, dass sie verstanden wurden.

Ella gesellte sich nun zu der Gruppe um Awa und Anna. »Habt ihr schon mitbekommen? Es gehen Nachrichten um, dass sich überall wütende Jugendliche auf öffentlichen Plätzen versammeln. Scheinen sich über Social Media organisiert zu haben.«

Lena verschränkte die Arme vor der Brust. »Wir müssen gucken, dass wir hier so schnell wie möglich alles abgearbeitet bekommen, damit wir gegebenenfalls auch rausgehen und die Demonstrierenden unterstützen können. Das kann alles übel ausgehen, wenn die Cops durchdrehen.«

Jürgen und Ella stimmten zu, während Awa und Anna erst langsam begriffen, dass die Lage noch heikler war, als sie vermutet hatten.

»Ich stelle das Informationsmaterial zusammen«, sagte Anna. Denn das war das Beste, was sie konnte: recherchieren. »Vielleicht hilft es, wenn wir Flyer ausdrucken, damit die Demonstrant*innen im Notfall wissen, wie sie sich am besten verhalten oder wo sie juristische Unterstützung bekommen.«

»Darum kümmert sich am besten Jürgen. Er ist da eh im Thema.« »Wenn du magst, würde es uns mega helfen, wenn du nach vergangenen Todesfällen suchen könntest? Ich würde dazu gerne einen Post verfassen. Denn so hart es klingt: Wir müssen die Aufmerksamkeit jetzt nutzen, denn wir alle wissen, dass es hier nicht um einen Einzelfall geht und es all diese Fälle verdienen, gesehen zu werden!«

»Ich kontaktiere mal unsere Journo-Quellen«, rief Lena, die sich schon eilig auf den Weg in das kleinere Büro hinter der Küche gemacht hatte.

Zufrieden mit der Aufgabe, da es genau ihr Themengebiet war, band sich Anna die Haare zurück und begann schnell die Finger über die Tastatur fliegen zu lassen.

Sie suchte nach Todesfällen in Gewahrsam, als sie auf das Interview mit »Death in Custody«, einer Menschenrechtsorganisation, stieß. Diese hatte Fälle von tödlicher, rassistischer Staatsgewalt erfasst, dokumentiert und veröffentlicht, da die Daten durch die Behörden selbst nicht erhoben wurden.

Anna scrollte durch die Liste, als sie plötzlich innehielt. »Alexander Heinrich, gestorben bei Verhaftung«, las sie dort auf dem Bildschirm und ihr lief ein kalter Schauer über den Rücken. Selbstverständlich hätte sie damit rechnen müssen, den Namen ihres Bruders in der Liste zu lesen, und dennoch tat es erstaunlich weh, ihn unter all diesen anderen Namen zu lesen, die durch Polizeigewalt aus dem Leben gerissen worden waren.

Es ging jetzt aber nicht um Alex und es ging jetzt auch nicht um Anna. Sie würde niemandem mit ihrer Vulnerabilität helfen. So gab sich Anna einen Ruck, die Seite nach weiteren, nützlichen Informationen zu durchforsten. Ihr Ziel, betreffend der Recherche, deckte sich auch mit den Zielen der Menschenrechtsorganisation: Die unerträgliche Kontinuität, mit der Rassismusbetroffene, weiße Personen in Gewahrsam starben, und das Aufzeigen von institutionellem Rassismus.

Wieder leuchtete Annas Handy auf, als die nächsten News-Updates angezeigt wurden. Sie öffnete die Vorschau und las die Worte: »Schockierendes Video zu Todesfall eines 19-Jährigen aufgetaucht!« – »Video zeigt, wie Polizei einen 19-Jährigen erschießt – Justizministerin ruft zur Ruhe auf!«

Anna blieb die Luft weg. Eine tiefgreifende Panik erfasste sie. *Die werden die Bilder doch nicht etwa zeigen? Oh Gott, bitte lass das nicht wahr sein – bitte lass den Jungen nicht vor aller Augen gestorben sein!*

»Das Ministerium bittet darum, das zutiefst verstörende Video nicht aufzurufen und die Würde des Verstorbenen zu wahren und sich selbst vor den grausamen Bildern zu schützen«, las Anna in einer Online-Zeitung weiter.

*Seit dem späten Nachmittag verbreitet sich ein Video viral, das offenbar zeigte, wie ein Polizist den Fahrer eines roten Rollers in der südlichen Vorstadt erschießt. Medienberichten zufolge handelt es sich um einen 19-jährigen, weißen Jungen, der sich geweigert hatte, den Aufforderungen der Polizeibeamt*innen Folge zu leisten und beim Anblick der Polizist*innen zu fliehen versuchte.*

*Das auf Social Media zirkulierende Video stellt die Darstellung der Polizei und die Stellungnahme der Justizministerin infrage. Es zeigt, wie einer der Polizist*innen den bereits von einem vorangegangenen Sturz verletzten Mann mit seiner Dienstwaffe in die Brust schießt. Der Flüchtige erlag noch am Tatort seiner Schussverletzung.*

Die Justizministerin hat umgehend weiterführende Untersuchungen angekündigt und ruft die Öffentlichkeit dazu auf, Ruhe zu bewahren, da sie Ausschreitungen aufgrund des Vorfalls befürchtet.

Anna spürte, wie sich ihr Magen schmerzhaft verkrampfte. Sie hob den Kopf und traf den besorgten Blick von Katrin, die ihr gegenübersaß. »Hast du das auch gerade gelesen?«

»Ja, das ist schrecklich. Guck dir nicht das Video an.« Die Humanity-International-Gruppe ließ ihre Nachrichten systematisch filtern, um sich vor diskriminierenden Inhalten zu schützen, und das hatte dafür gesorgt, dass ihnen das Video nicht gleich angezeigt worden war. Aber wie viele Betroffene wohl das Video einfach in die Timeline gespült bekommen und es unwillentlich gesehen hatten? Wie viele wurden von den Bildern traumatisiert?

»Aber wir sind uns doch auch einig«, sagte Ella ruhig und zog jedes Wort dabei in die Länge, um sie zu betonen, »es ist wichtig, dass die Schwarzen sehen, was es für Betroffene bedeutet, wenn sie davon sprechen, dass Rassismus tötet. Sie müssen es selbst sehen, was es heißt, weiß zu sein.«

Anna nickte, denn sie fand, dass Ella einen guten Punkt hatte. Bevor sie sich umdrehte und Awa suchte, die in einem anderen Bereich des Büros war, wo sie gemeinsam mit Lena an einem Tisch saß und sich telefonisch mit anderen Aktivist*innen-Gruppen besprach. Es war Annas erster Impuls gewesen, ihre Freundin zu schützen, weil sie wusste, dass Awa es ebenfalls nicht verkraften würde, das Video zu sehen. Allein der Fakt, dass dieses Video viral ging, könnte ihre Freundin in ein tiefes Loch reißen. Sie musste Awa die Nachrichten unbedingt schonend beibringen.

Awa sah von ihrem Handy auf, als sie Anna aus dem Augenwinkel zu sich eilen sah, und legte ihre Stirn in leicht gerunzelte Falten. Sie wandte sich kurz wieder dem Telefonat zu. »Alles klar, danke dir und denk dran: Touch one - touch all, nur gemeinsam können wir was ändern! Ja, bis bald und pass auf dich auf.« Sie legte auf und sah Anna forschend an: »Was ist los?«

Anna zog einen Stuhl an sich ran und setzte sich neben ihre Freundin.

»Bitte heute keine schlechten Nachrichten mehr«, bat diese und legte ihr Gesicht erschöpft in die Hände. »Ich weiß wirklich nicht, wie viel ich heute noch verkraften kann, und ich will mir gar nicht vorstellen, wie es dir oder anderen Betroffenen geht.«

Jetzt sah Anna, wie müde ihre Freundin aussah. Auf dem sonst so ebenmäßigen Gesicht hatten sich tiefe Schatten unter die geröteten Augen geschlichen.

»Ich bin okay«, sagte Anna, um ihrer Freundin die Sorge zu nehmen, und fuhr mit gedämpfter Stimme fort: »Es gibt Videoaufnahmen, auf denen man die Ermordung des Jungen sieht. Ich wollte, dass du das weißt, bevor du es aus Versehen anklickst.«

»Ein Video? Wer hat es aufgenommen? Woher kommt es?«, fragte die Freundin, deren Stimme aufgewühlt zitterte.

Anna griff nach ihrer Hand und begann sie sanft zu streicheln. »Ich weiß es nicht. Ich denke, wir werden in den nächsten Stunden mehr darüber erfahren. In den Nachrichten warnen sie ja auch schon vor den expliziten Bildern.«

Awa starrte in die Luft und durch Anna hindurch. Dann fasste sie sich wieder. »Gibst du mir eine Minute? Ich muss die Informationen erst einmal verarbeiten. Alles hier erinnert mich auch an Alex, und ich weiß gerade noch nicht, wie ich damit umgehen soll.«

Anna verstand ihre Freundin nur allzu gut und dennoch war sie erleichtert darüber, dass sie es gewesen war, die Awa die Neuigkeiten schonend beigebracht hatte, denn andere, wie Jürgen, hatten die Informationen über Social Media erhalten und das grausame Video gesehen.

»Leute!«, rief Lena mit lauter Stimme in den Raum, sofort unterbrachen alle ihre Arbeit und geflüsterten Gespräche. »Ihr habt es sicherlich gerade mitbekommen: Es gibt Aufnahmen davon, wie diese Schweine den Jungen exekutieren. Tausende Leute sind auf den Straßen, um gegen die Polizei und die Staatsgewalt zu demonstrieren. Ich glaube, es ergibt jetzt keinen Sinn mehr, uns hier hinter den Schreibtischen zu verschanzen. Wir müssen jetzt da raus, unsere Leute unterstützen!«

»Na endlich, ich dachte schon, wir würden hier nie rausgehen und nur online unsere Belange vertreten.« Ella sprang energisch aus ihrem Stuhl und klatschte laut in die Hände.

Jürgen, der weniger begeistert wirkte und mit der Schuhspitze einen Kreis vor sich auf den Boden zeichnete, räusperte sich. »Ich möchte jetzt nicht die Stimmung noch mehr runterreißen, aber ich würde gerne Anna und Awa fragen, was sie davon halten und wie es ihnen damit geht.«

Alle Augen richteten sich auf die beiden Freundinnen, und Awa zog unschlüssig die Schultern hoch. Einerseits war Anna ihm dankbar, andererseits hätte sie sich gewünscht, dass Jürgen sie diskreter, gerne unter vier Augen gefragt hätte, statt sie so in den Mittelpunkt des Geschehens zu rücken.

Aber wie sie alle spürte auch Anna, dass der Tod des Jungen, anders als es bei der Ermordung von Alex gewesen war, dieses Mal nicht einfach hingenommen werden würde.

Anna, die erleben und ertragen musste, dass ihr ermordeter Bruder und sie kriminalisiert wurden, war sich schmerzlich bewusst, dass die Bewegung gegen Diskriminierung bald auf diejenigen treffen würde, die an rassistischen Ansichten festhielten und Menschen wie dem 19-Jährigen, ihrem Bruder und ihr nicht weniger als den Tod wünschten.

»Ich glaube, dass es wichtig ist, dass wir uns den Demonstrationen anschließen«, sagte Anna überzeugt. »Und ich glaube auch, dass wir einen Fehler machen, wenn wir uns weiterhin *Humanity International* nennen, weil wir uns explizit für das Leben weißer Menschen einsetzen. Was haltet ihr davon, wenn wir uns in ‚White Lives Matter' umbenennen?« Sie ließ ihren Blick über die Gruppe schweifen, ließ ihren Freund*innen die Zeit, die Worte auf sich wirken zu lassen. Nervös ließ sie ihre Finger knacken.

»Das ist es!«, schrie Awa begeistert, und die anderen stimmten mit ein. »Anna, du bist ein Genie! Du hast absolut recht.« Sie ging schnellen Schrittes auf ihre Freundin zu und fiel ihr um den Hals.

»Yes, das ist wirklich eine fantastische Idee!«, stimmte nun auch Ella zu. Sie und der Rest der Gruppe taten es Awa gleich, und so lagen sich alle in den Armen.

»White Lives Matter!«, riefen sie laut, während sie einander fest umarmt hielten.

Stand die Gruppe der Aktivist*innen anfangs noch unter Schock, so lag nach den neuen Erkenntnissen eine Wut in der Luft, die wie eine schwere Decke alle anderen Gefühle unter sich erdrückte. Niemand hatte es mehr fertiggebracht, seiner Aufgabe nachzugehen. Es gab nichts, was sie noch in diesem Büro hielt. Und selbst diejenigen, die zur Ruhe mahnten, wie Anna und Lena es taten, taten dies nicht aus reiner Überzeugung, sondern aus der Sorge vor einer Eskalation. Und während Anna alles gab, um die aufkeimende Wut zu unterdrücken, begann Awa die Stimmung aufzuheizen.

Anna hätte ihr am liebsten erklärt, weshalb es Awa so viel leichter fiel, ihren Gefühlen freien Lauf zu lassen. Aber was sollte sie ihr noch sagen, das sie im Grunde schon längst hätte begreifen müssen: Schließlich war es nicht Awa gewesen, die sich nach der Ermordung von Alex vor Gericht, trotz ihrer Unschuld, hatte verteidigen müssen. Nicht Awa galt jetzt als vorbestraft, obwohl sie unschuldig war. Awa war nicht weiß und konnte es sich deshalb erlauben, ihren Gefühlen nachzugehen und sich von der Wut hinreißen zu lassen.

TALKIN' BOUT A REVOLUTION

*Nach den tödlichen Schüssen auf einen weißen 19-Jährigen durch die Polizei kommt es landesweit zu Protesten und Ausschreitungen! Trotz Apellen der Justizministerin und der Polizeibehörde zur Besonnenheit eskalieren die Demonstrationen gegen diskriminierende Polizeigewalt im Süden. Ein viel verbreitetes Video widerlegt die offizielle Darstellung des Vorfalls und zeigt massive Polizeigewalt gegen das Opfer. Die Folge sind weitreichende Unruhen, mehrere hundert Festnahmen und gewalttätige Auseinandersetzungen zwischen der Polizei und mit Molotow-Cocktails bewaffneten Demonstrant*innen.*

*Expert*innen, wie Lena Hoffmann von der Initiative »White Lives Matter«, sehen in Fällen mutmaßlicher Polizeigewalt ein strukturelles Problem und fordern in einem offenen Brief unabhängige Untersuchungen. Anna Heinrich, die ebenfalls Gründungsmitglied der »White Lives Matter«-Initiative und die Schwester eines ebenfalls in polizeilichen Maßnahmen verstorben weißen jungen Mannes ist, mahnte in einem Posting der Initiative zur Ruhe und warnte vor einer Eskalation der Gewalt!*

Annas Vater hielt nach den letzten Worten den Videoclip des öffentlichen Senders an. »Du weißt, wir sind stolz auf dich, Anna, aber ist das nicht gefährlich für dich, wenn du dich da in die Öffentlichkeit stellst?«

Die Mutter saß auf der Couch und hielt eine Tasse Tee in ihren zitternden Händen. Anna fiel auf, wie alt und geschunden die Hände ihrer Mutter plötzlich wirkten. Die Frau, die stets so viel auf ihre gepflegten Hände gegeben hatte, trug schon lange keinen modischen Nagellack mehr.

Anna war, nachdem sie einen langen Tag im Büro gehabt hatte, zu ihren Eltern gefahren. Es tat ihr leid, dass sie erst am späten Abend dazu kam. Sie wusste, dass sich ihre Eltern Sorgen machten, da Anna schon mehrmals in ein Tief gefallen war und die über ihr schwebende Bedrohung sich seit dem Schritt in die Öffentlichkeit verstärkt hatte. Sie wollte die Hand ihrer Mutter halten, aber diese entzog sich ihr und starrte irgendwie kühl, fast abweisend, an ihrer Tochter vorbei.

»Was soll ich euch jetzt dazu sagen? Ja, es ist gefährlich, und ja, es macht mir Angst. Aber auch wenn ich nichts sage, ist es gefährlich. Alex stand nicht in der Öffentlichkeit. Er hat sich nicht politisch so vor aller Welt geäußert, wie ich es jetzt tue, und trotzdem ist er tot«, sagte Anna und bemerkte, als sie ihre Mutter zusammenzucken sah, dass ihre Stimme schärfer klang, als sie beabsichtigt hatte. »Er ist tot, weil er weiß war. Das ist alles! Es gibt keinen anderen Grund und mir kann dasselbe passieren, egal was ich tue oder nicht.«

Anna hoffte, zu ihren Eltern durchzudringen, doch das Gegenteil trat ein, und während ihre Mutter sich noch mehr verschloss und nun den Kopf von ihrer Tochter abwandte, quälte sich ihr Vater langsam aus seinem Sessel und verließ das Wohnzimmer. Die Schlafzimmertür fiel krachend zu, und Anna beschloss, dass es jetzt keinen Sinn mehr ergab, noch weiter mit ihren Eltern zu diskutieren. Statt, wie sie es sich eigentlich vorgenommen hatte, auf der Couch ihrer Eltern zu übernachten, raffte sie sich noch einmal, trotz der erschöpfenden Müdigkeit, auf, gab ihrer Mutter einen Kuss auf die Wange, flüsterte: »Ich hab euch lieb«, verließ die elterliche Wohnung und fuhr nach Hause zu Frau Okyere.

Zuhause angekommen legte sie sich direkt in ihr Bett und fiel in einen tiefen Schlaf. Am nächsten Morgen wachte sie gerädert auf und entschied, dass es das Beste sei, wenn sie noch eine Weile liegen bliebe, um den letzten Tag Revue passieren zu lassen. Sie dachte darüber nach, dass sie sich unsicher gefühlt hatte, als die Menge vor dem Rathaus immer dichter geworden war.

Gemeinsam war White Lives Matter zum Platz vor dem Rathaus gefahren und hatte sich den Demonstrierenden angeschlossen. Der Platz war überflutet von Menschen gewesen, die Schilder hochhielten und Parolen riefen, ihre Stimmen zu einer Woge der Empörung vereint. Anna hatte nachgegeben und ihre Gruppe begleitet, obwohl sie sich selbst nicht in der vordersten Reihe sehen wollte. Awa hingegen strotzte vor wilder Entschlossenheit.

Als die Sprechchöre von zornigem Geschrei übertönt wurden, begann die Stimmung zu kippen, und Anna sah Steine fliegen, die in die Schaufenster von Geschäften geworfen wurden. Vor ihrem inneren Auge sah Anna wieder das Bild des jungen Mannes: Sein Gesicht vor Wut verzerrt, brach er eine Holzlatte von einer Baustellenbegrenzung ab und zerstörte die kolonialen Waren, die als Souvenirs im Schaufenster eines Geschäfts auslagen. Glasscherben waren überall lautstark zu Boden geklirrt.

Die Angriffslust in den Augen des jungen Mannes ließ Anna nicht mehr los. Bei dem Gedanken daran begann ihr Herz wieder zu rasen und sie setzte sich aufgewühlt in ihrem Bett auf. Einerseits, weil alles in ihr schrie, dass dieses Verhalten abzulehnen war, andererseits konnte sie die Wut und Empörung so gut nachempfinden. Sie musste zugeben, dass die Reaktion durchaus ihre Berechtigung hatte, ja, angemessen gewesen war, wenn man bedachte, dass innerhalb kürzester Zeit zwei junge weiße Männer durch rassistische Polizeigewalt ermordet worden waren.

Selbstverständlich hatte sie ihren Eltern versprochen, sich nicht in gefährliche Situationen zu begeben, und das Versprechen lag wie eine unsichtbare Kette um Annas Brust und zog sie weg von der wütenden Menge, weg von den brennenden Barrikaden.

Aber während sie sich langsam von der Menge abgewandt hatte, hatte ein stechendes Schuldgefühl an ihr genagt. Mit jedem Schritt, den sie sich weiter vom Platz entfernt hatte, war das Schuldgefühl in ihrem Herzen gewachsen und drohte sie zu erdrücken. Sie wusste, dass sie ihre Gruppe im Stich ließ, dass sie diejenigen zurückließ, die gegen die Ungerechtigkeit protestierten. Trotzdem hatte Anna sich gezwungen weiterzugehen, und die Stimmen der Demonstrierenden waren leiser geworden, bis sie schließlich ganz verschwunden waren.

Ich bin eine Verräterin. Sie gehen auf die Straße - für Alex, deinen Bruder, der Opfer dieses Systems geworden ist, und du verkriechst dich.

Anna zog die Beine an sich heran und umklammerte sie, als sie die raue Stimme ihres Bruders Alex vernahm, der zu ihr sprach: »Du kannst dich nicht verstecken, Anna! Es ist an der Zeit, dass du dich deinen Ängsten stellst. Lass meinen Tod nicht umsonst gewesen sein. Lass nicht zu, dass sie mich vergessen machen. Hörst du, kleine Schwester? Ich bin auf deine Stimme angewiesen. Ich brauche dich!«

Anna, die unbemerkt zu weinen begonnen hatte, nickte unter Tränen. Sie hatte ihren Bruder verstanden und wusste, was sie zu tun hatte, doch es dauerte ein paar Tage, bis sie sich dazu durchringen konnte. Zu groß war der Schock und das Verantwortungsgefühl ihren Eltern gegenüber, die vor Sorge um den Verlust ihres letzten geliebten Kindes keinen Schlaf fanden.

Während ihre Freund*innen die nächsten Tage auf der Straße waren, zog sich Anna ein paar Tage zurück, um das chaotische Durcheinander ihrer Gefühle in Ruhe ordnen und mit neuer Kraft aktiv handeln zu können. Dennoch war ihr auch schmerzhaft bewusst, dass sie sich nicht davor schützen konnte, der harten Realität ins Auge zu blicken.

Frau Okyere hatte in den letzten Tagen besorgt Annas abwesenden Blick und die hängenden Schultern bemerkt. Eines Abends, als die Dämmerung die Stadt in ein sanftes Blau tauchte, bat sie Anna zu sich ins Wohnzimmer.

Sie hatte eine Karaffe mit gekühltem Tee bereitgestellt und einige Snacks sorgfältig auf einem Tablett arrangiert – kleine Plätzchen, Mandeln und frisches Obst. Das tat sie immer, wenn die beiden Freundinnen den Abend gemeinsam verbrachten. »Quality Time«, nannte sie das, und ihre Fürsorge wärmte Annas Herz.

Anna roch den vertraut intensiven Duft des Tees, der sich durch die Luft des gemütlichen Zimmers zog, als sie zögernd auf das weiche Polster sank. Sie lehnte sich in die Kissen und zog ihre Beine an, ihre Finger spielten nervös mit dem Saum ihres T-Shirts.

»Hier, Liebes, nimm dir ruhig was. Du hast den ganzen Tag über kaum etwas gegessen«, sagte Frau Okyere mit ihrer warmen, beruhigenden Stimme, wobei Anna glaubte, einen mahnenden Unterton auszumachen. Aber jetzt, da sie es sagte, fiel Anna auf, dass sie tatsächlich noch nichts gegessen hatte.

Sie verwöhnt mich immer so sehr, dachte Anna. Wenn sie an diese selbstlose und warmherzige Frau dachte, schöpfte sie neue Hoffnung, dass nicht alle Menschen der Mehrheitsgesellschaft sie verurteilten oder glaubten, die Diskriminierung weißer Menschen wäre gerechtfertigt.

Frau Okyere beobachtete sie still, wartete, bis Anna den ersten Bissen heruntergeschluckt hatte, bevor sie das Gespräch behutsam begann. »Anna, wir müssen reden. So kann es nicht weitergehen. Du igelst dich ein und sperrst die Welt aus. Und ich weiß, dass es dir schwerfällt und du Angst vor der eigenen Courage hast, aber du darfst die Angst nicht Oberhand gewinnen lassen!«

Anna sah ihrer Freundin in die alten, weisen Augen, die sie jetzt herausfordernd anfunkelten.

»Anna, was willst du eigentlich tun?«, fragte sie geradeheraus.

Anna schwieg und überlegte. Die Frage hatte sie total überrumpelt. Eigentlich war sie sich immer sicher gewesen, was sie im Leben erreichen wollte und wohin ihr Weg sie führen sollte. Das hatte schon so lange für sie festgestanden, dass sie sich nicht mehr daran erinnern konnte, ob es je anders für sie gewesen war. Seit sie denken konnte, wollte sie studieren und die Erste ihrer Familie sein, die einen akademischen Titel vorweisen konnte.

»Kannst du mir das beantworten?«, fragte Frau Okyere vorsichtig.

Und Anna war doch nicht sicher, ob sie es konnte. »Was soll ich nur tun?«, fragte sie sich. Sie biss sich auf die Innenseite ihrer Wange. »Ich möchte mich nicht mit Gewalt gegen die Gewalt stellen, so sehr ich auch verstehe, dass es für andere der einzig richtige Weg ist, um etwas zu ändern. Ich kann das nicht. Dafür bin ich zu schwach.« Die schonungslose Wahrheit, so schmerzhaft sie auch sein mochte, brachte Anna auch eine wichtige Erkenntnis. Sie nickte bedächtig.

»Diese Frage hat sich mir nie gestellt, um ehrlich zu sein«, gab sie zu. Jetzt schwieg auch ihre Freundin eine Weile und betrachtete ihre schlanken Hände. Sie faltete die Hände in den Schoß.

»Weißt du, ich bin in einem Alter, in dem ich auf mein Leben zurückblicke und sagen kann, dass ich vor allem die Entscheidungen bereue, die ich aus Feigheit getroffen habe.« Anna wollte widersprechen und erklären, dass sie nicht feige war, zumindest jetzt nicht mehr, doch Frau Okyere fuhr unbeirrt fort: »Es sind die Entscheidungen, die mich sehr viel Mut gekostet haben, die ich am Ende nie bereut habe! Und manchmal erfordert es den größten Mut, sich einzugestehen, dass man aufgeben möchte!«

Anna verstand erst später, als sie noch einmal in Ruhe über das Gespräch nachdachte, was ihr Frau Okyere damit hatte sagen wollen, und traf nun endlich die Entscheidung, die ihr ganzes Leben verändern sollte.

Frau Okyere riet Anna, sich mit Noah in Verbindung zu setzen, in der Hoffnung, dass er eine Idee hätte, mit der man die hinterbliebene Familie des 19-jährigen Motorrollerfahrers unterstützen könnte, der durch die Polizist*innen erschossen worden war. So hatten Noah und Anna gemeinsam eine Strategie erarbeitet, die es Anna erlaubte zu helfen, ohne sich wegen ihrer Vorstrafe in die Gefahr zu begeben, sich erneut strafbar zu machen. Anna arbeitete Verfahrensweisen aus, um die öffentliche Diskussion in eine Richtung zu lenken, die über die anfängliche Wut und Empörung hinauswirken würde, und stellte der Gruppe aufgeregt ihre Ideen vor. Sie führten Interviews mit anderen Organisationen, wie Death in Custody, die über die institutionelle Diskriminierung Weißer aufklärten, sprachen aber auch mit den Eltern und Geschwistern über das Leben des Jungen und posteten dies auf ihren Social-Media-Kanälen. Auch Noah Okyere hatte der Gruppe ein Interview gegeben, in dem er die Forderung der White-Lives-Matter-Initiative nach einer unabhängigen Kontrollinstanz befürwortete, die die Einzelfallthese widerlegen und die Institution zu einer Reformierung nötigen würde.

Sie schafften es sogar, diejenigen in der Gruppe zu überzeugen, die ihre Ablehnung der Gewalt als feige und unaufrichtig empfunden hatten. Vor allem Annas Ausarbeitung eines Kostenplans, den sie gemeinsam mit Noah zur juristischen Vertretung der Familie des getöteten Jungen geplant hatte, stieß auf große Anerkennung. So war es der Gruppe nämlich möglich gewesen, einen Spendenaufruf zu formulieren und Geld für die Hinterbliebenen zu sammeln.

Sie wusste, dass es nichts daran änderte, dass so mancher sie als feige empfand, da sie nicht wie andere direkte Gegenwehr ausübte, aber ebenso war es ein wichtiges Argument, dass niemand von ihnen sonst vorbestraft war. So konnten sie Annas Zurückhaltung zumindest etwas nachvollziehen. Anna war es egal, dass nicht jede*r sie in diesem Punkt verstand, denn sie wusste, sie konnte sich nicht mit dem Urteil aufhalten, das sich andere über sie machten, wenn sie tatsächlich helfen wollte.

Anna bestand darauf, basierend auf ihren eigenen Erfahrungen mit der mentalen Gesundheit ihrer Mutter, dass eine Finanzierung auch therapeutische Behandlungen umfassen sollte. Sie war sich bewusst, dass neue Handyverträge, Meldebeschränkungen und Social-Media-Betreuung für die Familie eine finanzielle und emotionale Belastung bedeuten konnten. Dieser Hinweis wurde von der Gruppe überrascht und dankbar aufgenommen.

All das floss in den Finanzplan und auf dieser Basis hatte die Gruppe gemeinsam einen Spendenaufruf organisiert. Die Unterstützung, die sie für die Spendenaktion erhielten, war überwältigend und erfüllte sie alle mit unendlicher Dankbarkeit. Anna hatte dennoch das Gefühl, im Vergleich zu denen, die sich jeden Tag auf der Straße für sie selbst und andere lautstark einsetzten, nicht genug getan zu haben.

Anna machte sich große Vorwürfe und hatte das Gefühl, ihren Bruder erneut im Stich zu lassen. So, als würde sie wieder dabei zusehen, wie er ermordet wurde, während sie sich nicht imstande sah, sich gegen die Widerstände zur Wehr zu setzen. Dass sie, wie nach dem Tag der ersten Demonstration, immer wieder Alex' Gesicht sah, der sie traurig anblickte, half nicht wirklich dabei, die Schuldgefühle abzuschütteln.

Anna machte sich auch große Sorgen um Awa, die kaum noch zu den Treffen der Gruppe kam, sondern ihre Zeit mit anderen auf der Straße verbrachte, um zu demonstrieren. Sie hatte das Gerücht gehört, dass ihre Freundin sogar so weit gegangen war und einen Molotow-Cocktail gegen einen fahrenden Mannschaftswagen geworfen hatte. Als sie Awa darauf ansprach, ließ sie Anna jedoch auflaufen. »Mach du, was du für richtig hältst, und ich mach mein Ding, okay?«, warf sie der verdutzen Anna an den Kopf und stampfte wütend davon.

Es schien, als hätte sich ihre Freundin radikalisiert, was für Anna durchaus verständlich war. Dennoch lag ihr Awa so am Herzen, dass sie verängstigt darüber war, dass ihr etwas passieren könnte. Als sie sich mit ihren Bedenken vertraulich an Jürgen wandte, winkte der mit den Worten: »Awa ist schwarz, der passiert schon nix!«, ab. *Wahrscheinlich hat er recht damit,* dachte Anna und hing dem Gedanken traurig nach. »Diese Freiheit, keine Angst um Leib und Seele haben zu müssen und das tun zu können, was Awa jetzt macht, ist ein verdammtes Privileg!«, resümierte sie.

Anna verurteilte niemanden, der oder die sich in dieser Situation dazu entschloss, sich mit allen Mitteln gegen die Diskriminierung zu stellen. Sie selbst konnte nur einfach keine Gewalt mehr ertragen, denn davon hatte sie zu viel erfahren.

So schmerzhaft die Auseinandersetzung mit Awa auch gewesen war, half sie ihr dabei, für sich einen Weg zu finden, der sich richtig anfühlte. Einen Weg, der ihren Fähigkeiten gerecht wurde und der sie dazu zwang, ihr Talent auszuschöpfen. Ihr machte es Angst, und das konnte man als feige empfinden, aber Anna hoffte, in Zeiten der gesellschaftlichen Anspannung vermitteln zu können. Und so setzte sie sich an ihren Schreibtisch, holte all die Notizen hervor, die sie bei ihrer langen Recherche gesammelt hatte, all die Textausschnitte, die sie geschrieben hatte, als sie nicht wusste, wie sie ihre Gefühle einordnen sollte. Nun hatte sie ein Ziel, einen roten Faden. Und sie wusste, wie sie all diese Gedanken miteinander verbinden musste, um ein Buch zu schreiben, das Rassismuserfahrungen nahbar machte.

STRANGE FRUIT

Norden, 1977
Stefan

Der Stuhl zerbrach scheppernd an der Wand. Der Putz rieselte leise auf den Boden und mischte sich mit der Lache aus Blut, Urin und Erbrochenem. Stefan versuchte ruhig durch die Nase zu atmen, doch sie war so geschwollen, dass er gierig durch den Mund nach Luft schnappte.

Wie die Fische im Netz ihrer Fänger, schoss es durch seinen schmerzhaft hämmernden Kopf. Die Luft schnitt beißend in die offenen Wurzeln seiner verbliebenen Zähne. Seine Peiniger hatten sie ihm erst einzeln mit einer stumpfen Zange gezogen, wobei die Zähne teilweise mürbe in einzelne Teile zerbrachen, bis die Männer dazu übergingen, sie ihm einfach auszuschlagen.

Sie waren fünf Polizeibeamte und der Polizeichef Matombo höchstpersönlich. Vor rund einem Monat hatten sie ihn erneut verhaftet, weil er gegen die Auflagen verstoßen und sich politisch aktiv gegen die Apartheit engagiert hatte. Seine Sinne waren noch damit beschäftigt, den Lärm des zerbrechenden Stuhls zu verarbeiten, als sich das Gebrüll des Polizisten in sein Bewusstsein drängte. »Du stures Stück Scheiße denkst also wirklich, du könntest das hier noch weiter aushalten, bevor du aufgibst?!« Die laute Stimme bohrte sich penetrant in Stefans Gehörgang und arbeitete sich erst in sein Hirn. Schließlich begriff auch sein Herz, was ihm schon lange Zeit hätte klar sein müssen, er sich aber geweigert hatte, zu akzeptieren.

Ihr werdet mich nicht brechen, hatte er sich damals noch eingeredet. Er hatte sich gewehrt, um sich getreten, geschrien, geweint und gespuckt, doch nichts half, nichts hatte sie aufhalten können. »Gott, vergib mir, ich kann nicht mehr. Vergib mir, dass ich meine Leute und dich enttäusche. Ich bitte dich, Herr, mach dem ein Ende. Mach, dass sie es endlich zu Ende bringen«, flehte er und spürte, wie eines der Holzbeine hart auf seine Schädeldecke einschlug. Sein Körper zuckte nicht einmal mehr unter der Erschütterung, sondern sackte nur noch schlaff zusammen.

Danke, Gott!, dachte Stefan, bevor sein Bewusstsein, hier im Raum 6-1-9, für immer schwand.

IF I RULED THE WORLD

Das nächste Dreivierteljahr war extrem hart, weil Anna sowohl studierte als auch an ihrem Buch schrieb. Würde Frau Okyere sie nicht immer wieder bekochen oder ihre Eltern nicht mit Essen vorbeikommen, hätte sie sicherlich gänzlich vergessen zu essen. Auch ihre treue Freundin Olu kam immer wieder vorbei und holte Anna für einen Spaziergang an der frischen Luft aus ihrem Zimmer. Ihre Arbeit bei White Lives Matter musste sie ein wenig vernachlässigen, was ihr die anderen etwas übelnahmen, da Anna eine treibende Kraft war. Aber Anna versprach, dass sie bald - wenn sie ihr Studium abgeschlossen hatte - zurückkommen würde.

Und endlich, nach all den Entbehrungen und der harten Arbeit, war es so weit: Anna hatte ihr Studium abgeschlossen, und sie war mehr als zufrieden mit ihrer Note.

Jetzt konnte sie sich wieder hundertprozentig ihrer Berufung widmen. All die faszinierenden Recherchen, die sie während ihres Studiums nicht weiterführend nutzen konnte, hatten ihr ein tiefes Verständnis und umfangreiches Wissen vermittelt, das sie unbedingt mit der Welt teilen wollte. So hatte Anna in den vergangenen Monaten jede freie Minute ihrem Buchprojekt gewidmet. Sie sah es als ihre Aufgabe an, mit mehr Verständnis für die Geschichte des Rassismus und die strukturelle Diskriminierung eine Brücke zu bauen. Es hieß »Tötet Rassismus« – und schon der Titel sorgte für eine kleine Kontroverse, da Anna entschlossen hatte, das Satzzeichen wegzulassen, um Raum für Interpretation zu lassen. Es arbeitete rassistische Gewalt durch den Staat und die Institutionen sowie Behörden an Fallbeispielen auf und bot den Opfern ein angemessenes Andenken, da Anna auch biografische Beschreibungen hinzugefügt hatte.

Ihr Werk war ein zutiefst persönliches Projekt. Anna hatte das Schreiben genossen, da sie nicht mehr den Druck verspürte, professionell und nüchtern sein zu müssen, oder sich mit Sorgen um die Bewertung des Geschriebenen zu quälen. Sie konnte sich endlich frei ausdrücken, ihre Gefühle und Gedanken einfließen lassen, und das tat sie mit Hingabe.

Dass ein Verlag auf sie zugekommen war und ihr einen Buchvertrag angeboten hatte, war purer Zufall, der sie darin bestärkte, dass sie den richtigen Weg ging. Sie waren über ihr Engagement für White Lives Matter, ihr damit verbundenes öffentliches Auftreten, auf sie aufmerksam geworden und Anna fand, dass sie diese Chance nutzen sollte. Und das tat sie: Nach vielen Monaten harter Arbeit und unzähligen schlaflosen Nächten war es so weit. Ihr Buch wurde veröffentlicht.

Zu Annas Überraschung fand das Werk rasch Anklang, und die Leser*innen waren begeistert von ihrer ehrlichen und leidenschaftlichen Darstellung. Die Resonanz war überwältigend. Schulen und andere Institutionen luden sie ein, um über ihr Buch und ihre Erkenntnisse zu sprechen. Am meisten bedeutete ihr aber, dass ihren Eltern und Freund*innen das Buch gefiel und Anna ihre Begeisterung zeigten. Einmal nahm ihre Mama sie ganz beiläufig in den Arm, küsste sie auf die Stirn und sagte: »Das mit dem Buch hast du wirklich richtig gut gemacht, mein

Kind!« Und genauso beiläufig löste sie die Umarmung wieder und ging geschäftig ihren Erledigungen nach.

Im Mittelpunkt zu stehen, kostete Anna immer noch große Überwindung. Sie hatte sich in den vergangenen zwei Jahren verändert, jedoch ertappte sie sich immer wieder dabei, in alte Muster und Unsicherheiten zu verfallen. Daran änderte auch die neue Aufmerksamkeit nichts, die sie als bekannte Autorin mittlerweile erhielt. Sie nahm die Anfragen zu den Lesungen, Vorträgen und Workshops vor allem deshalb trotzdem an, weil die Einnahmen in ihre Initiative flossen. Sie selbst wollte damit kein Geld verdienen, denn darum war es ihr dabei nicht gegangen.

Nun saß sie auf der Bühne der historischen Stadthalle. Wie gewöhnlich bestand ihr Publikum auch heute vor allem aus schwarzen Menschen aller Schichten und Altersgruppen. Für weiße Menschen war nämlich nichts, was Anna in ihrem Buch ausgearbeitet hatte, noch unbekannt. Sie erlebten schließlich diese Diskriminierung durch die Mehrheitsgesellschaft Tag für Tag. Ihre Community hätte Anna vorwerfen können, dass sie sich entschieden hatte, sich vor allem an schwarze Menschen zu richten und ihnen ihre Erkenntnisse langsam und freundlich näherzubringen. Ihr wurde hoch angerechnet, dass sie sich auf einer ganz anderen Ebene als die anderen Gründungsmitglieder von WLM für Betroffene engagierte.

Anna sah von ihren markierten Seiten auf. Das Scheinwerferlicht ließ sie nur schemenhaft die einzelnen Gesichtszüge erkennen, sie kniff die Augen leicht zusammen und konnte nun sehen, dass die Augen ihrer Zuhörer*innen gebannt auf ihr hafteten.

Anna hob wieder ihr Mikrofon an, lächelte und fuhr fort: »Damals begriff ich, dass nichtbetroffene schwarze Menschen zwar versuchen können, sich einzufühlen, sie aber nie in der

Lage sein werden, das Gefühl komplett nachempfinden zu können. Meine Freundin war tief verzweifelt darüber. Aber es ist ein Fakt, der nicht überwunden werden kann. Die emotionale Kluft zwischen uns basiert auf dem sogenannten ‚Racial Empathy Gap'. Das besagt unter anderem, dass sich Menschen nicht in die Lage jener versetzen können, die Diskriminierungserfahrungen wegen Hautfarbe, Herkunft, Geschlecht und anderen Faktoren machen, wenn sie diese Erfahrungen nicht teilen.« Anna legte eine bewusste kleine Pause ein, sah sich in dem gefüllten Raum um und dachte, dass man hier gerade eine Stecknadel fallen hören würde, so still war es. Hier, in dieser pompösen Halle, hatte sie schon immer selbst einmal sitzen wollen. Selbstverständlich als Zuschauerin, denn der Gedanke daran, dass ausgerechnet ihr diese Ehre einmal zuteil würde, war zu absurd gewesen.

Und jetzt stehe ich hier auf der Bühne, dachte Anna und räumte sich einen kleinen Moment des Triumphs und der Freude ein, bevor sie wieder das Mikrofon zum Mund hob. »So konnte meine Freundin rational verstehen, dass ich als Weiße unter ständiger Diskriminierung litt, aber sich eben nicht vorstellen, wie sich das anfühlt. Und mir gelang es im Gegenzug nicht, meine Gefühle so zu vermitteln, dass sie für Nichtbetroffene nachempfindbar sind. Kurz: Wenn die Selbstwahrnehmung und die Fremdwahrnehmung nicht übereinstimmen, spricht man vom sogenannten ‚Empathy Gap'. Die Folgen können für Betroffene, anders als in meinem Fall, verheerend sein. Das ist vor allem dann der Fall, wenn man sich vor Augen führt, dass die Fehleinschätzung, verursacht durch mangelndes Mitgefühl, insbesondere im medizinischen Bereich tödlich enden kann! Wissenschaftliche Studien zeigen, dass schwarze Ärzt*innen dazu neigen, den Schmerz weißer Patient*innen deutlich zu unterschätzen oder ihn sogar abzusprechen. So besteht die Gefahr, dass weiße Patient*innen länger auf Behandlungen warten müssen und – noch viel schlimmer – häufiger falsch behandelt werden, nicht ausreichend medikamentös versorgt werden, weniger oder gar keine Schmerzmedikation erhalten und dadurch eine höhere Mortalität aufweisen.«

»Und damals wurde mir klar, dass ich es meiner Freundin nicht übelnehmen konnte, dass sie all das nicht wusste. Ich selbst habe mich lange Zeit geweigert, mich mit dem Thema auseinanderzusetzen. Die Konfrontation mit den Fakten zur Diskriminierung hatte ich lange gemieden, weil sie für mich so schmerzhaft real waren. Es war für mich einfacher gewesen, die Diskriminierung, die ich selbst erlebt hatte, als Einzelfälle abzutun. Wenn ich selbst daran schuld war, dass ich beschimpft, beleidigt, bedrängt oder ausgeschlossen wurde, war ich auch diejenige, die das ändern konnte! Es gab mir das Gefühl, nicht hilflos ausgeliefert zu sein und es selbst in der Hand zu haben!«

Ein Raunen ging durch das Publikum und Anna musste darüber schmunzeln, dass sie damals genauso reagiert hatte. Es war immer die Stelle, an der die Leute zu verstehen glaubten, weshalb Anna diesen Weg gewählt hatte, um mit ihnen in den Dialog zu gehen. Denn es war gar nicht unüblich, dass sich privilegierte Menschen, einem ersten Reflex folgend, erst einmal angegriffen fühlten und jegliche Kritik an rassistischem Verhalten mit allen Mitteln, gerne auch dem Gegenangriff, von sich wiesen. Aber Anna gab ihnen, dadurch, dass sie einen so versöhnlichen Ton anschlug und am Beispiel mit dem Umgang in der Auseinandersetzung ihrer Freundin, das Gefühl, dass es nicht darum ging, Vorwürfe zu formulieren, sondern Verständnis und Mitgefühl einzufordern.

»Spätestens als ich miterleben musste, wie mein Bruder von denen ermordet wurde, die eigentlich für unseren Schutz da sein sollten, realisierte ich, wie naiv und egoistisch ich all die

Jahre zuvor gehandelt habe. Naiv, weil ich wirklich daran geglaubt habe, dass man selbst einen Einfluss darauf hat, ob man diskriminiert wird. Egoistisch, weil ich mich daraufhin zurückgezogen habe. Dass es für mich weitestgehend funktioniert hat, die Diskriminierung zu ignorieren, und ich anderen vermittelt habe, dass sie selbst Schuld daran tragen, wenn sie diskriminiert wurden!«

Anna räusperte sich, griff zu dem Glas Wasser auf dem Tisch und trank einen großen Schluck.

»Rückblickend betrachtet weiß ich jetzt, wie ich mein damaliges Verhalten einzuordnen habe: Ich war Token! Ich habe sozusagen als ‚Vorzeige-Weiße' fungiert, wurde als eine scheinbare Ausnahme gezeigt, um die Behauptung zu stützen, dass es kein strukturelles Problem gibt. Und damit habe ich dabei geholfen, die Unterdrückung anderer Weißer zu legitimieren. Ich kann das sagen, ohne große Scham zu empfinden, denn diese würde verhindern, dass ich offen über die Mechanismen und Missstände aufklären kann«, ergänzte Anna mit Blick in ihr Publikum, dessen Silhouetten im Scheinwerferlicht verschwammen.

»Meine Sorge galt damals vor allem mir selbst, auch wenn ich versucht habe, mein Verhalten damit zu entschuldigen, dass ich niemandem Sorgen oder gar Ärger bereiten wollte - vor allem meinen Eltern nicht! Und es hat auch für mich funktioniert, solange ich die Augen davor verschlossen habe, dass egal wie assimiliert ich mich gegeben habe, egal wie sehr ich mich bemüht habe, alles richtig zu machen, es einfach niemals reichen würde. Im Umkehrschluss bedeutet es, dass ich mich, meine Herkunft und Hautfarbe, ja, sogar meine Familie verleugnet habe. Für Schwarze war ich die eine weiße Person, die man als Entschuldigung für das eigene diskriminierende Verhalten nutzen konnte. Ihr kennt diese Sätze: ‚Ich kenne diese eine weiße

Person, die es nicht stört, wenn man sie als Tier bezeichnet!' Oder: ‚Also, ich kenne ja eine Weiße, die lacht mit, wenn man Witze über ihre Hautfarbe macht. Sie verlangt sogar, dass man Witze über sie macht, denn das ist wirkliche Gleichberechtigung.' Und: ‚So schlimm kann das alles ja nicht sein, ich kenne diese eine weiße Studentin, die nicht nur ihren Doktor gemacht, sondern auch eine Stelle an der Uni hat!'«

Sie sah einen großen Afro zustimmend in den hinteren Reihen nicken.

»Es gibt aber nichts, was mich vor der Diskriminierung schützt - oder meint ihr, die Beamten haben mich damals gefragt, ob ich ein guter Mensch bin, meine Steuern pünktlich bezahle, hilfsbereit und höflich bin? Das haben sie weder meinen Bruder noch die anderen Opfer gefragt! Meint ihr, es hätte den Angreifer, der mich damals im Bus beleidigt und bedrängt hat, daran gehindert, mich zu überfallen? Nichts davon konnte ich und kann ich ändern - nur euch, euch kann ich aufklären und bitten einzuschreiten, wenn ihr derartiges Verhalten beobachtet. Ihr Schwarzen, ihr seid diejenigen, die ihr Verhalten reflektieren und verändern könnt!« Anna war bei den letzten Worten laut geworden und ihre Stimme hallte in den Lautsprechern nach. Eine nachdenkliche Stille legte sich über das Publikum. »Und das ist auch der Grund dafür, dass ich jetzt hier sitze und um eure Unterstützung bitte, die Diskriminierung weißer Menschen nicht mehr zu dulden. Den Tod weißer Menschen wegen Diskriminierung nicht mehr hinzunehmen, uns beizustehen und zu schützen. Das ist alles, was ich tun kann!«

Anna klappte ihr Buch zu und legte es zusammen mit dem Mikrofon auf den Tisch. »Habt ihr dazu noch Fragen?«, schloss sie ihre Lesung, wie immer mit der Einladung an die Zuhörer*innen.

Doch statt der Meldungen hallte Applaus durch den Saal der Stadthalle. Anna war gerührt und spürte einen dicken Kloß in ihrem Hals. Es überforderte sie jedes Mal aufs Neue, wenn ihre Leser*innen ihre Begeisterung so überwältigend zeigten. Mit beiden Armen machte sie eine demütige Geste, um ihrem Publikum zu bedeuten, dass ihr die große Ehre fast ein wenig zu viel war. Anna senkte den Kopf, hob die rechte Hand, legte sie auf ihr Herz. Nachdem der Applaus langsam verstummt war, nahm Anna die erste Frage entgegen. Es war ein junger Mann mit einem großen Afro.

»Keine Frage«, sagte der auffallend attraktive junge Mann und rieb sich die Hände, während er weitersprach: »Ich wollte mich eigentlich nur für Ihre wertvolle Arbeit bedanken!« Unter dem zustimmenden Applaus der Zuhörerschaft setzte er sich wieder. Anna spürte, wie sie leicht errötete, und bedankte sich herzlich bei ihm.

Eine ältere schwarze Frau in einem blauen Kleid mit großflächigem gelbem und rotem Blumenmuster und gelbem, leuchtendem Make-up, das sich auf ihrer dunkelbraunen Haut abhob, meldete sich als Nächste. »Wie ist es eigentlich für Ihre Freundin, Frau Malinda, wenn Sie sie als Beispiel für diskriminierendes Verhalten heranziehen?«, fragte sie.

Anna überlegte kurz, hatte die Frau anklagend geklungen, oder bildete sie sich das nur ein? Sie hielt inne, um sich zu sammeln, und antwortete schmunzelnd: »Also, erst mal finde ich es spannend, dass die erste Sorge, nach all dem Gehörten, der schwarzen Person in der Geschichte gilt.« Ein Raunen ging durch den Saal und Anna setzte trotz der Empörung entspannt nach: »Das ist kein Vorwurf, sondern im Grunde eine Bestätigung für das, was ich vorhin beschrieben habe – nämlich eine nachvollziehbare Reaktion, wenn man sich den Empathy Gap vor Augen führt.« Einige Zuhörende nickten bestätigend. Sie hatten etwas Neues gelernt und freuten sich, gleich ein Beispiel dafür zu haben.

»Aber zurück zu Ihrer Frage: Meine Freundin hat das Vorwort zu meinem Buch geschrieben. Wir beide arbeiten nun schon viele Jahre zusammen. Wir haben zusammen gelernt, sind gemeinsam gewachsen und können nun ganz offen kommunizieren, wenn sie sich diskriminierend verhält - wobei das nur noch sehr selten der Fall ist.«

Die Dame in dem bunten Kleid nickte und reichte das Mikrofon wieder an die Moderation, die nach der Eröffnung des Abends mit im Publikum gesessen hatte, bevor sie sich in ihrem Stuhl entspannt zurücklehnte. Eine schwarze junge Frau, die vorne am Rand mit einer Sauerstoffbrille in ihrem Rollstuhl saß und deren Beine ein langer bunter Rock bedeckte, trug ein blütenweißes Shirt mit der Aufschrift »WLM«, die in dicken schwarzen Großbuchstaben über ihre Brust verliefen, meldete sich energisch und konnte es kaum erwarten, das Mikrofon in die Hand zu nehmen. Die junge Frau hatte sich mit der Wahl ihres Outfits als Ally, sogenannte Verbündete, zu erkennen gegeben.

»Es gibt ja dieses Vorurteil der weißen wütenden Frau. Können Sie uns erklären, woher das kommt und warum man weiße Frauen als so wütend wahrnimmt?«, fragte sie und das Beatmungsgerät zischte ins Mikrofon.

Anna nickte. Ihre Annahme, dass sich die Frau als Ally sah, nur weil sie einige Bücher zu diesen Themen gelesen und diskriminierungskritische Veranstaltungen wie diese hier besucht hatte, hatte sie damit bestätigt. Sie gehörte zu jenen, die glaubten, weil sie sensibler für weiße Themen als der Durchschnitt waren, sich darüber profilieren zu können. Anna erwischte sich oft dabei, wie sie solchen Personen am liebsten mit einem Augenverdrehen begegnen würde, aber erinnerte sich daran, dass sie es ja nicht böse meinten.

»Es waren weiße Frauen, die Aufstände gegen die schwarzen Unterdrücker*innen anführten. Es waren weiße Frauen, die die Bürgerrechtsbewegungen angeführt haben«, erklärte Anna. »Und auch wenn in der Schule nicht über diese Geschichten gelehrt wird, führte der Protest und die Wehrhaftigkeit dieser Frauen dazu, dass sie bis heute als feindlich, wütend und gefährlich gesehen und dargestellt werden. Denn sie sind es, die das Patriarchat und die schwarze Dominanzgesellschaft angreifen und verändern wollen!«

Jetzt applaudierte ihr Publikum und Anna entschied, dass jetzt der richtige Zeitpunkt war, den Abend abzuschließen. »Ich hoffe, ich konnte euch einen Einblick in die Lebensrealität eurer weißen Mitmenschen geben und dass ihr verstanden habt, dass wir alle auf eure Unterstützung und Menschlichkeit angewiesen sind.«

RUN THE WORLD

Anna wohnte, obwohl sie sich mittlerweile eine eigene Wohnung leisten konnte, bei Frau Okyere. Ihre Rollen hatten sich im Laufe der Zeit aber angepasst und so war es nun Anna, die der alten Dame Halt gab und sie unterstütze. Auch Annas neue Partnerin Christina war, neben ihren Eltern und Freund*innen, in der seltsam anmutenden WG gern gesehene Gästin. Anna hatte, nachdem ihr Buch ein großer Erfolg gewesen war, Miete bezahlt und die Einkäufe übernommen, so dass für Frau Okyere genug übriggeblieben war, um ihrer Leidenschaft, dem Reisen, auch nach der Aufgabe ihres Jobs im Archiv nachzukommen. Auch Anna hatte ihren Aushilfsjob dort, zu ihrem großen Bedauern, aufgeben müssen. Es gab zu viel zu tun: Die ehrenamtliche Arbeit mit und für die White-Lives-Matter-Organisation, die Arbeit in ihrer eigenen Stiftung, die sie gegründet hatte und die nach Alex benannt war, und die Öffentlichkeitsarbeit, die sie leistete.

Professor Batista hatte ihr damals, als sie die Abschlussarbeit bei ihm abholen gegangen war, von seiner Motivation erzählt – weshalb er sie mit dem Teil der Geschichte konfrontierte. Lachend sagte er, dass er gewusst hätte, dass sie darüber nichts in den Geschichtsbüchern gelesen oder in der Schule gelernt hatte.

Und dass es jetzt an ihr sei, das zu ändern, und sie ja ihr literarisches Können bereits erfolgreich unter Beweis gestellt hätte.

»Deinem Bruder hätte es sehr gut gefallen, wenn du über die Geschichte all unserer Vorfahren schreibst«, sagte ihre Mutter.

»Du hast recht«, murmelte Anna, und Christina griff nach ihrer Hand und drückte sie. Alex hätte es geliebt und wäre stolz auf sie gewesen.

Noch am gleichen Abend, nachdem sie Christina nach Hause gefahren hatte und zu sich zurückgekehrt war, fing sie an zu schreiben. Sie machte es sich mit einem großen Becher dampfendem Tee an ihrem Schreibtisch gemütlich und öffnete eine neue Datei. Die bläuliche Helligkeit des Bildschirms spiegelte sich in ihren Augen wider, während ihre Finger zielsicher über die Tasten glitten.

Sie brauchte nicht erst lange zu überlegen oder zu recherchieren, da sie sich schon so viel angelesen hatte, zudem trug sie die Geschichten ihrer Vorfahren bereits in sich.

Der Raum um sie herum war still, nur das leise Summen des Laptops und das rhythmische Klackern der Tasten erfüllten die Luft. Draußen war die Welt dunkel und ruhig, ein sanfter Wind strich durch die Bäume vor ihrem Fenster.

Sie versank in die Geschichten, über die sie so viel gelesen hatte, legte all ihre Emotionen in die Worte, die sie schrieb.

Westen, 12. April 1860
Mathilda

»Ihr könnt bei dem Versuch zu fliehen sterben«, mahnte sie die kleine Gruppe, die sich um sie versammelt hatte. »Ihr werdet aber gewiss entweder unter den Strapazen der Ausbeutung zusammenbrechen oder die Hiebe eurer Besitzer werden euch irgendwann umbringen!«, und starrte jedem von ihnen nach nacheinander in die müden Augen. Sie nahm niemanden mit, der nicht mitwollte. Sie konnte sich keinen Ballast erlauben. Das hätte sie alle nur zusätzlich gefährdet. Und ja, die Wahrscheinlichkeit, dass sie entdeckt wurden und es sie das Leben kosten würde, war groß, aber sie hatte nicht vor, das Risiko noch unnötig zu vergrößern! Dieses Mal waren es sechs gewesen, die sich ihr angeschlossen hatten und auf den Fluchtweg begeben wollten. Eine Gruppe von vielen, die sie auf der Fluchtroute begleitete. Und immer noch zu wenige von ihnen, die sie retten konnte. Oft genug verzweifelte sie darüber. Wie viele von ihnen würden noch diese Lebensumstände ertragen müssen? Wann würden die Schwarzen aufhören, sie unter menschenunwürdigen Umständen auszubeuten und zu quälen?

»Ihr habt mich verstanden, oder? Ihr wisst, dass ich euch nicht versprechen kann, dass ihr es schafft?«, fragte sie.

»Ich kann euch nur versprechen, dass ich alles tun werde, um euch zu helfen! Alles dafür tue, damit ihr frei seid, und dass ich bereit bin, dafür mein Leben zu geben!«, sagte die weiße alte Frau mit dem vernarbten Gesicht.

Auch in den nächsten Tagen schrieb sie, wann immer die Zeit es zuließ, recherchierte, strukturierte und versuchte sie, die historischen Quellen nicht aus dem afrozentristischen Blickwinkel zu betrachten und auszuwerten. Vor allem war ihr Anspruch an sich selbst, keine künstliche Opferinszenierung zu performen, sondern mit ihrem Werk eine plurale, also mehrdimensionale Darstellung zu schaffen. Genauso wichtig wie die Vielschichtigkeit der Geschichten und ihrer Protagonist*innen war es, dass Anna versuchte, nicht in die Falle zu tappen und aufgrund ihres Bildungsstatus ihre Formulierungen zu akademisch zu halten. Sie wollte, dass ihr Buch für alle zugänglich war. Sie arbeitete gerade an dem Text über eine Freiheitskämpferin aus dem 19. Jahrhundert, die weitestgehend in Vergessenheit geraten war. An Geschichten wie der jener Frau arbeitete Anna mit besonderer Hingabe. Es war nicht so, dass die anderen Lebensgeschichten sie nicht berührten, aber es waren vor allem diese kämpferischen Geschichten, die sie mitrissen und ihr ein Gefühl von Kraft gaben.

Westen, 1860
Mathilda

Die Ersten, die Mathilda befreit hatte, waren drei ihrer eigenen Kinder gewesen. Die drei von den sechs Kindern, die überlebt hatten. Sie musste ihre beiden Jungs zurücklassen, die bereits im Alter von zwei und vier Jahren an Masern und Tuberkulose verstorben waren. Ihre Tochter war mit acht den Verletzungen erlegen, die sie sich bei einem Unfall bei der schweren Feldarbeit zugezogen hatte. Im Grunde war der Schnitt der Sichel, mit der sie sich bei der Ernte abmühte, gar nicht so tiefgegangen und hatte auf den ersten Blick keine schwere Verletzung mit sich gebracht, die den Tod des Kindes hätte verursachen können, doch ihre Tochter war an den Folgen der Infektion durch die verschmutzte Scheide des Gerätes gestorben, die ihr Blut vergiftet hatte. Die Bilder ihrer sterbenden Kinder hatten sich in die Netzhäute ihrer Augen gebrannt.

Schon damals war der Plan in ihr gereift, so viele Menschen wie möglich vor einem ähnlichen Schicksal zu bewahren. Deshalb hatte sie sich auch von der jungen Mutter überreden lassen, sie und ihr Baby mit auf die Flucht zu nehmen. Mathilda hatte die Männer angewiesen, die Frau zu unterstützen und das kleine Bündel abwechselnd zu tragen. Das Tuch, das sie sich dazu umgebunden hatten, diente nicht nur dazu, das Kind auf dem Rücken tragen zu können, sondern war auch ein Schutz gegen die erbarmungslosen Sonnenstrahlen.

Obwohl sie die Herausforderung nicht zum ersten Mal bestritt, war sie, wie jedes Mal, von Neuem überrascht, welche Anstrengungen es kostete. Die Gegend war unwirklich, heiß und staubig vom Sand. Eine trockene Einöde, in das grelle Licht der unbarmherzigen Sonne gekleidet. Zum Schutz trugen sie alle Gewänder aus dreckigen Fetzen, die sie sich vor ihrer Flucht zusammengeklaut hatten. Ihre Sandalen aus altem Ziegenleder hingen in Fetzen von den mit Brandblasen übersäten Füßen. Die Lippen der Gruppe Geflüchteter – trocken und aufgerissen. Mathilda vermied es, sie genauer anzusehen, um sie nicht emotional zu sehr an sich heranzulassen, da sie den Gedanken daran, dass die Flucht misslingen und jemand in ihrer Obhut versterben würde, nicht ertrug. Sie versuchten so wenig von dem Wasser zu verbrauchen wie möglich und teilten die Pausen, so gut und so kurz sie nur konnten, ein. Besonders besorgt war sie um die junge Mutter. Die Frau schleppte sich nur mühsam voran, ihr Gesicht war aschfahl und die Augen glasig vor Anstrengung. Das kleine Baby in ihren Armen saugte verzweifelt an der Brust, doch es kam kaum noch Milch, was es zwischendurch immer wieder unleidlich aufjammern ließ.

Die anderen drängten sie energisch dazu, weiterzulaufen. Die junge Mutter kämpfte gegen Schwindel und Übelkeit an, ihre Schritte wurden immer unsicherer, während die Welt um sie herum schwankte.

Mathilda verlangsamte ihr Tempo zwar, um sich der erschöpften Mutter anzupassen, aber welche Wahl hatte sie schon? Die Frau zurücklassen und in Kauf nehmen, dass sie mit dem Baby im besten Fall verkauft oder im schlimmsten aller Fälle sterben würden?

Sie hatten alle seit Stunden kein Wort miteinander gesprochen, einerseits um kostbare Kraft zu sparen und andererseits, um niemanden unnötig auf sie aufmerksam zu machen und damit im schlimmsten Fall ihr aller Leben aufs Spiel zu setzen. Sie hatte sich dennoch entschlossen, kurz das Wort zu ergreifen, weil sie sah, dass die Gruppe völlig erschöpft war, und doch konnte sie, als ihre Anführerin, nicht länger schweigen.

Ihre Begleiter*innen waren erschreckend blass und schienen nur noch aus Haut und Knochen zu bestehen. Wegen der behelfsmäßigen Kleidung bot sich Mathilda immer wieder ein Blick auf die geschundenen Körper, von denen sich die Knochen deutlich abzeichneten. Der Wassermangel begünstigte den vorzeitigen körperlichen Verfall nur noch und Mathilda befürchtete ernsthaft, dass es keine*r von ihnen schaffen würde. Deshalb war ihr klar, dass sie jetzt mit ihnen sprechen musste, um die Gruppe zu ermutigen und zu stärken. Es war ein riskanter Moment, der darüber entscheiden konnte, ob sie durchhalten würden oder nicht!

»Ich schätze, dass es ungefähr noch drei Kilometer bis zum Fluss sind, wo ein Boot auf uns wartet. Wenn wir den erreichen, haben wir den schwersten Teil der Strecke hinter uns! Haltet durch, ihr habt es bald geschafft! Bald seid ihr endlich frei!«

»Ihren Fahrausweis!«

Anna sah gedankenverloren von ihren Notizen auf, und schaute in das gerötete Gesicht des Kontrolleurs. Es gehörte zu einem schwarzen stämmigen, mittelalten Mann mit knolliger Nase und stoppeligem Bart. Schweißtropfen standen ihm auf der Stirn.

»Sie haben wohl keinen gültigen Fahrausweis, junges Fräulein!«, pampte er sie an, weil sie wohl zu lange gezögert hatte. Anna ärgerte sich über seine Annahme und wollte gerade zu einer Antwort ansetzen, doch er ließ ihr keine Gelegenheit dazu. »Verstehst du mich überhaupt? Du verstehen unsere Sprache?«, schrie er, als würde die Lautstärke den Inhalt des Gesagten erklären. »Fahrka-«

»Junger Mann«, unterbrach sie den Kontrolleur scharf, der alles andere als jung gewesen war, aber sie wollte ihm auf die gleiche herablassende und sexistische Weise begegnen, mit der er ihr entgegengetreten war. »Ich verstehe Sie sehr gut, auch wenn Sie mit unserer Grammatik große Schwierigkeit zu haben scheinen.«

Der schwarze Mann schnappte wütend nach Luft, aber Anna ließ ihn gar nicht zu Wort kommen. »Das hier ist mein Ticket«, sie hob ihm ihren Fahrausweis, den sie als Lesezeichen für ihre Notizen genutzt hatte, vor die Nase. »Und jetzt, junger Mann, würde ich gerne Ihren Dienstausweis im Gegenzug sehen.«

Der Mann faselte irgendwas von »Sie müssen ja nicht gleich so übertreiben« und eilte durch den schaukelnden Gang ins nächste U-Bahn-Abteil.

»Sieht so aus, als würde der vor Ihnen flüchten«, sagte eine junge Frau, die von der rechten Seite des Abteils die Auseinandersetzung beobachtet hatte. Sie lächelte Anna freundlich an, schob ihr beiges Durag vorsichtig zurecht und überschlug ihre nackten Beine, wobei sie darauf achtete, dass ihr kurzer schwarzer Rock nicht zu viel preisgab.

Anna lächelte leicht verlegen zurück. Ihr war die Situation nicht sonderlich angenehm. Die fremde Frau schien das für eine Aufforderung gehalten zu haben, das Gespräch fortzuführen.

»Ich wollte mich schon einmischen, aber Sie sind mir zuvorgekommen, und ich wollte Ihnen nicht den Eindruck vermitteln, dass ich Ihnen nicht zutrauen würde, dass Sie das nicht alleine hinbekommen könnten!«

»Äh, danke ...«, sagte Anna höflich und nahm den Kugelschreiber wieder in die Hand, um den Satz in ihrem Notizheft zu beenden, da sprach die junge Frau weiter.

»Ich wollte Sie vorhin schon ansprechen, also bevor der Kontrolleur gekommen ist, aber ich wollte Sie nicht bei Ihrer Arbeit stören! Ich hoffe, ich trete Ihnen jetzt nicht zu nahe, aber sind Sie nicht Anna Heinrich?«

Anna hielt inne und fixierte die Frau unauffällig. *Nimm dich in Acht, Anna!,* schoss es ihr kurz durch den Kopf, bis sie dem offenen Blick der Frau die freudige Neugier ablas. Dennoch spürte sie ein unangenehmes Kribbeln auf ihren inneren Handflächen. Es war ihr mehr als nur unangenehm, erkannt zu werden, denn das barg auch eine Gefahr: Seit sie als Aktivistin in der Öffentlichkeit stand, war sie nicht nur auf Zustimmung, sondern auch auf Feindseligkeit gestoßen. So bekam sie regelmäßig Drohnachrichten von radikalen Schwarzen, die die schwarze Vormachtstellung durch ihre Arbeit gefährdet sahen. Die oftmals nationalistisch eingestellten sogenannten Black Supremacists belästigten sie und andere Aktivist*innen unermüdlich auf Social Media und schrieben ewig lange Kommentare über die angebliche Gefahr eines großen Austauschs - der der Fantasie entsprang, dass die schwarze Rasse durch die

Weiße ersetzt würde. Da diese die Behauptungen nicht belegen konnten, bevorzugten sie vor allem das Mittel der Gewalt, um ihre Ansichten durchzusetzen. So musste Anna regelmäßig die Gewaltfantasien irgendwelcher frustrierter, wütender alter schwarzer Männer über sich lesen. Sie hatte einen Weg für sich gefunden, damit umzugehen, und dachte nur selten darüber nach, was wäre, wenn jemand diese Fantasie umsetzen würde. Nur in Situationen wie jetzt, da sie plötzlich und unerwartet erkannt wurde, zog sich kurz ihr Magen zusammen, da sie nie wissen konnte, wer ihr Gegenüber war. Aber wann konnte sie das überhaupt? Wenn die letzten Jahre sie etwas gelehrt hatten, dann dass sie als weiße Frau niemals sicher war.

Sie schüttelte langsam den Kopf und antwortete mit einem knappen Nein.

Das Lächeln der Frau verblasste, und sie biss sich auf die Lippen. »Entschuldigen Sie, wenn ich Ihnen damit zu nahegetreten bin. Ich bin ein großer Fan der Autorin, aber ich wollte keinesfalls damit sagen, dass sie alle gleich für mich aussehen.«

»Schon gut, das höre ich öfter«, winkte Anna ab und widmete sich wieder ihren Notizen.

GIRL ON FIRE

Wieder einmal saß Anna bei ihren Eltern in der kleinen Küche. Denn kurz nachdem sie von dem Brand bei Death in Custody gelesen hatte, rief ihre Mutter an und bat Anna, bei ihnen vorbeizukommen.

Nervös nestelte ihre Mutter an dem Telleruntersetzer rum, der den neuen Esstisch vor Wasserflecken schützen sollte, während ihr Vater die Arme verschränkt hatte.

»Mir gefällt das alles gar nicht. Du rückst in den Fokus von rassistischen Extremisten und bringst dich selbst in Gefahr, Anna!«, grummelte er.

»Es kann auch ein Zufall gewesen sein, dass deren Büro in Brand geraten ist«, erklärte Anna, aber ihr Vater schüttelte den Kopf.

Dabei sagte Anna dies nicht, weil sie sich der drohenden Gefahr nicht bewusst war. Sie versuchte nur verzweifelt, ihren Eltern die Sorge um ihr Kind zu nehmen, was ja auch der Auslöser für dieses Gespräch gewesen war. Sie versuchte eine Erklärung - in dem Wissen, dass es im Grunde nichts gab, was ihre Eltern beruhigen konnte - zu finden, die sie zumindest für realistisch halten könnten. Aber Anna merkte schnell, dass nicht mit ihnen zu reden war: Zu sehr hatte sie der Tod ihres Sohnes Alex traumatisiert.

Ihr Vater schnaubte. »Heute ist es das Büro von Death in Custody, morgen sind sie bei deiner Wohnung?«

»Papa, es ist niemand verletzt und das Feuer wurde schnell entdeckt. Noch steht doch gar nicht fest, ob es ein Brandanschlag war!«, versuchte sie nun mit fast flehender Stimme auf ihn einzuwirken.

»Diese elenden Rassisten!«, schimpfte ihr Vater weiter. »Und du weißt genau, dass du mit deinem ... deinem Aktivistenzeug in der Schusslinie stehst. Hast du denn nichts gelernt? Hat Alexanders Tod dir nicht die Augen geöffnet?«

»Papa«, versuchte sie in beruhigendem Ton zu ihm durchzudringen. »Ich weiß, dass du und Mama Angst habt!« Ihr Vater schnaubte, aber Anna fuhr unbeirrt fort: »Ihr könnt mir vertrauen. Ich weiß, was ich tue! Ich verspreche euch, ich passe auf mich auf!«

Jetzt konnte sich der Vater nicht mehr zurückhalten und er schlug mit den flachen Händen auf den Küchentisch. »Du passt auf dich auf? Dass ich nicht lache, Kind! Frau Okyere hat uns erzählt, dass du wieder Morddrohungen bekommen hast, und was hat die Polizei getan?«

Anna wusste, dass er, anders als es geklungen hatte, nicht ihr die Schuld an dem Umstand gab. Daher antwortete sie milde: »Nichts.«

Ihr Vater nickte heftig bestätigend und griff sich aufgewühlt in sein mittlerweile schütteres Haar. »Richtig, nichts!«

Anna spürte, wie die Wut in ihr anstieg, und sie atmete bewusst langsam ein und aus, um sich zu beruhigen. »Ich erwarte keinen Schutz von den Behörden. Ich habe mit eigenen Augen ansehen müssen, wie die, die ihn hätten schützen müssen, ihn ermordet haben. Aber ich werde eben *nicht* zulassen, dass sein Tod umsonst gewesen ist und mich feige verstecken und damit zulassen, dass diese Leute gewinnen!«

Sie konnte ihren Eltern damit selbstverständliche nicht die Sorge nehmen, aber mehr konnte sie nicht tun, außer ihnen zu erklären, weshalb sie tat, was sie tat, und weshalb sie entschieden hatte, diesen Weg zu gehen. Für Anna war klar: Sie würde erst dann frei sein, wenn die Angst nicht ihr Leben bestimmen würde.

Sie konnte es Frau Okyere nicht übelnehmen, dass sie Annas Eltern über die akute Bedrohungslage in Kenntnis gesetzt hatte. Ihre Eltern hatten ein Recht darauf zu erfahren, wie es um ihre Tochter stand. Sie hatten ein Anrecht darauf, zu wissen, dass Annas Kampf auf Gleichstellung und gegen Diskriminierung auch ein Kampf um ein besseres Leben für sie alle war.

»Ich weiß, dass es euch schwerfällt, mich zu verstehen«, sagte Anna. »Aber ich bitte euch, mich meinen Weg gehen zu lassen.«

Mit diesen Worten verabschiedete sie sich von ihren Eltern. Sie stand vom Tisch auf, umarmte und küsste sie. Ihre Teetasse blieb unberührt neben der offenen Zeitung mit dem Artikel über den Brand stehen.

Wie immer, wenn es Anna zu viel wurde, zu viel Verantwortung, Wut und Trauer, besuchte sie das Grab ihres geliebten Bruders. Und egal wie fantastisch ihre Freund*innen und Familie grundsätzlich waren, ihm konnte sie sich besser anvertrauen als allen anderen. Sie wusste, dass er sie hörte und stets an ihrer Seite war.

Anna wanderte den schmalen Pfad des Friedhofs entlang, die rotbraune Erde knirschte unter ihren Schritten. Die warme schwere Luft trug den Duft von Jasminblüten und das Summen von Insekten heran.

Anna bog links ab und ging auf das Grab zu, das sie schon aus der Ferne erkannte. Die zartrosa Geranien und die mit liebevoller Sorgfalt um die Ruhestätte gepflanzten Lavendelbüsche waren frisch zurückgestutzt und gegossen. Dafür sorgte Annas Mutter, die das Grab nahezu täglich besuchte.

Anna hockte sich vor das Grab und befreite den Naturstein behutsam von einigen Blütenblättern. Der Stein aus warmem, honigfarbenem Granit war glattpoliert und reflektierte die goldene Nachmittagssonne, die durch die sich wiegenden Äste eines nahen Akazienbaums schien.

Anna holte einen Brief aus dem Jutebeutel, bevor sie sich auf diesen setzte, und faltete ihn auf. Es war ein in Kinderschrift geschriebener Brief, den sie schon eine ganze Weile bei sich trug.

Liebe Anna,

mein Name ist Laura Schmidt. Ich bin elf Jahre alt und weiß. Meine Familie stammt aus dem Norden, aber ich bin hier geboren und aufgewachsen. Ich besuche die fünfte Klasse eines Gymnasiums und bin, bis auf einen weiteren Jungen, den ich aber überhaupt nicht mag, die einzige Weiße in meiner Klasse. Ich komme eigentlich ganz gut zurecht. Meine Noten könnten, zumindest sagt meine Mama das, ein bisschen besser sein. Aber ich bin zufrieden. Die Lehrer*innen auf meiner Schule sind auch einigermaßen okay, bis auf mein Klassenlehrer, der mich oft einfach so anschreit. Ich finde ihn ganz schön unfair, aber was soll ich als Kind schon groß dagegen tun?

Es gibt da eine Gruppe in meiner Klasse, die mich ständig mobbt, weil sie schwarz sind und Weiße doof finden. Das macht mich oft traurig. Aber ich habe meiner Mama davon erzählt, und sie hat mich getröstet. Sie hat mir versprochen, sich darum zu kümmern, das fand ich lieb, aber auch ein bisschen peinlich. Sie meinte, dass sie nicht selbst mit den Lehrer*innen oder Eltern darüber sprechen wird, sondern jemanden für eine Schulung zur Schule schicken möchte. Und da habe ich von White Lives Matter und der Initiative Alex erfahren. Ich wollte dir sagen, dass es mir leidtut, was deinem Bruder passiert ist, und dir danken, dass ihr zu meiner Schule gekommen seid und in meiner Klasse wart. Die komische Gruppe ärgert mich manchmal immer noch und macht sich über mich lustig, aber viel weniger als vorher. Ich will mal so mutig und stark sein wie du. Und wenn ich später mal Kinder habe, hoffe ich, dass niemand sie mehr mobbt, weil sie nicht schwarz sind.

Für mich bist du eine Heldin!

Deine Laura

Anna faltete den Brief vorsichtig wieder zusammen und atmete tief durch. Die Tränen stiegen ihr in die hellblauen Augen. Langsam stand sie vom Boden auf, klopfte ihre kurze Jeanshose ab und beugte sich über den hellen Grabstein, auf dem ein kleines silbernes Schild mit der Aufschrift des Namens ihres Bruders befestigt war, und flüsterte ihm zu: »Wir zählen, Alex. Dein Leben hat gezählt! Und ich werde nie aufhören, für uns zu kämpfen!«

THE UNCOMFORTABLE TRUTH

Anna saß an ihrem Schreibtisch und las ein letztes Mal ihr Manuskript für das neue Buch Korrektur. Unvorstellbar, was die Menschen, deren Geschichten sie aufgearbeitet hatte, durchgemacht haben mussten.

Sie fragte sich, ob ihr Buch etwas daran ändern würde, wie man weiße Menschen sah und behandelte. Aber würden Nichtweiße verstehen können, welchen Einfluss die Geschichte noch heute auf die Gesellschaft hatte, in der sie lebten? Würden sie den Schmerz spüren, den sie spürte, wenn sie die Geschichten las? Oder würden sie es nicht nachfühlen wollen, weil es sie, ihr eigenes Leben, nie beeinflusst hatte und sie ihr Schwarzsein vor der rassistischen Diskriminierung schützte?

Anna warf einen nachdenklichen Blick aus dem Fenster. *Wie es wohl sein mochte, schwarz zu sein und nie rassistische Diskriminierung erleben zu müssen?,* fragte sie sich. Aber so sehr sie es auch versuchte, sie konnte es sich nicht vorstellen.

IN GEDENKEN AN

»Grete« mit ihrem Kind »Dickkopf«, Kawesqar, geboren an der Westküste Patagoniens und im Sommer 1881 für Völkerschauen nach Europa, erst Paris, anschließend nach Berlin, Stuttgart, München, Nürnberg und Zürich verschleppt, wo sie am 16. oder 17. Februar 1882 verstarb.

Die Opfer des Überfalls der sogenannten Strafexpedition auf Benin City vom 18. Februar 1897 und der anschließenden Plünderung und Zerstörung von Häusern, heiligen Stätten, zeremoniellen Gebäuden und Palästen. Bis heute wurde lediglich eine geringe Anzahl der tausenden geraubten Kunstwerke an Nigeria zurückgegeben.

Nat Turner, der am 2. Oktober 1800 in Southampton (Virginia) auf einer Plantage als Sohn einer Sklavin geboren wurde und am 21. August 1831 den Sklavenaufstand anführte. Zur Vergeltung wurden mehrere hundert unschuldige Sklav*innen durch Weiße ermordet. Auch Nat Turner wurde, nach seiner Flucht am 30. Oktober, gefangen genommen und am 11. November 1831 in Jerusalem (Southampton, Virginia) gehängt.

Nach seinem Tod wurde er durch Ärzte geköpft, abgehäutet und gevierteilt.

Emmett Louis Till, am 25. Juli 1941 in Chicago (Illinois) geboren und am 28. August 1955, im Alter von vierzehn Jahren, in Money (Mississippi) brutal ermordet.

Nahel Merzouk, der am 27. Juni 2023 durch einen Schuss, der seinen linken Arm sowie den Brustkorb durchquert hatte, von einem Polizisten getötet wurde.

Harriet Tubman, die um 1820 in Dorchester County (Maryland) als Tochter von Sklaven geboren wurde und ab 1849, nach eigener erfolgreicher Flucht, als Fluchthelferin der Organisation Underground Railroad anderen Sklav*innen bei der Flucht verhalf. Tubman engagierte sich später für die Frauenbewegung und starb am 10. März 1913 in Auburn (New York).

Stephen Bantu »Steve« Biko, der am 18. Dezember 1946 in Tarkastadt (Südafrika) geboren wurde und als Bürgerrechtler und Begründer der Black-Consciouness-Bewegung tätig war. Am 18. August 1977 wurde Steve zuletzt außerhalb von King William´s Town gesehen, bevor man ihn im Gefängnis in Port Elizabeth internierte. Am 11. September wurde Biko nackt und bewusstlos nach Pretoria verschleppt, wo er in der darauffolgenden Nacht aufgrund seiner schweren Verletzungen, die die Polizisten ihm beigefügt hatten, verstarb.

DANK

Danke an all jene Schwarzen Geschwister, die den Weg bereitet haben und dies auch weiterhin tagtäglich tun - I see you and I am so grateful for you - please, never forget: You're beautiful!

Special thanks to:
Nic & Yong Ah, Regina & Micha, Becci, Svenja & Alan

PLAYLIST

Laura Mvula - Little Girl Blue
Bob Marley & The Wailers - Redemption Song
Nina Simone - Color Is A Beautiful Thing
Talib Kweli - Beautiful Struggle
Kendrick Lamar & Baby Keem - Family Ties
SZA - Good Days
J. Period, Fugees, A Tribe Called Quest - Rumble In The Jungle
H.E.R. - I Can't breathe
T.I., Alfamega, Busta Rhymes - Hurt
N.W.A. - Fuck Tha Police
Nneka, Nas - Heartbeat
2Pac - Changes
Kendrick Lamar - United in Grief
Ghostface Killah, Adrian Younge - The Sure Shot
Method Man - Judgement Day
Kendrick Lamar - Savior
Tyla, Gunna, Skillibeng - Jump
Nas, Kanye West - Cops Shot The Kid
Tracy Chapman - Talkin' Bout A Revolution
Billie Holiday - Strange Fruit
Nas, Lauryn Hill - If I Ruled The World
Beyoncé - Run The World
Alicia Keys - Girl On Fire
Nneka - The Uncomfortable Truth